凤凰枝文丛 ／ 孟彦弘 朱玉麒 主编

壶兰轩杂录

游自勇 著

凤凰出版社

图书在版编目（CIP）数据

壶兰轩杂录 / 游自勇著. -- 南京 ：凤凰出版社，
2022.7
（凤凰枝文丛 / 孟彦弘，朱玉麒主编）
ISBN 978-7-5506-3443-5

Ⅰ．①壶… Ⅱ．①游… Ⅲ．①随笔－作品集－中国－
当代 Ⅳ．①I267.1

中国版本图书馆CIP数据核字(2021)第095570号

书　　　　名	壶兰轩杂录	
著　　　者	游自勇	
责 任 编 辑	张永堃	
书 籍 设 计	徐　慧	
出 版 发 行	凤凰出版社(原江苏古籍出版社)	
	发行部电话025-83223462	
出 版 社 地 址	江苏省南京市中央路165号，邮编:210009	
照　　　排	江苏凤凰制版有限公司	
印　　　刷	苏州市越洋印刷有限公司	
	江苏省苏州市吴中区南官渡路20号　邮编:215104	
开　　　本	880毫米×1230毫米　1/32	
印　　　张	10.5	
字　　　数	210千字	
版　　　次	2022年7月第1版	
印　　　次	2022年7月第1次印刷	
标 准 书 号	ISBN 978-7-5506-3443-5	
定　　　价	68.00元	
	(本书凡印装错误可向承印厂调换,电话:0512-68180638)	

游自勇

游自勇，1978 年生，福建莆田人，历史学博士，全国优秀博士学位论文获得者，教育部新世纪优秀人才。现为首都师范大学历史学院教授，兼任中国敦煌吐鲁番学会秘书长，《敦煌吐鲁番研究》副主编、编辑部主任。研究领域涉及中古正史《五行志》、中古宗教信仰、唐代家族、唐代文书制度、敦煌吐鲁番文献等。发表有《墨诏、墨敕与唐五代的政务运行》、《论班固创立〈汉书·五行志〉的意图》、《礼展奉先之敬——唐代长安的私家庙祀》、《敦煌写本 S.2078V "史大奈碑"习字之研究》等论文、书评 40 余篇。

弁　言

"凤凰台上凤凰游"，是李白《登金陵凤凰台》之诗句，昔年我江苏古籍出版社立足南京、弘扬文史，而更名所由也。

"碧梧栖老凤凰枝"，是杜甫《秋兴八首》所吟咏，今日我凤凰出版社为学林添设新枝，而命名所自也。

30多年来，凤凰出版社围绕中华传统优秀文化，彰显传承文明、传播文化、服务大众、贡献学术的出版理念，坚持以整理出版中国文、史、哲古籍及其研究著作为主的专业化方向，蒙学界旧雨新知之厚爱、扶持，渐已长大成为"碧梧"，招引了学界"凤凰"翩然来栖。箫韶九成，凤翥凰翔！嘤其鸣矣，求其友声！

"凤凰枝文丛"是本社与学界同人共同打造之文史园地，除学术研究论文外，举凡学人往事、经典品评、学术札记之文化随笔，旧学新知，无所不包。是作者出诸性情而诗意栖息之地，读者信手撷取而涵泳徜徉之处。

"凤凰鸣矣，于彼高冈。梧桐生矣，于彼朝阳。"

愿"凤凰枝文丛"成为我们共同的文化家园。

2019.5.22

自序

　　这是我独立署名的第一本书，是不在计划之内的一本书。按照我的规划，自己的第一本书应当是博士论文的修订稿，之后才是论文集或随笔集。然自 2006 年博士毕业之后，我的大部分精力都放在了敦煌吐鲁番文献的整理与研究上，博士论文的修订一直提不上日程，每每收到师友赠书，无以回送，心中不免愧疚。2020 年上半年困居家中，看到各式各样的人间悲欢离合、丑剧与闹剧，促使我静下心来认真思考亲情、家庭、学术、生命的意义所在。回想近 20 年来的学术历程，已过不惑之年的我，总该在这人世间留下点印迹，聊以抚慰之前的愧疚与遗憾。

　　我的学术之路始于制度史，由史源学入手考察正史《五行志》的编纂，之后关注中古数术之学、家族史，近些年则集中于敦煌学，所涉不免庞杂。本书是我自 2003 年以来的部分文字结集，总共 20 篇，分旧籍新知、评书问学、讲论漫谈、敦煌学摭言四类，基本涵盖了我目前所从事的各类研究。期间我辗转于北京师范大学、首都师范大学、北京大学，最后回到首都师范大学任教。三校师长于我教导之恩甚重，尤其是硕士导师施建中教授、博士导师郝春文教授、博士后导师荣新江教授，他们在我学术历程的每个阶段都给予了深重的教诲和无私的帮助，让我能够在这条道路上继续前行。有师如是，此生何幸！

本书题为"壶兰轩杂录"，壶兰者，是故乡莆田的壶公山和木兰溪，世谓壶山兰水也。1996 年我负笈北上，进京求学，此后便一直留居京华，虽然有师长戏称我是非典型莆田人，但这方水土的滋养已深植于骨血之中，乃以"壶兰轩"为我书房之号。本书题材不一，故云"杂录"。其中大部分文字都在各类报刊上公开发表过，少量未刊。此次董理旧文，除统一体例、改正错字外，基本仍依其旧，少数有所修订，均在文末注明。最后，感谢主编孟彦弘、朱玉麒二位教授的邀约，感谢荣师新江先生的一再勉励，如果没有他们，本书是不可能面世的。

游自勇

2021 年 3 月 1 日

目录

图版目录

第一辑　旧籍新知

《仙溪志》简介

现存的福建地方志中，最早的当属宋代梁克家所修《（淳熙）三山志》四十二卷，其次就是《仙溪志》了。对于前者，因其卷帙较多，记载较详细，学者多有研究，而后者却被忽略，只是零星有一点介绍，也不够清楚。笔者根据《宋元方志丛刊》所收铁琴铜剑楼影抄本《仙溪志》①，对这福建省莆田地区现存最早的地方志之一作一简单介绍。

一、修志缘起及作者

现在的福建省莆田市仙游县，古称仙溪。"仙游"之

---

① 中华书局，1991年。以下凡引自该书，均不再注出版本，随文注出页数。

仙溪志卷一

宋迪功郎兴化军仙游　　　　撰
元兴化路仙游县掾提领黄真仲重订

叙县

仙游之兴莆田其始一全闽也莆之与泉具始一郡也其名今不可考按郡志言春秋属越闽中汉隶闽粤东汉隶南部都尉其隶建安晋永嘉初合建安南安为闽州元大二年改曰建其初一全闽也闽七闽皆别国之名南安莆田此莆田县之始也南安割置豊州领县二曰南安莆田此莆田县之始也陈以豊州为闽州豊州复以其地属泉州今昊寿析莆田为清源县隋开皇九年改豊州为泉州此泉州之始也唐武德五年析郡兵置豊州武德二年又析泉州为清源郡元宝元年改泉州为清源郡乾元元年平以清源郡为泉州南安徙州治以莆田县属之唐保大二年升为清源军宋乾德二年建为平海军南安县亦隶焉

叙县

仙溪志卷一

一海虞夏九载皆绑微模影钞本

州隋开皇九年改豊州此皆全闽之地言之至唐武德五年析南安莆田此莆田县之始也观元年复以豊州地属泉州今昊寿析莆田为清源县县此清源县之始也清源郡改元宝元年改泉州为清源郡元宝元年又别为九仙人社何以弟九人登都并使奏请改之因考前正以县名同田其名为辅田为清源县也天宝元年改天宝元年又别为九仙人社何以弟九人登仙保名迄改为清源县乾元元年平以清源郡为泉州南仙游隶清源郡乾元二年建为平海军南安县亦随隶唐保大二年升为清源军宋乾德二年建为平海军南安县亦随隶

仙溪志卷一

二详依照九载绑微模影钞本

吴越天文分直星起於闽在正闽介吴越之中而仙游之南三十与其当已七不复详政廊福闽保奏请诸国中封域於呈亦有分其署已七不复详政廊诸国中封域於呈亦有分其署治昌在大飞山南五里度拱二年得迁於晋泊之南三十与大飞山宛如百里盾为大飞小飞二峰度游苏县玄位折就飞山以二缩水帨民以文荃蓁铜碌列其亭水绕山蟠面岭二峰状拱二年得迁於晋泊之南三十与大飞小飞山东列石鼓北枕湛布南带

武太平兴国四年诏析泉州游洋百文之镇复化军五千以莆田仙游来属县始兴化军署峯改名号化军五千以莆田仙游来属县始兴化军署峯改名号县来县里入兴化县析泉州德化县九座山入仙游县定为四乡二十六里庙此县里为中县九咸去升为望县

星土面势

仙溪志卷一

道里

仙游之境南际温陵东抵莆田虽在重冈复岭之中而官道坦夷行者便之南录之越闽部者皆阻险於大義凌邑有山路三东出游洋西出九座德化士夫商贾咸道此为捷径焉

《宋元方志丛刊》第8册《仙溪志》书影

名可以追溯到汉代，传说汉武帝元狩年间（前 122—前 117），有何氏兄弟九人游历到仙游九鲤湖，发觉这里山清水秀，于是在此专心修道，最后一起飞升成仙，所以取名"仙游"，寓意该地曾有仙人。实际上，"仙游"这个名称出现得比较晚，在这之前一直是称"仙溪"。武周圣历三年（700）在莆田地区设置清源县，天宝元年（742）因改泉州为清源郡，清源县遂改名为仙游，所以志书上也说："盛唐之际，邑加仙游之名。"（第 8304 页下）

《仙溪志》的修撰缘起，在序文中说得比较清楚："莆甲七闽，分邑惟三，仙溪又甲诸邑，前未有志，是大漏。"（第 8270 页下）刘克庄在序中也说："吾郡三邑，仙游最巨，其山川之美，户口之众，前未有记载者。"（第 8270 页上）宋朝时期，仙游与莆田、兴化同隶属于福建路兴化军，三个县之中，仙游的地位最重，但是没有方志传世，因此被认为是为政者的一个疏漏。到了南宋宝祐二年（1254），赵与沁任仙游知县，黄岩孙任县尉，开始筹划纂修方志事宜。

现存的《仙溪志》上署的是宋朝赵与沁修，黄岩孙纂。赵与沁，武阳人，官至奉义郎。黄岩孙，其生平在正史中没有记载，所幸方志中记载了他的事迹。他的籍贯，《仙溪志》黄岩孙的跋文中自称是温陵人，该书卷二中又说他是泉州人，而温陵正是泉州的别称。根据《（嘉靖）惠安县志》卷十三《人物》的记载，他字景傅，南宋宝祐二年进士：

登第授仙溪尉。兴学校、通水利、创桥梁，修邑志，一以义理之学为政。咸淳间令尤溪，新南溪书院，建四斋及讲堂以栖学者，复作夫子燕居堂。初《太极》、《通书》、《西铭》，文公为之解，后诸儒多有发挥，而文公所与文人问答书疏错出语类文集中者散而无统，岩孙乃本文公解，悉疏语类文集及诸儒之说，间申以己意，会萃成编，伦类通贯，名曰《辑解》，刊于书院，文公曾孙浚序之。后通守福州，又校刊《西山读书记》。①

同书卷十二《选举》还记载："历尤溪知县、福州通判兼西外宗正丞。"《（嘉靖）尤溪县志》卷五《官师志·县官年表》中记载，度宗咸淳元年任尤溪知县②。

综合以上的记载，我们可以知道黄岩孙的生平大略。他字景傅，温陵（泉州）人，宝祐二年进士，任仙游县尉。咸淳元年（1265）任尤溪知县。在任期间大兴文教，以义理之学为政。后来任福州通判兼西外宗正丞。他的一生与程朱理学有密切的关系，他纂修《仙溪志》，给朱熹的作品作疏，著有《太极图说解》、《通书解》、《西铭解》三

①《天一阁藏明代方志选刊》第32册。同书卷十二《选举》又记，黄氏是宝祐四年文天祥榜进士；《仙溪志》卷二《令佐题名》中记载，二年黄氏即已上任。按：《仙溪志》是黄氏所修，记载自己的履历当不会有误。
②《天一阁藏明代方志选刊》第33册。

篇，另撰《辑解》，并由朱熹的曾孙作序，后又校刊真德秀的读书记。可见在当时他应该是闽学学者中较为出众的人物。

另外根据序和跋文，参加修撰的还有苏国台、苏攀龙、黄尧俞等人。

二、刊刻情况及版本

《仙溪志》刘克庄所作的序言中记载，该书原来有十五卷，现在流传的本子却只有四卷，笔者细察书中内容，认为并无脱漏之处，下文自有论述。这里先叙述刊刻状况。

黄氏的跋文中说"越半载而书成"，该跋作于宝祐丁巳季春，也就是宝祐五年（1257），据此推算，修书开始于宝祐四年（1256）。另外，刘克庄的序言作于"宝祐五年孟夏既望"，陈尧道作序于"宝祐丁巳中秋"，可以知道修书时间在宝祐四年至五年①。

书的正文前面又有元代田九嘉的序言，序言说宋朝的刻版早已经毁掉，邑士傅玉成以"家藏本"献之，元代根据这个本子重刻，这就是元刻本。今本卷一署"宋迪功

---

① 《中国地方志联合目录》作"宋宝祐五年修"（中华书局，1985年，531页），误。

郎兴化军仙游县尉黄岩孙编　元兴化路仙游县务提领黄真仲重订"，今人据此定为元代黄真仲重订本。对这种判断，笔者还有疑问。该书中小注多次出现"原本"字样，如第8272页注"此条及下四乡原本未注"，第8282页卷一终下注"原本货殖以下仅注旧志数条，今依序文所列及引用古书者并录之"，第8288页注"原本序文及贾郁等三人政绩并注旧志，余以意推，仍录至宋末"等等。这里需要先搞清楚"原本"到底是哪个本子。有几种可能：1. 宋本；2. 傅氏家藏本；3. 元刻本；4. 黄真仲重订本；5. 其他本子。宋本已经毁掉，可以排除第一种可能性。小注的字里行间，"原本"与"旧志"大多并列，旧志或许是傅氏家藏本。有的人可能会问：元刻本与黄真仲重订本是否为同一本子？田九嘉序中只是说重刻，并没有说修订，所以这二者应当不是同一个版本。又第8300页后注"以上题名原本失注，按原本称元之科第因邑志不修以致莫考，是知唐宋题名皆据宋志旧文。又案宝祐以后亦似宋人所添，故并录之。令佐题名仿此"，据此，原本并非黄真仲重订本，可能是元刻本。然而看第8300页小注的语气，不像元代人的口气，或许黄真仲重订本在流传中又被后人修订过？我们姑且称之为元后递修本。清代瞿镛就是用这个元后递修本为底本影抄，成为目前流传的铁琴铜剑楼影抄本。

根据以上的判定，我们可以把《仙溪志》的刊刻情况示意如下：

宋本——傅氏家藏本——元刻本——黄真仲重订本——元后递修本——清影抄本

版本情况经笔者查阅。限于条件，将所见各书著录情况罗列于下：

1.《文渊阁书目》卷十九著录"仙溪志二册"，见《明代书目题跋丛刊》上册，书目文献出版社，1994年，第193页上。

2.瞿镛铁琴铜剑楼影抄本，四卷，见《铁琴铜剑楼藏书目录》第十一卷，光绪二十四年刊本，第12页。又见《北图古籍善本书目》，书目文献出版社，1987年，第735页。《宋元方志丛刊》所收《仙溪志》即是瞿氏影抄本，现归国家图书馆收藏，卷首末有"京师图书馆收藏之印"，国图编号为05273，四册，八行二十五字，小字双行，周白口左右双边。

3.传抄本，四卷，见缪荃孙《艺风藏书续记》卷三，1913年刊本，第4页。

4.传抄本，二册，上海图书馆藏，见《上海图书馆地方志目录》，1979年，第322页。

5.清抄本，四册一函，北大图书馆藏，内有"积学斋徐乃昌藏书"、"南陵徐乃昌校勘经籍记"等印。《中国古籍善本书目》史部上册第925页作"（宝祐）仙溪县志"，

"县"当为衍字。

6. 清抄本，二册，国家图书馆藏，编号 6784，八行二十五字，蓝格蓝口四周双边，见《北图古籍善本书目》，第 735 页。

另据《中国地方志联合目录》第 531 页的记载，山东大学图书馆和福建图书馆也有收藏。20 世纪 80 年代末，仙游县文史学会对该书进行了初步的点校工作，作为《福建地方志丛刊》的一种，由福建人民出版社于 1989 年出版。

三、体例、内容及其特点

为了更准确地认识《仙溪志》的体例、内容及今本《仙溪志》是否为足本的问题，我们不妨将它的目录与《吴郡志》作一番对比：

《仙溪志》	《吴郡志》
序	序
叙县、星土面势、道里、乡里、官廨、仓库（附税务）、教场、县郭、坊表、市镇、宸翰、 学校、学田祀田、社稷、风俗、户口、财赋、夏税、产盐、夏秋二料役钱、秋税	沿革、分野、城郭、学校、营寨、官宇、仓库场务（市楼附）、城市、风俗、户口税租
物产、货殖、茶实、花、草、木、竹、禽兽、水族、药品	土贡、土物
令佐题名、知县、县丞、主簿、尉、进士题名	封爵、牧守、题名、官吏、进士题名

续表

《仙溪志》	《吴郡志》
衣冠盛事、仙释、祠庙、祠堂、冢墓	祠庙、宫观、府郭寺、县记、冢墓、仙事、浮屠
唐及五代人物、宋人物	人物
	方技、奇事、异闻、考证、杂咏、杂志
跋	跋

从以上目录的对照中，不难看出《仙溪志》的体例与《吴郡志》类似，内容上也比较完整，通读全书，并无脱漏的感觉，因而笔者认为今本《仙溪志》乃足本，原本十五卷可能是经过黄真冲重订后成四卷的。

该书有以下几个特点：

其一，文字简略，但记载清晰。全书仅有四卷，五万余字，每一子目的记载都比较简略，但十分清楚，每一目、子目前都有总序、序。概括说来，其修书方法是"抚之前闻，质之故老，参之学职……订郡志之失纪载者，访碑刻之未流传者，博观约取，诞去实存"（第8333页上），因而全书从内容上看比较完整，对地理形势、人情风俗、财政赋税、物产都有明文记载，开莆田方志之先例，为后世保留了许多珍贵资料。

其二，重点记载人物。全书四卷，如果把令佐题名、进士题名、衣冠盛事、仙释一并算入人物一目，那么对人物的记载几乎占全书的三分之二，所以刘克庄、陈尧道均认为此书"志人物尤详焉","于人物为尤重"。这与当时莆田地区的风气不无关系。众所周知，五代至宋，福建文风大盛，莆田尤为突出，当地民谚有云"地瘦栽松柏，家贫子读书"，虽蕞尔之地，却有"十室九书堂"之称，可见文风之盛。正因如此，莆田科甲鼎盛冠于八闽，人才辈出，这是当地最值得称道的事情，因此在方志中详于人物便不难理解了。书中还单列"衣冠盛事"一目，罗列文士最荣耀之事，比如"六代登进士第"、"兄弟同年登进士第"、"一门监司郡守"等等，更可见修撰者对当地人才鼎盛的自豪之情。

其三，书中充斥着程朱理学的观念。黄岩孙本人就是闽学的重要人物，所以他对材料的取舍就带有鲜明的理学气息：

论财赋必以惜民力为本，论山川必以产人杰为重。人物取其前言往行，否则爵虽穹弗载焉；诗文取其义理法度，否则辞虽工弗录焉。按是非于故实之中，寓劝戒于微言之表。（第 8333 页上）

陈尧道的序言中说得更明白：

尧舜道统之传，盛于孔子，而尊经有阁；周程道统之传，恢于朱子，而肖像有祠。重惟兹邑，山川遐踪，

秀气所宫，钟嶷前哲，崇经术，嗜理学，寿斯道之脉宏矣。直节高风，立懦千载，不笔诸志，何以诏久。（第8270页下）

这种思想在记载人物时尤为突出。如记宋代人物时便着重于"庆历之谏臣，元祐之君子，乾道之相业"（第8314页上），列蔡襄、陈次升、朱绂、林豫、陈觉民、余象文等人的传记，对于庆历革新、元祐党争之类的事情多所涉及，很是详细。

以上从修撰经过、作者、刊刻、版本、内容、体例及特点等方面对《仙溪志》作了简单介绍。笔者认为现存瞿氏铁琴铜剑楼影抄本并非全是宋元旧本，可能还经后人修改过，但从整体上还保留了元本的面貌。它是福建莆田地区现存最早的地方志之一，对唐宋时期仙游的政治、经济、文化都有较为全面的记载，又因为其存世仅有抄本，因而在现存宋元旧志中殊为珍贵。

原刊《福建文史》2003年第2期，2021年2月17日修订

《稀见唐代天文史料三种》前言

　　中国传统的书目四部分类体系中，子部的天文、五行类文献既重要又神秘。说它重要，是因其属于"星占历算之学"，在天人感应、天人一体的古代思维模式下，它所承载的"天命"是历代王朝建立及施行统治最为重要的合法性来源。言其神秘，乃在于其知识需要通过专门的训练才能掌握，由于它在内容上的特殊性和敏感性，统治者一般都严禁民间私自学习，因此这类知识的传承带有家族特色，学习的人限制在了极小的范围之内。长此以往，许多重要的典籍逐渐散佚以至于在我国消失。近几十年来，随着大量术数简牍的出土，极大地丰富了人们对于先秦秦汉时期占卜情况的认识，为我们追寻中国古代术数文化的发展历程提供了丰富的资料。但中古时期的占卜资料却十分有限，除了正史《天文志》、《历法志》和《五行志》的相关记载之外，现在一般能看到的就是李淳风的《乙巳占》、瞿昙悉

稀見唐代天文史料三種　上

高柯立　選編

國家圖書館出版社

《稀见唐代天文史料三种》书影

达的《开元占经》和敦煌吐鲁番出土的占卜文书。幸运的是，在日本至今保存了不少中国古代的典籍，有些甚至是我国已经失传了的珍贵书籍，其中就有唐前期的《天文要录》和《天地瑞祥志》两部占书。另外，中国国家图书馆也存有唐代占卜类书《谯子五行志》。今天，这三部占书都已属于稀见的唐代典籍，前两种曾影印出版过①，最后一种至今深藏于国家图书馆，知者寥寥无几。下面，笔者将结合相关研究成果②，对这三部占书分别加以介绍。

① 1968 年，《天文要录》和《天地瑞祥志》曾被收入《本邦残存典籍による 辑佚资料集成》（新美宽编，铃木隆一补，京都大学人文科学研究所）里。后又被收入《中国科学技术典籍通汇·天文卷四》（薄树人主编，河南教育出版社，1993 年），篇首有孙小淳撰写的解题。

② 关于《天文要录》的研究，主要有：中村璋八《天文要录について》，氏著《日本阴阳道书の研究》（增补版），汲古书院，1985 年初版，2000 年 3 版，475—502 页；孙猛《〈日本国见在书目录〉（子部）失考书考》，《域外汉籍研究集刊》第 3 辑，2007 年，96—99 页。孙猛的考证基本是节录中村璋八的相关论述而成。关于《天地瑞祥志》的研究，主要有：太田晶二郎《〈天地瑞祥志〉略说——附けたり、所引の唐令佚文》，《太田晶二郎著作集》第 1 册，吉川弘文馆，1991 年，152—182 页；中村璋八《天地瑞祥志について》，《日本阴阳道书の研究》（增补版），503—509 页；水口干记《日本古代汉籍受容の史的研究》第 II 部《〈天地瑞祥志〉の基础的考察》，汲古书院，2005 年，177—406 页；水口干记、陈小法《日本所藏唐代佚书〈天地瑞祥志〉略述》，《文献》2007 年第 1 期，165—172 页。（注转下页）

一、《天文要录》

题为《天文要录》的典籍有两种：一为东晋陈卓撰，十卷；一为唐李凤撰，五十卷。陈卓是中国古代著名的天文学家，众多占书都会大量引用他的著作，可惜他撰写的《天文要录》没有流传下来，本次影印出版的是李凤撰写的五十卷《天文要录》。

中国古代文献对于李凤的这部《天文要录》没有丝毫记载，《旧唐书·经籍志》和《新唐书·艺文志》均未著录，亦不见于后世的公私书目。但在日本，它却是一部重要的阴阳道书，《日本国见在书目录》（成书于891年前）"天文家"著录，但未题撰者，另外还见于《通宪入道藏书目录》（成书于1159年）第卅四柜："《天文要录》第一帙 十卷同第二帙 五卷同五帙 同四帙。"亦未题撰者。据中村璋八的考证，本书最早被日本《三代实录》（成书于892年）卷二九清和天皇"贞观十八年（876）七月"条引用："廿七日壬寅，申一刻，东山下见五色云，傍山根，亘南北，形如虹而非虹，广可一丈五尺，长可四五丈。比及二刻，横而稍上，至岭消散。《天文要录·祥瑞图》曰：'非气非烟，五色纷缊，是谓卿云，亦谓景云也。'占

（接上页）关于《谯子五行志》的研究，只有拙文《国家图书馆藏〈谯子五行志〉略考》，《文献》2005年第4期，229—239页。

曰:'王者之德至山陵,则景云出。'又曰:'天子孝则景云见。'"此后,《政事要略》、《诸道勘文》、《朝野群载》、《朝臣纪》(一题《天文变异记》)、《玉海》、《园太历》、《亲长卿记》、《帝王编年记》、《吉日考秘传》、《方角禁忌》等书均有引用,时段大致从平安时期一直到镰仓、室町时期,不过,所引用者多是日本的天文家和历数家[①]。

李凤《天文要录》现存最古老的版本是庆应义塾大学斯道文库所藏平安时期钞本残卷二页的缩微胶卷,原本已不知去向。其次就是前田育德会尊经阁文库珍藏的江户时期的钞本,卷首题记云,抄于贞享三年(1686)八月十一日至九月十三日,列今枝清八郎等二十余抄手名,存二十六卷。勘比之后发现,斯道文库残卷二页,属尊经阁文库本卷二十四的部分内容,二者应该有一个共同的祖本。除此之外,金泽市立图书馆加越能文库藏有文化七年(1810)钞本,京都大学人文科学研究所藏昭和七年(1932)钞本,皆抄自尊经阁文库本。但京大人文研钞本只存二十五卷,缺第四十六卷[②]。

本书作者李凤,据中村璋八考证,即唐高祖第十五子虢王李凤(622—674)[③],拙意二者未必是同一个人。首

---

① 中村璋八《天文要录について》,475—479 页。
② 中村璋八《天文要录について》,480—484 页。
③ 中村璋八《天文要录について》,486 页。

先，日本的早期书目著录本书时都未注明作者，这说明本书在早期流传时很可能就是佚名的。到尊经阁本的第一卷标题下才有了"李凤撰"的题名，在序言末尾又有"大唐麟德元年五月十七日 河南左中三公郎将臣李凤奏上"的文字，这句落款实在令人费解。如果这个李凤就是虢王李凤的话，麟德元年（664）正月他刚被授为使持节青州诸军事、青州刺史，而且终于此任上，最后的勋官是上柱国，那么他列自己官职的时候就不应该是"河南左中三公郎将"，况且唐朝也没有这样的官名。这是一个很大的疑点。其次，本书第一卷有"采例书名目录"一项，起首文字作"李凤天文要录图采例书名目录"，整句文字都被画上黑框，似乎是抄完之后再删除的意思，很可能原本并无此句，而且从语气上揣摩也像是后来添加的，非原本所有。第三，历史上的虢王李凤并无意于文化事业，史载："高宗时滕王元婴、江王元祥、蒋王恽、虢王凤，俱以贪暴为吏人所患，有授其府官者，皆比岭外荒裔，为之语曰：'宁向儋、崖、象、白，不事江、滕、蒋、虢。'"[1]他喜欢四处游玩打猎，对待下属尤其傲慢无礼，曾经让自己的奴仆蒙上虎皮去吓唬参军陆英俊，以此为乐[2]。很难想象，这样的人会召集一班文人来撰写书籍，而且是星象占卜这样犯忌讳

---

[1]《通典》卷三一，王文锦等点校，中华书局，1988年，869页。
[2]《新唐书》卷七九《虢庄王凤传》，中华书局，1975年，3554页。

的书。综合以上三点，虢王李凤应该不是本书的作者。本书征引的文献中有《李凤镜》，可知"李凤"是一个有名的天文星象家，后世为了给这部佚名的书找一个作者，乃假托"李凤"之名，署名应该是后来才加上去的。

本书第一卷"采例书名目录"记天文、星占、五行、历书六十种，其中不少书在《旧唐书·经籍志》《新唐书·艺文志》《日本国见在书目录》中均有记载。所列六十种书中，有三十六种其实并未在书内引用，另有不少引用书又不见于"采例书名目录"，最令人费解的是"采例书名目录"里出现了"麟德历二卷大唐紫金撰"这部书。高宗初年，因旧历使用不便，乃诏李淳风造新历，麟德二年（665）正月二十日，《麟德历》颁于天下，诏自来年开始施行。换言之，本书完成之时，《麟德历》还没有颁行，作者又如何得见？不过，由于书中并未引用《麟德历》，所以姑且将"采例书名目录"看作是作者撰写时拟定需要参考的图书目录，照此推测，作者可能与李淳风关系密切，故能提前得见。所谓"紫金"，可能指"赐紫金鱼袋"，李淳风奏上《麟德历》时是秘阁郎中，史籍并未提到有"赐紫金鱼袋"事。凡此种种，本书留下的疑点颇多。

全书卷帙浩繁，据第一卷末尾所记，总共引用占辞达14005条。考察现存的残本也可以发现，本书以记录唐前各家占辞为主，引用具体事例较少。每卷篇幅不一，卷首有总叙，下再根据天象情况引用占辞，除甘氏占、石氏占、黄帝占、京房占、海中占、陈卓占、郗萌占等比较有名的诸家星占外，还有一些是他书未曾引述的，如南朝宋钱乐撰写的《敕凤符表》、佚名《李凤镜》等。本书大量引用了纬书，日本学者安居香山在辑佚《纬书集成》时，就曾参考过此书。作者在序言里谈到了古代星官体系。他说，《天文图》记录的恒星有"魏石申夫一百二十官八百八星，齐（甘）文卿一百十八官五百一十二星，殷巫咸四十四官一百三十三星"，三家合起来有"二百八十二官一千四百六十三星"。这应该就是陈卓定纪的甘、石、巫三家星官。他又提到"黄帝三十四官二百十六星，东晋陈卓一百一十九官七百五十星，周苌弘十二官五十三星"，"三家合一百六十五官一千十九星"。这可看作是对中古星官体系的新总结，是研究我国古代星官体系发展演变的重要论述[①]。从全书内容及编排可以看出，作者必定是一位精通天文星占的专业学者，而能够参考这么多的占卜著作，他不太可能来自民间，最大的可能性是供职于太史局，与李淳风同事。

如上所述，尽管本书还存在不少疑点，从日本书目的著录及学者的引用情况来看，本书为唐人撰述则无疑。作

① 孙小淳《天文要录提要》，《中国科学技术典籍通汇·天文卷四》，23页。

为一部珍稀的唐人典籍，我国唯有国家图书馆藏有京大人文研钞本的影印本，此次即据这个本子影印出版。

二、《天地瑞祥志》

与《天文要录》一样，《天地瑞祥志》一书在我国古今书目都未有著录，但《日本国见在书目录》卅四"天文家"中著录有"天地瑞祥志廿"，《通宪入道藏书目录》第一百七十柜"月令部"也载有《天地瑞祥志》一书。本书现存最古老的本子是前田育德会尊经阁文库所藏贞享三年（1686）钞本，与《天文要录》同时抄写，其蓝本原属阴阳道家的土御门家所藏。京都大学人文科学研究所藏有昭和七年（1932）的钞本，是尊经阁文库本的誊本。京大人文研钞本的文字排列以及行数都同于尊经阁本，即使是后者有误的地方仍照样抄写，但对一些错误之处则以朱色贴纸加以改正。除此之外，金泽市立玉川图书馆藏有加越能文库文化七年（1810）钞本，但将其与《天文要录》、《六关记》并为一册，仅存 15 行[1]。中国国家图书馆藏有京大人文研钞本的复印本，本次即据这个本子影印。

① 水口干记《日本古代汉籍受容の史的研究》，185—190 页；水口干记、陈小法《日本所藏唐代佚书〈天地瑞祥志〉略述》，169—172 页。

《天地瑞祥志》的首次被引用，也是见于《三代实录》卷二九。清和天皇贞观十八年八月六日庚戌条云："日入之时，赤云八条，起自东方，直指西方，广殆及竟天。《瑞祥志》曰：'天气蒔时，山川出云。占云：赤气如大道一条，若如三四条者大赦，人民安乐。'"此后该书频繁被日本的阴阳家所引述①。从《天文要录》和《天地瑞祥志》的流传过程看，这两部书应是在同一时期传入日本的。

　　本书原为二十卷，尊经阁文库本残存九卷（一、七、一二、一四、一六、一七、一八、一九、廿）。第一卷中有类似序文的"启"，是我们了解该书成书过程及全部构成的关键数据，现将水口干记订正之后的录文迻录如下②：

　　臣守真启：禀性愚瞀，无所开悟。伏奉令旨，使祗承谴诫，预避灾孽。一人有庆，百姓乂安。是以，臣广集诸家天文，披揽图谶。灾异虽有类聚，而□□相分。事目虽多，而不为条贯也。韩杨天文□□月蚀，应历数不占，不应历数乃占。又，杨《天文》序曰："魏甘露五年正月乙

----

① 中村璋八《天地瑞祥志について》，503—505 页；水口干记《日本古代汉籍受容の史的研究》，228—238、255—265 页。
② 水口干记《日本古代汉籍受容の史的研究》，179—180 页。

酉，日有食之。君弱臣强，反征其主。五月，高贵作难也。"吾亦将借子之矛，以刺子之盾。今以历术勘，甘露五年日食，是合历数，然而有殃也。由此观之，韩杨雷同，不详是非。今钞撰其要，庶可从□也。昔在庖羲之王天下也，观象察法，始画八卦，以通神明之德，以类天地之情。故《易》曰："天垂象，圣人则之。"此则观乎天文以示变者也。《书》曰："天聪明自我民聪明。"此明观乎人文以成化者也。然则政教兆于人理，瑞祥应乎天文。是故三皇迈德，七曜顺轨，日月无薄蚀之变，星辰靡错乱之妖。高阳乃命南正重司天，北正黎司地。帝□亦序三辰。唐虞命羲和，钦若昊天。夏禹因《雒书》而陈之，《洪范》是也。至于殷之巫咸、周之史佚，格言遗记，于今不朽。其诸侯之史，鲁有梓慎，晋有卜偃，郑有禅灶，宋有子韦，齐有甘德，楚有唐昧，赵有尹皋，魏有石申，皆掌著天人。暴秦燔书，六经残灭，天官星占，存□不毁。及汉景武之际，好事鬼神，尤崇巫觋之说，既为当时所尚，妖妄因此浸多。哀平已来，加之图谶，擅说吉凶。是以，司马谈父子继著《天官书》，光禄大夫刘向广《鸿范》，作《皇极论》。蓬莱士得海浮之文，著《海中占》。大史令郗萌、荆州牧刘表、董仲、班固、司马彪、魏郡太守京房、大史令陈卓、晋给事中韩杨等，并修天地灾异之占，各美雄才，互为干戈。臣案《晋志》云"巫咸、甘、石之说，后代所宗"，皇世三坟，帝代五典，谓之经也，三坟既陈，五典斯炳，谓之纬也。历于三圣为淳，夫子已后为浇，浇浪荐臻，淳风永息。故坟典之经见弃于往年，九流之纬盛行乎兹日。纬不如经，既在典籍，庶令泯没经文，还昭晰于圣世，诸子□词，补甘、石之疏遗。守真凭日月之光耀，观图牒于前载，言涉于阴阳，义关于瑞祥，谶介之恶无隐，秋毫之善必陈。今拾明珠于龙渊，抽翠羽于凤穴，以类相从，成为廿卷。物阻山海，耳目未详者，皆据《尔雅》、《瑞应图》等，画其形色，兼注四声，名为《天地瑞祥志》也。所谓瑞祥者，吉凶之先见，祸福之后应，犹响之起空谷，镜之写质形也。在昔，殷主责躬，甘雨流润。周王自咎，嘉禾反风。以德胜妖，备诸彝典。伏惟大王殿下，惠泽光于日月，仁化洽于乾坤。握金镜而垂衣，运玉衡而负扆。臣幸逢昌运，谬承末职。辄率愚管，轻为撰著。臣所集撰，少或可观，虽死之日，犹生之年。不任惶惧之至，谨奉启以闻。臣守真，诚惶诚恐，顿首顿首，死罪死罪。

麟德三年四月□日　大史臣萨守真上启

以上文字的记载显示，本书是大史萨守真奉"大王殿下"之命撰写的，麟德三年（666）四月奏上。关于本书的作者，《日本国见在书目录》和《通宪入道藏书目录》都没有注明，尊经阁本的此段文字明确记载是萨守真奉命撰写，而且残本中常见有"守曰"字样，中村璋八据此确定作者就是唐人萨守真，但他颇怀疑"萨"是"薛"之误①。韩国学者权德永则认为本书是新罗人的著作，与唐朝无关，"萨守真"应是"薛秀真"之误。他的论据主要有三个。第一，唐高宗麟德三年正月因封禅泰山，改元乾封，所以在唐朝是不存在"麟德三年四月"这样的纪年的。但当时新罗采用的是唐朝纪年，改元的消息传到新罗需要一定时间，因此会出现一个时间差，当新罗还未获知改元消息时自然继续使用麟德年号。第二，萨守真所上文书为"启"，这是臣下对太子才使用的文书形式，因此文中的"大王殿下"指的是太子，然而中国不使用这样的称呼，这是新罗的制度。他也认为"萨"是"薛"的误写，萨守真很可能就是同时期的新罗人薛秀真，他曾经留学唐朝的可能性极大。第三，本书最后一卷全文收录了麟德二年八月唐朝、新罗、百济三国在就利山会盟时的盟约，此举意味深长，联系到前面两点，他认为本书其实是新罗的著作，而非唐人撰写②。水口干记进一步发挥了权德永的上述三点看法，另外他注意到"虎"、"民"、"渊"等唐代常见的避讳字在本书一概以正字出现，这似乎为"新罗撰述说"又增添了一条证据。不过他不排除唐人撰述的可能

① 中村璋八《天地瑞祥志について》，508 页。
② 权德永《〈天地瑞祥志〉编纂者に对する新しい视角——日本に伝来した新罗天文地理书の一例》，《白山学报》52，1999 年。转引自水口干记《日本古代汉籍受容の史的研究》，191—194 页。

性，只是认为新罗的可能性更大①。

仔细分析权德永和水口干记列举出的证据，并无一条是确凿的。首先，说"萨守真"是"薛秀真"的误写，这是在"新罗撰述说"先入为主之后的一种猜想，没有确切的史料能证明这一点。书中全文收录了麟德二年八月的就利山盟约，其中的"序"不见于《旧唐书》及其他中国现存典籍，以此来佐证"新罗撰述说"不免牵强。其次，认为"大王殿下"是新罗对于太子的专门称呼，中国没有这样的制度，这是需要商榷的。梁昭明太子薨后，晋安王继任为太子，周弘正的奏记里就称他为"大王殿下"②；梁简文帝大宝元年十一月，南平王恪等一千人奉笺请奉湘东王（即后来的梁元帝）为相国，总百揆事，称呼湘东王为"大王殿下"③；何逊在给梁建安王的笺书里也称他为"大王殿下"④；唐武德四年六月傅奕上疏请抑制佛教势力的扩展，五年正月法琳给秦王李世民上"启"驳斥傅奕的观点，其中有"伏惟大王殿下"云云⑤。上述四个例

① 水口干记《日本古代汉籍受容の史的研究》，194—200 页。
② 《陈书》卷二四《周弘正传》，中华书局，1972 年，306 页。
③ 《梁书》卷五《梁元帝本纪》，中华书局，1973 年，115 页。
④ 严可均辑《全梁文》卷五九《与建安王谢秀才笺》，商务印书馆，1999 年，655 页。
⑤ 法琳《破邪论》卷上《上秦王启》，《大正新修大藏经》第52 册，476 页。

子足以说明，在南北朝直至唐初这段时间里，"大王殿下"是对太子及诸侯王的一种叫法，并非新罗特有的称呼。再次，关于避讳问题，水口干记显然忘记了我们现在所看到的本子是17世纪的钞本，而非唐朝写本，原先的避讳字完全有可能在传抄过程中被改为正字。有一个例子可以证明笔者的看法。本书卷二十《封禅》载唐高宗封禅泰山改元乾封之事，时间为"大唐麟德三年岁次景寅"，"景"当是避讳，正字为"丙"，这也是唐朝最常见的避讳字。这个例子完全可以说明本书就是出自唐人之手，那些原有的避讳字在流传过程中被改正过来，但并不彻底，所以在17世纪的钞本中还能看到"景寅"这样的词。最后是关于"麟德三年四月"的纪年问题。书中既然列有乾封改元事，说明作者知道麟德年号的行用到正月之后就停止了，那么"新罗撰述说"中年号使用的时间差问题其实就是不存在的。

如上所论，"新罗撰述说"不能成立，但"唐人著述说"也有难以自圆其说的地方。本书是奉命编纂，成书后又是直接呈给大王殿下，作者不可能把时间搞错，而去继续使用麟德年号。这是至今仍无法得到合理解释的关键疑点。尽管如此，本书是唐人撰述的可能性仍然是最大的。除了最直接的证据——"景寅"外，还可以举出一些来。如书中所引用的文献绝大多数都是唐代之前的；引用的唐代文献中有唐太宗的诏书、成书于贞观年间的《汉书》

颜师古注、吕才《阴阳书》；称唐太宗为"太宗文皇帝"；最后一卷所引《祠令》都是麟德之前的唐武德令、显庆令等等。

和《天文要录》基本只记星占条文不同，本书除了星占之外，还记录风、雨、云气、雷、电等自然现象，百谷、草木、禽兽等动植物，与人们日常生活息息相关的住宅器具、神鬼物怪，以及作为"国之大事"的祭祀。也就是说，凡是能彰显"吉凶之先见，祸福之后应"的祥瑞灾祸、天文变异都进入作者的视野范围，其目的是通过对天地变异情况的记录，为现实的施政提供判断吉凶的基准。为此，作者在书中列举了大量征应来佐证占辞，据不完全统计，引用文献达到250种以上，其中不少是早已失传了的珍贵典籍，由此引起了历史学家的关注。20世纪20年代，日本学者新城新藏在撰写《东洋天文学史纲》时就注意到了此书[1]，但之后该书就湮没无闻了很长一段时期，仁井田陞编纂《唐令拾遗》时就漏掉了此书。90年代，池田温先生注意到此书的最后一卷引用了不少唐代《祠令》，将之逐条辑入《唐令拾遗补》；中村裕一先生继续推进研究[2]。在我国，荣新江、史睿与李锦绣诸先生对俄藏

---

[1] 1926年初刊，此据氏著《中国天文学史研究》，沈璇译，台北：翔大图书有限公司，1993年，19页。

[2] 中村裕一《唐令逸文の研究》，汲古书院，2005年，27—62页。

Дx.3558 号敦煌写本性质的争论文章里，此书所引《祠令》亦成为判定年代的标尺之一[①]。

值得注意的是，如果我们把《天文要录》、《天地瑞祥志》和《开元占经》的目录作一个对比（见文末），会惊奇地发现《开元占经》似乎是综合了前两部书的内容，在结构编排上更加细致和清晰。以往我们对《开元占经》文本结构的研究十分薄弱，对这种结构编排的源流也不甚了解，《天文要录》和《天地瑞祥志》或许能为学界进一步研究《开元占经》提供一个参照，当然，这种工作只能建立在大量文本对照基础之上，这将是一个漫长、烦琐而艰巨的过程。

三、《谯子五行志》

中国国家图书藏有《谯子五行志》两种，五卷本，题唐濮阳夏撰。一种为明钞本，一册，编号为06845。墨格，白口，四周单边，单鱼尾，鱼尾下书卷数和页数，其中卷

---

① 荣新江、史睿《俄藏敦煌写本〈唐令〉残卷（Дx.3558）考释》，《敦煌学辑刊》1999 年第 1 期，313 页；李锦绣《俄藏 Дx.3558 唐〈格式律令事类·祠部〉残卷试考》，《文史》2002 年第 3 辑，150—165 页；荣新江、史睿《俄藏 Дx.3558 唐代令式残卷再研究》，《敦煌吐鲁番研究》第 9 卷，中华书局，2006 年，143—167 页。

一鱼尾下书"谯子五行志"，其它四卷则书"樵子五行志"。半页12行，行24字，单行小字夹注，每字亦一格，楷书，间有行书，有后人校改。卷首无总目，各卷下分目。卷一首页有白文"稽瑞楼"、朱文"铁琴铜剑楼"、朱文"北京图书馆藏"印，卷五末有朱文"铁琴铜剑楼"、朱文"北京图书馆藏"印。另一种为清钞本，编号55860。朱丝栏，白口，四周双边，单鱼尾，版心上端书"谯子五行志"，下书卷数、页数。半页8行，行21字，单行夹注，楷书，有朱笔校改。玄、弦、紫缺笔，当是避康熙讳。卷首有朱文"耄逊"、白文"海彐楼"印，卷一首页有朱文"兆洛审定"、朱文"北京图书馆藏"、白文"养壹"、白文"李兆洛印"，卷五末有白文"李兆洛印"、白文"养壹"、朱文"北京图书馆藏"印。本次据清钞本影印。

《谯子五行志》或名《樵子五行志》，成书的具体年代不详，《新唐书·艺文志》最早著录。文献中引用本书仅见两处，一是《新唐书·天文志》所引濮阳复的一条占辞："日无光，主病。"[1] 而《宋史·艺文志》著录有"濮阳复《蕉子五行志》五卷"，根据下表的历代著录情况可知，"蕉"当为"谯"或"樵"之讹，则"濮阳复"即"濮阳夏"。另一处见宋人强至记叶杲卿事：

---

① 《新唐书》卷三二《天文二》，832页。

君讳某，字杲卿，姓叶氏，世为杭州钱塘人……师事郡人林先生逋，先生篇翰为当时二绝，君尽得其妙。天禧末年，钱塘有巨石浮于江，太守异之，即问先生此何祥也，未有以对。先生以问，君乃按《谯子五行志》以应曰：其为万乘之忧乎？未几，真宗弃天下，于是益服君多闻，而始知谯子之志为奇书。[①]

是知该书在宋代即已不为人所知。以下是历代书目著录情况：

年代	著录书目	分类	题名	版本类别
宋	《新唐书·艺文志三》	子部·五行类	濮阳夏《樵子五行志》五卷	
	《遂初堂书目》	术家类	《谯子五行志》	
	《崇文总目》卷8	五行类	《樵子五行志》五卷	
	《通志》卷68	五行·阴阳	《樵子五行志》五卷唐阳夏撰	
	《玉海》卷5	志五行	濮阳夏《樵子五行志》五卷	
元	《宋史·艺文志五》	子部·五行类	濮阳复《蕉子五行志》五卷	

① 强至《祠部集》卷三五《墓志铭·桂州司法参军赠太子中允叶公墓铭》，《丛书集成》初编本，中华书局新1版，1985年，531页。

年代	著录书目	分类	题名	版本类别
明	《国史经籍志》卷4下	五行家·玥阳	《樵子五行志》五卷	
清	《澹生堂藏书目》卷10	子类·天文家	《樵子五行志》一卷	澹生堂余苑本（钞本）
	《近古堂书目》卷上	天文类	《谯子五行》	
	《千顷堂书目》卷15	子部未数类	司马泰《文献汇编》一百卷（第四十五卷）《纂集樵子五行志》	
	《钱遵王读书敏求记校证》卷3中	五行	《谯子五行》五卷	
	《稽瑞楼书目》		《谯子五行志》五卷	旧钞
	《爱日精庐藏书志》卷23	术数类·占候	《谯子五行志》五卷	钞本
	《铁琴铜剑楼藏书目录》卷15	占卜	《谯子五行志》五卷	旧钞本
	《持静斋书目》卷3	子部·术数类	《谯子五行志》五卷	旧钞本（明初钞本）李兆洛藏旧钞本
	《持静斋藏书纪要》卷下		《谯子五行志》五卷	曹溶藏明人旧钞李兆洛藏钞本
	《朱修伯批本四库简明目录》卷11	术数类·占候之属	《谯子五行志》五卷　唐濮阳夏撰	陈子准旧钞
	《增订四库简明目录标注》卷11	子部七·术数类·占候	《谯子五行志》五卷　唐濮阳夏撰	张氏钞本澹生堂余苑本丁禹生藏明钞本

年代	著录书目	分类	题名	版本类别
	《藏园订补郘亭知见传本书目》卷9	子部七·术数类·占候	《谯子五行志》五卷 唐濮阳夏撰	旧钞本丁禹生藏明钞
	《海日楼书目》		《谯子五行志》五卷	李申耆先生旧藏 旧钞本
现代	《中国古籍善本书目》	子部术数类·占候	《谯子五行志》五卷 唐濮阳夏撰	国图明钞本一种南图清钞本两种

从上表可以看出，各家著录之《谯子五行志》，除去讹误外，其作者均题"濮阳夏"，濮氏为何人，今已不可考。书名所题或为"樵子"，或为"谯子"，宋元明，"樵子"多于"谯子"，清代以后基本都书"谯子"。世以"谯子"名显者，惟三国蜀地的谯周，可能是唐人假托谯周之名撰写了这部书。观书中每卷末都有"谯子曰"，则其书本名似应以《谯子五行志》为妥，"樵子"或为"谯子"之讹。

《谯子五行志》一直是以钞本形式流传，未见有刻本。明代虽有焦竑（1540—1620）《国史经籍志》、祁承㸁（1563—1628）《澹生堂藏书目》、《近古堂书目》三家书目著录①，但确知藏有该书的只有祁承㸁。近古堂

① 冯惠民、李万健等选编《明代书目题跋丛刊》，书目文献出版社，1994年，上册367页下、1017页上，下册1175页上。

藏书情况不明，焦竑此书多依《通志·艺文略》，四库馆臣评曰："丛抄旧目，无所考核，不论存亡，率尔滥载。古来目录，惟是书最不足凭。"[①] 则焦竑很可能未见过《谯子五行志》。祁承㸁著录"《谯子五行志》一册一卷澹生堂余苑本"，卷数与各家不同。所谓"澹生堂余苑本"，乃祁氏手抄之《澹生堂余苑》604卷，祁承㸁曾谈及该书，云：

> 性尤喜小史、稗官之类，曾搜取四部之余，似经非经，似集非集，杂史小说，衰而集之，名为《四部余苑》，函以百计，种以二千行，每二十种为一函，俟成帙之后，听海内好事者各刻一二函。此亦宇宙间一大观也。[②]

是知祁氏曾抄录《谯子五行志》一部，并收入《澹生堂余苑》。《澹生堂余苑》在《千顷堂书目》和《明史·艺文志》都有著录，但散佚很快，近人严倚帆认为：

> 由于此书没有刻本，故散失很快，清朝莫友芝编《邵

① 四库全书研究所整理《钦定四库全书总目》上册，中华书局，1997年，1153页。
② 祁承㸁《澹生堂集》卷一八《与郭文学》，国图缩微胶片，编号10463。

亭知见传本书目》时，其中所著录只有 40 几种了，现中
央图书馆尚存有六卷六种，分别是温公琐语、漫堂随笔、
直率纪事、南窗纪谈、南野闲居录及杨公笔谈。^①

可见该书现在十不存一。严氏遍查各藏书目录中著录为澹
生堂钞本者，共 34 种，无《谯子五行志》^②。则澹生堂余
苑本可能是祁氏抄录时，将五卷合为一卷，现已亡佚。另
外，清代黄虞稷（1629—1691）《千顷堂书目》子部术数
类著录明人司马泰的《文献汇编》一百卷，其中第四十五
卷是《纂集樵子五行志》^③。司马泰，明嘉靖时人，藏书
甚富，其所编《文献汇编》在《明史·艺文志》里著录，
今亦不传。

　　清代钱曾（1629—1701）《读书敏求记》云："谯子，
不知何时人。五行各以类次，注解甚明。此等书惜不多传
于世为恨耳！"^④ 是钱氏以为其书乃唐人所撰，非伪作也。
清代各家著录的《谯子五行志》主要是三个系统。

① 严倚帆《祁承㸁及澹生堂藏书研究》，汉美图书有限公司，
1991 年，67 页。
② 严倚帆《祁承㸁及澹生堂藏书研究》，114—117 页。
③ 黄虞稷撰，瞿凤起、潘景郑整理《千顷堂书目》卷一五，上
海古籍出版社，1990 年，402 页上。
④ 钱曾撰，管庭芬、章钰校证《钱遵王读书敏求记校证》卷三中，
《清人书目题跋丛刊四》，中华书局，1990 年，150 页上。

其一是陈揆稽瑞楼藏旧钞本。陈揆（1780—1825）《稽瑞楼书目》注"旧钞一册"[①]。张金吾（1787—1829）《爱日精庐藏书志》言：

> 唐濮阳夏撰，《新唐书·艺文志》《崇文总目》著录，言天文占验事。《读书敏求记》曰：谯子，不知何时人。殆未之详考欤？[②]

则他认为作者是濮阳夏。据张氏言，其所藏钞本是"从陈君子准藏旧钞本传录"。陈子准，即陈揆，酷爱藏书，因得唐刘赓《稽瑞》一书，乃将藏书楼命名为"稽瑞楼"，是清代常熟有名的藏书家。去世后，藏书四散[③]，他所收藏的《谯子五行志》后被瞿镛（1794—1875）所得，《铁琴铜剑楼藏书目录》著录云：

> 不著撰人名氏。案：《唐志》及《崇文总目》谓，唐时濮阳夏撰。其书分木、火、土、金、水五行，应四时以

<hr>

① 陈揆编《稽瑞楼书目》，《丛书集成》初编本，中华书局新1版，1985年，137页。
② 张金吾《爱日精庐藏书志》卷二三，《清人书目题跋丛刊四》，472页下。
③ 《稽瑞楼书目》"潘祖荫序"。

编次，首举天文，下及物类，即象以推休咎，觇缕详悉。钱遵王氏谓此等书惜不多传于世也。[1]

瞿氏仅言所藏是"旧钞本"，至于钞本年代不明；瞿氏所藏后又归中国国家图书馆，著录为明钞本。由此看来，瞿镛及国图所藏均是陈揆旧藏明钞本，张金吾所藏是据陈揆藏本抄录的清钞本。国图收藏的明钞本中，"桓"字出现十处，但有两处缺末笔，"恒"字出现一处，也缺末笔，显然是避宋讳所致，这说明明钞本源自宋本，明人在抄录时把宋讳改过来，但仍有遗漏的地方。明钞本讹误较多，校改随处可见，从笔迹判断不止出自一人之手，因无题跋，所以不清楚是何时何人手校，只能笼统称其为"明钞校本"。现所见，只有《续修四库全书》影印了这个本子，但校改痕迹十分模糊，藏书印也不可识[2]。

其二是曹溶藏明初钞本。丁日昌（1823—1882）《持静斋书目》云：

① 瞿镛《铁琴铜剑楼藏书目录》卷一五，《清人书目题跋丛刊三》，中华书局，1990年，221页。
② 《续修四库全书》子部·术数类，第1049册，上海古籍出版社，1995年，605—629页。又，中国科学院图书馆整理的《续修四库全书总目提要（稿本）》没有收录《谯子五行志》，齐鲁书社，1996年。

旧钞本。卷首曹溶题云：此秘册也，为明初人手抄，曾经方孜未先生鉴定，字法深得唐人遗意等语。又卷末方震孺题云：天启甲子夏，读三，复并抄传一部云云。有震孺、翁方纲、覃溪、王芑孙、蓉镜、引意诸印。[①]

莫友芝（1811—1871）为丁日昌编的《持静斋藏书纪要》亦云：

唐濮阳夏撰。言天文占验事。新唐志、《崇文总目》、《遂初堂书目》皆著录，四库未收。此本明人旧钞，曹溶倦圃所藏。[②]

丁、莫二人的记载为我们揭示了该版本《巂子五行志》的流传情况，其中提到了明清时期不少著名的学者、藏书家及其藏书印。方孜未，即方震孺（1585—1645），字孜未，号念道人，寿州人，万历十一年进士，《明史》有传。曹溶（1613—1685），字秋岳，一字洁躬，号倦圃，清秀水人，明崇祯进士。清初著名藏书家，藏书之盛，足

① 丁日昌《持静斋书目》卷三，广州英华书局，1918 年，叶 2a。
② 莫友芝《持静斋藏书纪要》卷下，广州英华书局，1918 年，叶 17b。

可抗衡宁波范氏天一阁。曹溶手订的《流通古书约》定各藏家有无相易之法，为中国藏书史上重要文献。翁方纲（1733—1818），清代书法家、文学家、金石学家。字正三，号覃溪，晚号苏斋，直隶大兴（今属北京）人。乾隆十七年进士，官至内阁学士。善赏鉴，对著名碑帖考证题跋甚多，书法尤冠绝一时。王芑孙（1755—1818），字念丰，号惕甫，又号楞伽山人，江苏吴县（苏州）人，官华亭教谕。性简傲，书仿刘墉。"蓉镜"乃张蓉镜（1802—1849）藏书印，张氏字芙川，又字伯元，江苏常熟人。父张燮与当时著名藏书家黄丕烈为好友。藏书处为小琅嬛仙馆和双芙阁，藏书多达数万卷。"引意"不知何许人。据记载，我们可知，此明初钞本曾经方震孺鉴定，方氏自己抄录一本。入清后明钞本归曹溶，后又迭经翁方纲、王芑孙、张蓉镜等人之手，最后归丁日昌。

其三是李兆洛藏本。前引《持静斋书目》又云："又一部亦旧钞本，李兆洛藏，有兆洛鉴定、申耆诸印。"《持静斋藏书纪要》云："又一钞本，李兆洛藏。"是知李兆洛也有藏本，唯藏本年代不详。李兆洛（1769—1841），字申耆，号绅绮，晚号养一老人，江苏常州人。嘉庆进士，工书、善诗，精考证、地理学，书学功底极深，尤善行草。藏书斋名辈学斋，所藏书逾五万卷。李氏藏书很有特点，其弟子蒋彤撰《养一子述》曰："每得书必并本原订，细楷目录，夹以银杏木板，束以青绳，严整明便，望而知为辈学斋中物也。"①国图所藏清钞本即带夹板，从藏印中"李兆洛印"、"兆洛审定"、"养壹"判断，当为李兆洛藏本，但印文和《持静斋书目》不完全相同，因此，这是持静斋所指李兆洛旧钞本之外的其他本子。与国图藏明钞本对照之后，发现它和明钞本之间具有一定的渊源关系。第一，前提及明钞本中"桓"、"恒"二字有避讳的情况，清钞本不但也有这种情况，而且避讳的地方和明钞本一致。第二，明钞本讹误、后人又没有校改之处，清钞本基本都延续下来，特别是明钞本中大量的地名、帝王年号错误，清钞本照录，比如明钞本卷二出现的"晋穆公"（应是"晋穆帝"）、"始藏"（应是"姑藏"）等。由此，笔者判断清钞本是李兆洛用自己藏本（即《持静斋书目》所说旧钞本）校明钞本之后的新钞本，笔者称之为"李兆洛钞本"。新钞本又有"耄逊"、"海日楼"印及朱笔校改，耄逊乃沈曾植（1850—1922）号②，沈氏《海日楼书目》言"谯子五行志 五卷 李申耆先生旧藏 旧抄本"③，则是书后归沈曾植海日楼，朱笔校改当是沈氏所为。此书最后亦归国

①缪荃孙纂录《续碑传集》卷七三《儒学三》，沈云龙主编《近代中国史料丛刊》第99辑（989），文海出版社，1973年，页12 a。
②王蘧常《沈寐叟年谱》，台湾商务印书馆，1977年，1页。
③沈曾植《海日楼书目不分卷》第21号，1925年沈氏海日楼钞本，国图缩微胶片，编号15584。

家图书馆。

上述三个系统其实是四种钞本，稽瑞楼旧钞和李兆洛手抄本最后都归国家图书馆，持静斋所藏曹溶和李兆洛藏本的下落却扑朔迷离。邵懿辰（1810—1861）《增订四库简明目录标注》子部七·术数类·占候著录云"唐濮阳夏撰，昭文张氏有钞本，四库未收。澹生堂余苑本"，未知丁氏旧藏，到其孙邵章时才得知"丁禹生藏明钞本"[①]。莫友芝因替丁氏编《藏书纪要》得以知道该书，在其《邵亭知见传本书目》中云：

> 唐濮阳夏撰。张氏志云，《新唐书·艺文志》、《崇文总目》著录，言天文占验事。《敏求记》曰：谯子，不知何时人。殆未之详考。○旧钞本○丁禹生藏明钞。[②]

"张氏志"即张金吾《爱日精庐藏书志》；丁禹生，即丁日昌。但莫氏本人藏书中没有《谯子五行志》[③]。丁日昌去世后，持静斋藏书即流散，大部分归上海涵芬楼，

---

① 邵懿辰撰，邵章续录《增订四库简明目录标注》卷一一，上海古籍出版社，1979 年新 1 版，466 页。
② 莫友芝撰，傅增湘订补，傅熹年整理《藏园订补邵亭知见传本书目》卷九，中华书局，1993 年，第 2 册 10 页。
③ 莫友芝《影山草堂书目不分卷》（稿本），国图缩微胶片，编号 09271。

一些为日本人购去，部分归李文田（1834—1895）、莫伯骥（1877—1958）。20 世纪 30 年代，上海东方图书馆毁于战火，千种古籍化为灰烬，笔者查阅张元济所编《涵芬楼烬余书录》及后附《涵芬楼原存善本草目》①，没有著录《谯子五行志》。莫氏《五十万卷楼藏书目录初编》亦未著录②，因《续编》及大部分藏书毁于战火③，我们实在不能确定莫氏是否藏有《谯子五行志》。至于李文田，"丁氏持静斋中诸钞本传钞多有其副"④，因此他的可能性最大。然而李氏一直没有对其藏书进行编目，抗战期间泰华楼藏书在京粤两地同遭损失，叶恭绰就慨叹"向劝芍农先生文孙劲庵速编全目已经不及"⑤，芍农是李文田的号，劲庵即李氏孙李棪，由于泰华楼藏书一直没有编目，我们现在也就无法知道是否藏有《谯子五行志》了。因此，曹溶藏明初钞本和李兆洛藏旧钞本的下落今已不可考知，毁于战火的可能性极大。

① 张人凤编《张元济古籍书目序跋汇编》中册，商务印书馆，2003 年。
② 莫伯骥编《五十万卷楼藏书目录初编》，上海商务印书馆，1936 年。
③ 《五十万卷楼群书跋文》"容肇祖序"，后附"五十万卷楼主人所著书"，铅印本，1948 年。
④ 伦明《辛亥以来藏书纪事诗》，叶恭绰《矩园余墨纪书画绝句》附，铅印本，1961 年，35 页。
⑤ 《五十万卷楼群书跋文》"叶恭绰序"。

《谯子五行志》流传情况图

明　　　　　　　　　　　　　清　　　　　　　　　　　现代

　　　　　　　　　　　　　爱日精庐钞本

①明钞校本 ——————— 归稽瑞楼 ——————— 归铁琴铜剑楼 ———————
　　　　　　　　　　　　　　　　　　　　　　　　　　　　　　—— 归国图
　　　　　　　　　　　　　　④李兆洛钞本 ——————— 归海日楼
　　　　　　　　　　　　　③李兆洛藏旧钞本 ———————
②明初钞本 —— 归曹溶 —— 迭经翁方纲、王芑孙、张蓉镜等 —— 归持静斋（存佚不明）
　　　　　　方震孺钞本
　　　　　　　　⑦钱增藏本（存佚不明）
⑤文献汇编本（佚）
⑥澹生堂余苑本（佚）

　　　《谯子五行志》的撰写与上面两种占书不同，作者濮阳夏很可能是一个普通文人，他无法参考皇家丰富的藏书，这从书中引用的文献就可以看出，基本是杂采李淳风《乙巳占》、京房占辞及正史《五行志》编纂成书，在校勘和辑佚上的价值远不如《天文要录》和《天地瑞祥志》。笔者以为，本书最大的特色是编排体例。如下表所示，作者以木、火、土、金、水五行分领各卷，首举天文，下及物类，这种体例中可以看到正史《五行志》的影子，但又不完全相同，而各种事项与五行的关系也不明晰，显示出作者并非一名专业的天文星占者。这恰好为我们提供了可资比照的对象。因为我们过去看到的隋唐占书《乙巳占》、《开元占经》以及在我国失传的《天文要录》和《天地瑞祥志》，它们的编纂或多或少都带有官方的专业背景，而且这些占书常常被束之高阁，普通人难得一见，后两种在我国失传即是例子，《开元占经》如果不是明万历四十四年（1616）有人偶然打开了一座古佛像的腹部，相信也是难见天日。在正规占书不通行的年代里，普通百姓是如何接触占卜知识并应用于实践的呢？敦煌吐鲁番发现的占卜文书为我们解开这个疑问提供了一条途径，但这些文书多数是一些节录的抄本残卷，少有全璧者，从中难以了解编纂的情况。《谯子五行志》全书完整，出自普通文人之手，体例内容颇参照正史《五行志》，这为我们了解唐代的民间信仰、官方意识形态与民间信仰之间的互动关系提供了很好的素材。

《谯子五行志》类目表

卷一	木行、龙行、蛇行、鱼行、雷行、风行
卷二	火行、众羽虫、曰鸠、伯劳、乌鹊、雀、雉、鸡、卦直离、日旁气、日晕
卷三	土行、填星、戊己、倮虫、人头形、卦直坤艮、占雾、地蜮（虹蜺）
卷四	金行、太白星、庚辛金德、石人、驺虞、牛马、犬豕生、马、鼠、卦直乾坤、霜雪
卷五	水行、辰星、壬癸、龟、鼋、雪、寒、卦直坎、月晕、月珥

以上的介绍主要是针对三种占书的作者、版本及流传情况，内容部分的价值涉及不是很多，期待着读者阅读之后自己作出判断。由于大量简牍术数文献的出土，这方面的研究近年来颇受关注，学界在把注意力集中到术数渊源的考察时，也不应该忽视对其流衍的研究，尤其是对中古

时期演变脉络的整体把握，目前并未见到透彻的论述。这次，国家图书馆出版社影印出版《天文要录》、《天地瑞祥志》和《谯子五行志》这三部稀见的唐代占卜典籍，是一件嘉惠学林的功德之举，相信会推动中古思想史、社会史等相关领域的研究。我们也期待在不久的将来，能看到相应的校点本出版。

唐代三种占书目录对照表

天文要录		天地瑞祥志		开元占经	
卷一	序	卷一	条列目录（启　明载字　明灾异例明分野　明灾消福至　明目录）	卷一	天体浑宗
		卷二	三才始　天地像天 · 人　人变相	卷二	论天
				卷三	天占
				卷四	地占
卷二	日灾图				
卷三	月灾图				
卷四	日占	卷三	三光　黄道　日蚀救蚀　日光变日杂异　日斗　晕	卷五 – 一〇	日占
卷五	月占		月蚀　月光变月杂异	卷一一 – 一七	月占
			五星总载	卷一八 – 二二	五星占
卷六	岁星占		岁星	卷二三 – 二九	岁星占
卷七	荧惑占		荧惑	卷三〇 – 三七	荧惑占

天文要录		天地瑞祥志	开元占经	
卷八	镇星占	镇星	卷三八 – 四四	填星占
卷九	太白占	太白	卷四五 – 五二	太白占
卷一〇	辰星占	辰星	卷五三 – 五九	辰星占
		五星会 〔四星会?〕 三星会 二星会		
卷一一	角占			东方七宿角亢氏房心尾箕
卷一二	亢占			
卷一三	氐占			
卷一四	房占	东七宿 附见六星	卷六〇	
卷一五	心占			
卷一六	尾占			
卷一七	箕占			
卷一八	斗占			北方七宿斗牛女虚危室壁
卷一九	牛占			
卷二〇	女占			
〔卷二一〕	〔虚占〕	北七宿 附见二星	卷六一	
卷二二	危占			
卷二三	室占			
卷二四	壁占			
卷二五	奎占			西方七宿奎娄胃昴毕觜参
卷二六	娄占			
卷二七	胃占			
卷二八	昴占	西七宿 附见三星	卷六二	
卷二九	毕占			
卷三〇	觜占			
卷三一	参占			

（天文要录第一一至一七为「东方七宿」，一八至二四为「北方七宿」，二五至三一为「西方七宿」；天地瑞祥志东七宿、北七宿归「卷四」，西七宿归「卷五」）

天文要录			天地瑞祥志		开元占经	
卷三二	东井占	南方七宿	卷五	南七宿 附见三星	卷六三	南方七宿 井鬼柳星张翼轸
卷三三	鬼占					
卷三四	柳占					
卷三五	七星占					
卷三六	张占					
卷三七	翼占					
卷三八	轸占					
					卷六四	分野略例 月所主国 日辰占 邦变应期 逆顺略例 灾
卷三九-四五	石内官占		卷六	内官九十八官 附见四官	卷六五-六七	石氏中官占
卷四六	石外官占				卷六八	石氏外官
卷四七-四八	甘内官占		卷七	内官卌六官 附见四官 外官九十官 附见二官	卷六九	甘氏中官
卷四九	甘外官占				卷七〇	甘氏外官
卷五〇	巫内外官占					
			卷八	流星名状 流星廿八宿 流星内官 流星外官 流星昼 流星日月 流星五星 五星自流附见星 流星晕上	卷七一-七五	流星占

天文要录	天地瑞祥志		开元占经	
			卷七六	杂星占
	卷九	客慧总载　客慧别名　客慧昼出　客慧出　日月辛　客慧出五星　客慧出廿八宿　客慧出内官　客慧出外官　天汉	卷七七－八四	客星占
			卷八五－八七	妖星占
			卷八八－九〇	慧星占
	卷一二	风总载　风期日　正月朔旦风　五音风　六情风　八风主客附见　回风雨	卷九一	风占
		雨总载　候雨　候雨晴　四时雨　正月朔附见　当雨不雨　偏雨　无云而雨　军雨附见　异雨　霖雨	卷九二	雨占
			卷九三	候星善恶占
	卷一〇	云气 / 云气总载　正月朔旦云气　五包云气　日旁云气　月旁云气	卷九四	杂云气占
		廿八宿　云气	卷九五	云气犯二十八宿占
		内官云气　外官云气	卷九六	云气犯列宿占石氏中外官占

天文要录	天地瑞祥志		开元占经	
	晕	晕珥状 日晕 抱珥 月晕 晕五星 五星 自晕附见 晕 廿八宿 晕内 官 晕外官	卷九七	猛将军 阵胜负 云气占
		虹蜺 日旁虹 蜺附见	卷九八	虹蜺占
	卷一七	宅舍 光 血 肉 毛 衣服 床 刀剑 镜 鼎 釜 甑 瓮 印玺 金縢 环 玉 贝 苏 胡钩 山 石 船 金车 根车 象车 山车 乌车 威车	卷九九	山石冢 光占
	卷一六	月令（木 火 土 金 水 醴泉井附见）	卷一〇〇	井泉自 出河移 水火占
	卷一一	电 阴暗 昼冥 露 雪 霰 雹 霜 雾 旱 热 寒	卷一〇一	霜雪雹 冰寒雾 露霾霰 霏蒙占
		雷总载 始雷 雷而 无云及雨冬雷雷而后 电 军上雷 霹雳	卷一〇二	雷霆占
	卷一三	梦		
			卷一〇三	历法 麟德 历经

天文要录	天地瑞祥志		开元占经	
			卷一〇四	算法天竺九执历经
			卷一〇五	古今历积年及章率
			卷一〇六－一一〇	星图
	卷一五	农业 百谷 禾柜必己 稻黍 稷秫 粟穄 菽麦 麻蚕	卷一一一	八谷占
		草 蓍 芝英 □莆 华平 朱草 蓂英 福并 延嘉 紫蓬 平甫 宾连 萍实 屈轶 葟廉 菊蓣 藜 苦买 薏苡 姜 瓜 荠 葶苈 水藻 艾 三□ 葵 福草 礼草 葳□	卷一一二	竹木草菜占
	卷一四	音声 童谣 妖言 革俗 神 鬼 魂魄 物精	卷一一三	人及鬼神占
			卷一一四	器服休咎城邑宫殿怪异占
	卷一八	禽	卷一一五	禽占

天文要录	天地瑞祥志		开元占经	
	卷一九	兽	卷一一六	兽占
			卷一一七	牛占
			卷一一八	马占
			卷一一九	羊犬豕占
			卷一二〇	龙鱼虫蛇占
	卷二〇	祭总载 封禅 郊祭日月 迎气 巡狩 社稷 宗庙 拜墓附见 籍田 蚕附见 灵星 三司 明堂 五祀 高禖 祭风雨雩 祭冰 禊 傩 祭马 治兵 祭向神 祭鼓庵 盟誓 振旅 乐祭 祭日遭事		

原刊高柯立选编《稀见唐代天文史料三种》（国家图书馆出版社，2011年1月）

唐《魏公先庙碑》的流传及相关问题

    《魏公先庙碑》又称《魏公謩先庙碑》、《相国魏謩先庙碑》、《魏氏先庙碑》。是唐代名臣魏徵的五世孙魏謩重修家庙时所立，由柳公权书丹。魏謩，唐文宗大和七年（833）登进士第，宣宗大中五年（851）备位宰相，十二年去世，"绰有祖风"[①]。以敢于直谏闻名。此碑撰于大中六年，为柳公权晚年所书，尽显庄重之气，其重要性不言自明，故于清雍正年间出土后，学者竞拓。然《魏公先庙碑》（以下简称《先庙碑》）出土时残破，文字多有磨泐，加上诸家拓本质量不一，竟无一份精确之录文，致使碑文的内容不能得到很好解读，乃至于谬误重重。本文在梳理《先庙碑》流传过程的基础上，参照所见精拓，对此碑进

---

    ① 《旧唐书》卷一七六《魏謩传》，中华书局，1975年，4571页。

行校录，并试图对一些聚讼不已的问题作出解答，以就正于方家。

一、《魏公先庙碑》的流传

北宋朱长文《墨池编》最早著录此碑："柳公权书，在京兆。"[1] 南宋赵明诚《金石录》记："崔绚撰，柳公权正书，大中六年十一月。"[2] 佚名撰《宝刻类编》云："崔玙撰，柳公权书并篆额，大中六年立，京兆，存。"[3] "崔绚"为"崔玙"之误，清代学者多有辨析，已是不刊之论。此碑在元明两代不见踪影[4]，清雍正年间，时任陕西藩署长官杨馥因升置颜真卿手书之《郭汾阳家庙碑》，掘土得此碑，当时已经断裂，得石五块，镶嵌成版（见"《魏公先庙碑》断裂示意图"之第①、②、③、④、⑤石），置

[1] 朱长文《墨池编》卷六《碑刻一·唐碑·祠庙》，影印文渊阁四库全书本，第 812 册，893 页上。

[2] 赵明诚撰，金文明校证《金石录校证》卷一〇，广西师范大学出版社，2005 年，184 页。

[3] 佚名《宝刻类编》卷四，《石刻史料新编》第 1 辑第 24 册，新文丰出版公司，1982 年第 2 版，18459 页。

[4] 明代于奕正《天下金石志·陕西》著录有"唐魏謩先庙碑 柳公权书"（《石刻史料新编》第 2 辑第 2 册，新文丰出版公司，1979 年，833 页下），但该书乃是前代碑录的汇编，作者不一定亲见原碑拓。

于陕西布政使司二门内的廊壁上。最初将第⑤石斜置于第⑦石左方，后重新移置左下方①。乾隆二十年（1755），毕沅主持重修《西安府志》时再次著录此碑，全据《金石录》②。此后，乾嘉学者多留意此碑，撰写了不少考证性的文字③，但直到王昶编《金石萃编》时，才将碑文录出，惟磨泐严重，仅能辨得七百余字，不能成诵。《全唐文》

① 杨馥《复置颜柳碑记》，雍正十二年，西安碑林藏石，图版见高峡主编《西安碑林全集》第48卷，广东经济出版社、海天出版社，1999年，4501页。另参方若《校碑随笔·唐·魏公蕫先庙残碑》，此据王壮弘增补《增补校碑随笔》（修订本），上海书店出版社，2008年，409页。王壮弘谓此碑于雍正十二年出土，实误，这是杨馥撰写《复置颜柳碑记》的时间，实际出土时间应该在这之前。

② 舒其绅修，严长明纂《（乾隆）西安府志》卷七二《金石志》，《中国地方志集成·陕西府县志辑》第2册，凤凰出版社，2007年，220页下。

③ 朱枫《雍州金石记》卷九，《石刻史料新编》第1辑第23册，17171页；王鸣盛《十七史商榷》卷九一"魏蕫世系"，中国书店影印，1987年；武亿《授堂金石文字续跋》卷六，《石刻史料新编》第1辑第25册，19224页；孙星衍《寰宇访碑录》卷四，《石刻史料新编》第1辑第26册，19912页；王昶《金石萃编》卷一一七，中国书店影印，1985年，叶8—9；赵绍祖《古墨斋金石跋》卷六，《石刻史料新编》第2辑第19册，14154页；洪颐煊《平津馆碑记》卷八，《石刻史料新编》第1辑第26册，19440页上。

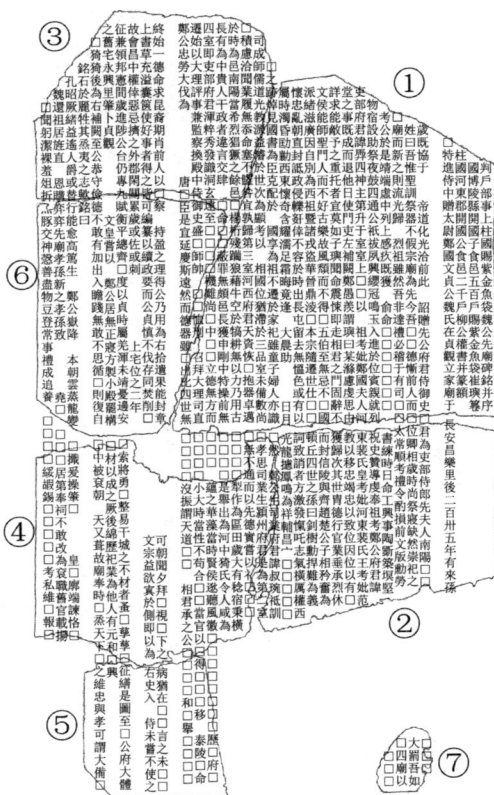

《魏公先庙碑》断裂示意图

的录文大体同于《金石萃编》，只是修正了几处文字[1]。之后，五石拓本流传愈广，道光二年（1822）车秋舲在为黄

① 《全唐文》卷七四一，中华书局，1983 年，7660—7661 页上。

本骥《隋唐石刻拾遗》作题辞时就说，"僧怀仁所集《圣教序记》、柳诚悬所书《魏公先庙碑》数种为眼前习见之本"[1]，相似的言论也见于两年后王志沂所编《关中汉唐存碑跋》的序文中[2]。或许是已成为常见之物，道光以后学者们为《先庙碑》撰写跋文的热潮渐退，考订的内容也没有逸出乾嘉时期的范围[3]，尤可注意者，陆增祥对《金石萃编》的录文作过大幅修正，文义稍通。光绪十七年（1891），时任陕西布政使的陶模在整修衙署时掘得颜真卿书《马璘碑》，同时又获《先庙碑》二残石，嵌于原碑之左方和右下趾（见"《魏公先庙碑》断裂示意图"之第⑥、⑦石），第⑥石存一百七十余字，第⑦石仅存十余字，此后传拓者为七石本。民国时第⑦石又佚，故又有六石

① 黄本骥《隋唐石刻拾遗》"车秋舲题辞"，《石刻史料新编》第 2 辑第 14 册，10297 页下。
② 王志沂《关中汉唐存碑跋·序》，同作者编《陕西志辑要》附，道光七年赐业堂刻本。
③ 黄本骥《隋唐石刻拾遗》卷下，10388 页上—10389 页上；王志沂《关中汉唐存碑跋》，叶 49；陆增祥《八琼室金石补正》卷七七，文物出版社，1985 年，533 页；毛凤枝《关中金石文字存逸考》卷二，《石刻史料新编》第 2 辑第 14 册，10412 页上。

本 ①。时至今日，七块《先庙碑》原石都已不知下落 ②。

如上所述，《先庙碑》存世旧拓有五石本、七石本和六石本三种。光绪十七年前拓者为五石本，此间拓者最多，故流传最广，就收藏机构和近年来各大拍卖行的拍卖情况看，几乎全是五石本。五石本又分五石整拓和剪裱本两种。因原石出土时已经残损严重，拓片的质量差别较大，而剪裱本只将拓印清晰的文字剪裁下来装裱，其书法意义大于史料意义。笔者所知，北京故宫博物院藏有五石剪裱本一种，15 页，半叶 5 行，行 9 字，钤朱文"郦毓麟"等章 4 枚 ③。台湾"国家图书馆"收藏一种，编号金 2717，半叶 5 行，行 9 字。北京大学图书馆收藏两种。一种编号 B2478，折页装，有上下夹板，16 页，半叶 5 行，

---

① 陶模《陕西藩署增置颜柳碑记》，光绪十七年，西安碑林藏石，图版见《西安碑林全集》第 55 卷，5219 页；王壮弘《增补校碑随笔》，646 页；杨守敬《寰宇贞石图·魏公先庙残碑》徐无闻"说明"，谢承仁主编《杨守敬集》第 9 册，湖北人民出版社、湖北教育出版社，1997 年，544 页。杨震方编著《碑帖叙录》谓嘉道间又得二石，误（上海古籍出版社，1982 年，248 页）。

② 徐无闻"说明"中提到"此碑残石今在陕西西安碑林"，2011 年 6 月下旬，笔者在西安考察时，曾专门就此事求教于西安碑林博物馆王其祎先生，王先生告知碑林并无此碑。

③ 中国书法编辑组编《中国书法·柳公权》第二册，文物出版社，1980 年，图版 132—160 页，"图版说明"见 231 页。

行 8 字。一种编号 D241：107，折页装，18 页，半叶 4 行，行 8 字。另有五石剪裱本，封面题"柳城（诚）悬魏公先庙碑"，半叶 4 行，行 7 字，中有朱文印章 3 枚，末有"看云道人"评柳公权书法的跋文，钤有"茶半香初"、"聊以自娱"朱文印章①。这些剪裱本相差无几，碑文后半部在装裱时几乎都出现了严重的次序错乱问题，清人赵绍祖在《古墨斋金石跋》中就曾感慨："碑既残阙，而余本又以剪裁失次不可读，故无从与史细为核对。"因此，这些剪裱本对于我们读懂碑文帮助甚微。五石整拓，据笔者所知，最早的是雍正十三年（1735）拓本，为戚叔玉先生旧藏，现归上海博物馆，编号 11357②。中国国家图书馆收藏二通，一通年代较早，是最初将第⑤石斜置于第①石左方时所拓③，但此通在国家图书馆的检索系统上已无登记，可能遗失；另一通高 168 厘米，宽 98 厘米，拓印不精，致使很多文字无法识读④。北京大学图书馆藏五石整

① 照片见 http://photo.163.com/maishuren2007200/big/#aid=21383485&id=873307115。
② 上海博物馆图书馆编《戚叔玉捐赠历代石刻文字拓本目录》，上海古籍出版社，2006 年，288 页。据目录，戚先生另捐赠有剪裱本一册，编号 10392。
③ 《中国书法·柳公权》第二册，图版 131 页。
④ 北京图书馆金石组《北京图书馆藏中国历代石刻拓本汇编》第 32 册，中州古籍出版社，1989 年，81 页。本拓的文字说明中撰者仍是"崔绚"，实误。

拓，编号 A142130，据签条记录，此为缪荃孙"艺风堂金石旧藏"，一通一纸，长五尺一寸，广三尺，36 行，行 60 字。《艺风堂金石文字目》卷六著录："魏暮先庙碑铭 崔绚撰，柳公权正书，裂为五石，大中六年十一月，在陕西长安。"① 此为精拓。这两通五石整拓都是在将第⑤石重移至左下方之后所拓②。台湾"国家图书馆"还藏有一种编号金 2224 者，115 厘米 ×101.5 厘米，有民国时期天津孟继埙题记："崔玙撰，柳公权书。在长安，大中六年十一月立。碑毁于前明地震，仅存残石五段。此本稍旧且拓法细腻，较新拓数倍精神。光绪五年得于厂肆。"③ 因拓片残损严重，馆方拒绝调阅，详细信息不得而知。

光绪十七年以后拓者为七石本，因新出二石的消息知者甚少，故传拓亦少。笔者所见者有四种。一为杨守敬所得，刊于《寰宇贞石图》中。此书于光绪八年（1882）初

① 《石刻史料新编》第 1 辑第 26 册，19621 页下。
② 关于五石拓本的前后时间判断，王壮弘综合晚清近代学者的认识总结为："此石初拓本仅五石，首行'判'字不损。三十三行'右补阙'之'右'字左撇不损。稍晚拓三十行'权幸恶忌'之'恶'字'亚'部左方上小撇，未与下细线石花渺连。"（《增补校碑随笔》修订本，409 页）仲威《中国碑拓鉴别图典》基本照录了王壮弘的总结，但配上了五石整拓和局部图版，更为直观（文物出版社，2010 年，701—702 页）。
③ 封思毅《天津孟氏及其金石拓片题记》，《"国立"中央图书馆馆刊》24：2，1991 年 12 月，186 页。

刊时用的是五石本，到宣统元年（1909）重印时，五石本换成了七石本①。一藏北京大学图书馆，编号02132，牛皮纸袋封面记录有"陈簠斋旧藏"、"柳风堂金石旧藏"字样。内有二通二纸，一通是五石整拓，一通是七石整拓。陈簠斋（1813—1884），名介祺，字寿卿，以号行。"柳风堂"主人张仁蠡（1900—1951），是张之洞最小的儿子，曾经当过汪伪政府的天津市市长，1951年被枪毙。因二通拓片放置在一起，此七石本到底是谁的旧藏，已经无法确知了。一藏日本京都大学人文科学研究所，编号TOU1647X，长约170厘米，据数据库著录的年代是咸通末，所据当源自王昶的猜测②。三种七石本均为精拓。另有一种刊布于"中国书法网"，高170厘米，宽100厘米，拓片背面宣纸签条书'唐魏公蕡先庙碑"大字，下书"六石本近拓"，左侧钤有"一粟"朱文印章，当是周绍良先生旧藏③。虽名为六石本，其实拓片上包括了七石，只不

① 徐无闻《〈寰宇贞石图〉浅说》，《江汉考古》1988年第1期，52—55页；亦见杨守敬《寰宇贞石图·魏公先庙残碑》徐无闻"说明"。

② 见京都大学人文研究所藏石刻拓片数据库：http://kanji.zinbun.kyoto—u.ac.jp/db—machine/imgsrv/djvu/bei/tou1647x.djvu。

③ 照片见 http://www.freehead.com/forum.php?mod=viewthread&tid=6635602&page=1。上述几种拓片印章、跋文及藏家的认定，得到了朱玉麒、史睿二位先生的帮助，谨致谢忱。

过第七石的文字没有拓印出来而已。

民国时期所拓者为六石本，极为罕见。台湾"国家图书馆"藏有一种，编号金 2223，172 厘米 × 100 厘米[①]。另外，"书法纵横"网站曾发布过一幅整拓，但未提供更多信息[②]。

二、《魏公先庙碑》录文

以往学者在讨论《先庙碑》时，几乎全部利用的是五石本；《金石萃编》（以下简称《萃编》）、《全唐文》和《八琼室金石补正》（以下简称《补正》）的录文也是据五石本过录。而后出的二石文字有将近二百字，对于碑文的释读有很大帮助。所以，此处以京都大学人文科学研究所、北京大学图书馆藏七石整拓为底本，参考其他旧拓，按行录文。因残缺造成缺字者，用□表示；不能确知缺失几个字的，前缺用"▢▢"表示，中缺用"▢▢"表示，后缺用"▢▢"表示；凡缺字可据残笔画和文义推知者，

---

① 本节所涉及台湾"国家图书馆"所藏三种拓片的简要信息，可在其网站内"古籍与特藏文献资源"库处检索得知，李丹婕女史在台北"中研院"访问期间，受托专程前往查阅，告知更为详细的信息，谨致谢忱。

② 照片见 http://bbs.8mhh.com/thread-31976-1-1.html。

径补，将所补文字置于□内；无法拟补者，作缺字处理；不识者，在该字后以"？"表示。

1 ▢判户部事上柱国赐紫金鱼袋魏公先庙碑铭并序

2 ▢国博陵县开国子食邑五百户赐紫金鱼袋崔[玙]篆

3 ▢柱国河东郡开国公食邑二千户柳公权书并篆额

4 ▢□特进、侍中、赠太尉郑国文贞公魏氏在贞[观]立家庙于[长]安昌乐里。后二百卅五年，有来[孙]▢

5 ▢岁，既协于帝，道化光洽，前此诏赠先公府君侍御史□君为吏部侍郎，先夫人南阳□□□□□[。]

6 ▢姓曰：吾惟圣训，祭器不假，宗庙为先。今吾□□德惭前人，而□位卿[相]，岁时尚祭寝缺然，崇祀之□□大罚吾如▢

7 ▢□庙而新之，则流光归烈祖。虽然，吾非达礼，必稽于有司。□□太常，顺考礼令，酌损前文，版勋劳□□四庙以▢

8 ▢考。公于是靖端虚中，列上感疚。既获俞命，□□□□□□书练时日，命工兴事，陶研筑堨，坚□□□□

9 ▢物，宿设助祭，夜鼓四通。公祇祓夙兴，缨

冠鸣玉，入进于位，宾亲就列，祝史赞导，虔奉祖考郑公府君讳□

　　10　□吏部府君讳彝四神主第升于室。室上□□以祖考妣郑国夫人河东裴氏、皇考妣河东裴氏、王考妣范□

　　11　□堂之事既成而退。他日，使门吏左补阙郑愚美谓玙曰："某涤虑虔思，由教以移忠，竭忠以致位，因位以有□

　　12　□详求能敌予之重托者，宜莫如子。"玙闻命震悚，即走相君之门，固辞不获。归次其世胄、德行、官业，垂承烈休□

　　13　□文侯能师圣门人，而不好古乐，故风颓而不得□五伯。至无忌，不□国而封信陵，与齐、赵、楚公子相矜奋为□

　　14　□派绪滋广，因自别为西祖。暨诸戎盗华，晋鼎凌□，本宗随迁，世仕□□顿丘。四世之孙曰钊，树勋捍难，为义□

　　15　□怀忠乱朝，直封诋政，侵轹奸倖，不容于时。出长屯留，去无愠色。或有以词致诮者，方激发忼吒，志气横厉，权西□

　　16　□属时浊昏，助勤西东，怀奇含耀，濡足霜晦，竟逢大晨，助日月光，龙摅凤鸣，为祥辅昌。宀□□□□□□

17 □□□□之迹焯见国书。为臣克配于国享，为祖不迁于家祀，虽童子妇人，亦识□然。郑公生司业府君讳叔琬，祗训□□□

18 □司成，师儒道光，教源益濬，于世次为显考。以相国位犹滞于三品，室未备数，尚□孝思。司业生颍州府君，是为第二室。□□

19 □积虑洽闻，业履无忝，命塞不雠，咎宜孰归。第三室河西府君，天资惨□，抱器卓迈，□无不通。而以先德，实尝以礻□□□□

20 于时为邑南阳，当希烈猖獗之余，邑□杨桁，残蹢狼藉，牛空于槁，耕无以力，乃用古□，□□□犁，作为区田，岁大有稔。宿秉横□□

21 长有为。中贵人干政者，违言交肆，□命□□，蔽罪无颜，邑长获申，刚中特操，前无□□，□□是举，出为河中猗氏令，人咸为□□

22 四室即吏部府君，浑粹秀发，识洞玄远，至□□□，□机难尚，□中□□，立德无方。而□□□□，蕴之华藻，当时贤侯，逖听风徽，□□□□，□□□□。历□府□□

23 迁，始以大理评事兼监察换殿中侍御史。盛（？）□师帅，□□恤刑。召拜大理司直，□□□□，小大时当，性不苟合，□□当官，以□得□，□□移泰陵□命□□

24 郑公忠劳大伐，为 唐 □臣，是宜延庆斯远。然而德器虽□，出比四世，无□□□没振，谓天道□□，相 君 承之，公□□□□和□举□□□□□

25 终始一德，命求昆裔，期肖前人。以□察持盈之理得公，乃用为右拾遗，果能封章□□可朝闻夕拜。□视□下之病犹在，□□言之 未 □□□

26 上，书草充溢囊箧，使好事者得之， 皆 可编纂以续《政要》。而公贞慎不伐，存同焚削，□文宗益欲寘于侧，即以为右史入侍，未尝不使之□□

27 故会昌中权倖恶忌，挤之外郡，闲关累岁，或佐或刺。上宅位之二年，□□

28 征兼领邦宪。间岁进陟公台，仍专九赋，衡平总齐，□度以贞时。属羌浑未靖，忧边安□，索将勇□，整易干城之不材者，蚤□孳孳□征缮是图。至□公府大体□□

29 之旧宅永兴里，肇卜贞观，文皇尝以郑公居无正寝，方制小殿，罢构□材以成之。厥后绵历祀业，为他人有。元和□兴□□

30 □□猗，猗后为右补阙。至公恭守俭德，不敢有加出入；瞻践无敢，不思循□则复。自□中被衮朝天，又葺故庙，奉时□烝，天下□之，维忠与孝，可谓大备□□

31 □□□铭石于丽牲，其烝夷之志钦！铭曰：

32 □□□□孔昭，辰绪益遥。人爵或替，行能愈高。笃生郑公，岳降本朝。云蒸龙变，□撝爰操。肇□皇□，廓端谏恪。□□

33 ____□。魏还祖昇，旌直恩购。弈弈先庙，孝孙新之。孝孙致尧，□□□□。居第奉祠，不敢改为。衮职旧官，载 扬 ____

34 ____□闻，躬沽祼羞，俎折 灬 豚，交神惠善。尽物豆，登常事，礼成追养□□□□绥嘏锡□□□□考私维□报□____

三、关于《魏公先庙碑》的几个问题

乾嘉以来，学者们为此碑撰写了不少跋文，但未见有能通解此碑者，一是因为学者利用的是五石本，文字缺失较多，文义不能贯通；二是对唐代家庙制度了解不够，无法准确把握碑文的书写脉络。此碑遵循了家庙碑的一般写作模式，先叙立庙由率及经过，接着记祔庙祖先及配飨者，再录历代祖先及立庙者（庙主）的事迹，重点是后者，最后是铭文。有关庙主魏謩的经历，笔者已有详细讨论[①]，

---

① 拙文《魏徵万史地位探赜——以魏氏家族在唐代的沉浮为中心》，荣新江三编《唐研究》第17卷，北京大学出版社，2011年，321—325页。

兹不重复，此处就碑文的其他几个问题再作探讨。

（1）立碑时间

碑文中有关立碑时间的部分已残，《金石录》、《宝刻类编》均记立于大中六年。武亿首先提出质疑，他据《旧唐书·崔珙传附崔玙传》所载碑文撰者崔玙受封"博陵县开国子"的时间在大中七年，认为《先庙碑》"当亦作于是时或更后于是"，《金石录》"大中六年"之说是"传刻讹易"所致。王昶又举出新的证据。碑文首句云："▢▢▢特进、侍中、赠太尉郑国文贞公魏氏在贞观立家庙于长安昌乐里。后二百卅五年，有来孙▢▢▢。"据《长安志》记载，魏徵家庙在长安城朱雀大街东第二街昌乐坊，大中中，有孙謩为相，再新旧庙，以元成（笔者注：即魏徵）为封祖[①]。就重修家庙一事来说，《长安志》的这条记载正可与碑文合。王昶以贞观十六年（642）魏徵卒年后推235年，为唐僖宗乾符三年（877），与大中时期不符。综合以上两条，王昶认为《先庙碑》不能确定立于大中六年，姑且定在咸通之末。黄本骥完全赞同此说。晚清近代学者虽无确证来反驳此说，多数人还是认为宋人当亲见原碑，所记时间不致有误。今人吴鸿清力驳王昶之说，理由有三：第一，魏暮卒于大中十二年（858），"何能于卒后

---

① 宋敏求《长安志》卷七，平冈武夫编《唐代的长安与洛阳（资料）》，上海古籍出版社，1989年，104页上。

请崔玙撰文立碑？王昶之吴不辨自明"；第二，《旧唐书》
所记人物历职时间不很精确，《崔玙传》"大中七年"的
记载不一定正确；第三，碑文"二百卅五"的"卅"字三
竖下有一横，故此字当是"廿"，如果从贞观元年（627）
下推225年，正好是大中六年①。上述第一、二条理由比
较充分，第三条则不能成立。从笔者接触到的多种精拓来
看，"卅"字三竖下确有一横，但这是"卅"的俗写，而
非另一个字"廿"，故"二百卅五"无误。笔者此前的研
究已经表明，尽管唐代法令规定官员升至五品即可建立
家庙，但多数官员还是要等到三品时才有实力建家庙②。
依此惯例，贞观六年（632）魏徵为检校侍中，可立家庙，
以此后推235年，当在咸通中。然碑文首题"（前缺）判
户部事上柱国赐紫金鱼袋魏公先庙碑"，此"魏公"即魏
謩，魏謩卒于大中十二年，时为太子少保，又赠司徒，其
后裔若居显官，为立家庙碑，叙官职不当以"判户部事"
止。碑中多处称魏謩为"相君"，又云"相国位犹滞于三
品"，可知这是魏謩位居三品宰相时所立。我们可以排出
魏謩在唐宣宗大中前期的仕途经历：大中二年，内征为给

① 吴鸿清《作品考释·魏公先庙碑》，同作者主编《中国书法全集》
第27卷《柳公权（附柳公绰）》，荣宝斋出版社，1993年，219页。
② 拙文《礼展奉先之敬——唐代长安的私家庙祀》，荣新江主
编《唐研究》第15卷，北京大学出版社，2009年，437—440页。

事中，很快就迁御史中丞，兼户部侍郎，判本司事，后又自请奏罢御史台事；五年以本官同中书门下平章事，判如故；六年十二月，为中书侍郎；八年十二月罢户部[1]。魏謩虽于大中五年同中书门下平章事，备位宰相，但其本官是户部侍郎，属正四品下，只有中书侍郎是正三品，当时他还是判户部事。据此推测，《先庙碑》当立于大中六年十二月至八年十二月间。依常理推测，宋人亲见原碑的可能性极大，且《金石录》明确系于十一月，惟碑文磨泐之下一、二易混，"十一月"、"十二月"必有一误，然此碑立于大中六年魏謩官至中书侍郎之时应较可信。至于"二百卅五年"，依旧不可解，或因年代久远，时人记忆不清致误亦未可知。

（2）家庙地点

关于家庙地点，王鸣盛云：首言魏氏家庙在昌乐里，后又言葺故庙于永兴里旧宅，"盖魏徵家庙在昌乐，謩所葺则在永兴也"。王氏所言实误。魏徵家庙在昌乐里，《先庙碑》和《长安志》均明载，碑文云"又葺故庙，奉时□烝"，魏謩既然只是修葺故庙，自然无择地重建之理。至于永兴里旧宅，碑文云："至□公府大体□□□之旧宅永兴里，肇卜贞观，文皇尝以郑公居无正寝，方制小

---

① 《新唐书》卷六三《宰相年表下》，中华书局，1975年，1731—1732页。

殿，罢构口材以成之。厥斥绵历祀业，为他人有。元和口兴□□□猗，猗后为右补阙。至公恭守俭德，不敢有加出入；瞻践无取，不思宿□则复。"与所谓修葺故庙无涉。魏徵旧宅在永兴坊，内有唐太宗赐建之正堂，开元中正堂毁于火。后子孙不肖，贫甚，将旧宅典卖与他人，元和中由朝廷赎回，交与魏氏嫡裔魏稠，此事在当时颇具政治意味，笔者已有论述，此处从略[1]。

（3）魏謩世系

《先碑庙》对于魏謩世系叙之最详，言魏氏可追溯至战国时代魏文侯——信陵君魏无忌一系，后传至西晋，分成东祖、西祖两支，魏徵属西祖这一支。然考之《元和姓纂》和《新唐书·宰相世系表》，"西祖"下均无魏徵一系的记载。魏徵一系最早以名显者是魏钊，《北史》卷五六有传。魏钊之后，碑文缺名，王鸣盛谓碑中"出长屯留"者乃魏钊之孙、魏徵之父魏长贤，其说可从。《北史·魏长贤传》云："河清中，上书讥刺时政，大忤权幸，为上党屯留令。"碑文曰："或有以词致诮者，方激发忼忛，志气横厉。"盖指"亲故以长贤不相时而动，或为书以相规责"，长贤乃作长文复书，为时人所重[2]。

---

[1] 拙文《魏徵历史地位探赜》，309—310、319—321 页。
[2] 《北史》卷五六《魏长贤传》，中华书局，1974 年，2041—2042 页。

碑文言祔庙神主，前云"虔奉祖考郑公府君讳▢▢吏部府君讳彝四神主第升于室。室上▢▢以祖考妣郑国夫人河东裴氏、皇考妣河东裴氏、王考妣范▢▢"，后又言司业府君叔瑊、颍州府君、河西府君、吏部府君云云。据碑文，此家庙为四庙之制，即有四位祖先得以祔庙受享。第一室"祖考郑公府君"指魏徵，前辈学者殆无疑议，以下诸位祖先则颇多疑雾。先说司业府君叔瑊，碑文云："郑公生司业府君讳叔瑊，祗训▢▢▢司成，师儒道光，教源益瀎，于世次为显考。以相国位犹滞于三品，室未备数，尚▢孝思。"其中"世"字缺笔写成"廿"。毫无疑问，叔瑊是魏徵之子。王鸣盛将"瀎"录作"浚"，瀎同浚，他专注于"浚于世次为显考"一句，认为《旧唐书·魏謩传》言其父名"冯"有误，"謩父名浚不名冯也"；王昶谓"又云显考相国位犹滞于三品，室未备数。显考相国即谓謩也"；黄本骥则误将叔瑊作魏徵之父。后者之误明显，前两位则是对本句理解不当。四庙中以魏徵为第一室，下文以颍州府君为第二室，两者间叙魏徵子叔瑊事迹。叔瑊官国子司业，故言"司成，师儒道光，教源益瀎"；就世系而言，乃魏謩高祖，故云"为显考"；因魏謩只是三品官，本只当立三庙，立四庙已属殊恩，仍不能将所有祖先都祔庙，故言"室未备数，尚▢孝思"，将高祖叔瑊排除在外。其次是第二室颍州府君、第三室河西府君，王鸣盛考之《新唐书·宰相世系表》无果。关于颍州府君，2003

年洛阳偃师出土的魏徵曾孙魏系墓志提供了新线索[1]。据墓志，魏系父亲名魏殷，卒官蔡州汝阳令，正与《宰相世系表》、《旧唐书·魏謩传》合；墓志又云魏殷赠官为颍州刺史，与《先庙碑》合。故笔者认为颍州府君即魏殷[2]。河西府君情况不明，据《宰相世系表》和《旧唐书·魏謩传》，或为魏明。其于李希烈之乱后出任南阳令，颇有作为，后受排挤，改河中猗氏令，最后的卒官很可能就是猗氏令，"河西"亦当是赠官。最后是第四室"吏部府君讳厹"，按照祔庙神主规则，第四室应是魏謩父亲，拓本"吏"字仅存左撇下半，碑文上言"赠先公府君侍御史□君为吏部侍郎"，可确定此为"吏"字。《旧唐书·魏謩传》、《资治通鉴》卷二三七作"魏冯"，《宰相世系表》作"魏凭"，武亿、赵绍祖已指出当以碑为准。黄本骥将魏厹作魏謩祖父，又误。兹列魏謩世系如下：

魏徵——魏叔琬（国子司业赠洺州刺史）——魏殷（汝阳令赠颍州刺史）—河西府君（魏明？）——魏厹（侍御史赠吏部侍郎）——魏謩

---

① 图版及录文见钭毂、荣新江主编《大唐西市博物馆藏墓志》，北京大学出版社，2012年，638—639页。
② 拙文《魏徵历史地位探赜》，313页。

（4）家庙性质①

贞观中兴建之魏氏家庙，庙主是魏徵，故为魏徵家庙。唐后期经魏謩修葺，从《先庙碑》首题来看，此"魏公先庙"指的是魏謩先庙，庙主应为魏謩。从礼制上说，二者本当是两座家庙，而非一体，但实际情况并非如此。王昶谓"魏公先庙始建为祀郑公，而重修则为祀謩"，觉察到了前后的不同，可惜未能切中肯綮。

魏徵首建家庙，他在世时，祭祀父、祖及曾祖三代，等到魏徵去世后祔庙，因其为家庙的创立者，处在了"始祖"的位置上，属于百代不迁，其神主不会被迁出家庙，只要家庙能够维持，他就会一直受到后世子孙的供奉。宗法制下，家庙的祭祀权掌握在嫡系手上，旁支处于陪祀的地位，换言之，旁支不能直接祭祀魏徵。魏徵嫡系魏叔玉、魏謩均承袭了郑国公的爵位，如无意外，至少到唐中宗时期，家庙仍在维持。魏謩后裔不显，且生活日趋贫困，以至于在魏稠时不得不把一直居住的永兴坊故宅典卖与他人，到元和四年（809）才由宪宗下令用内库钱赎回，赐还魏稠等人。宅邸尚且不能固守，远在昌乐坊的家庙恐怕更难以维持，笔者推测安史之乱以后，魏徵家庙已经处于

① 本部分内容笔者曾在《魏徵历史地位探赜》一文中有所论述，故注释从略。当时考虑不够缜密，认识有误，此处重新论证，结论与之前的认识完全相反，敬请读者留意。

废祀的状态。转机出现在唐后期。据碑文，魏謩按照营建家庙的一般程序上奏宣宗，提出申请，又为自己的父亲魏暠求得吏部侍郎的赠官。他还"稽于有司。□□太常，顺考礼令，酌损前文，版勋寺□□□"，通过了相关部门的审核。结果令人惊讶，魏謩可立四庙，于是他举行了很隆重的袝庙仪式，供奉魏徵以下四室神主（见下表）：

室数	神主	配享
第一室	祖考郑国公魏徵	祖考妣郑国夫人河东裴氏
第二室	皇考颍州府君魏殷	皇考妣河东裴氏
第三室	王考河西府君	王考妣范阳□氏
第四室	考吏部府君魏暠	考妣南阳□氏

这明显是逾制了。按照礼制的规定，魏謩此时位居三品，只能立三庙，祭祀曾祖魏殷、祖父河西府君和父亲魏暠三代。虽然礼仪上的逾制在中唐以后十分普遍，但家庙的修建需要上奏皇帝批准，因此很难出现违制的情形。魏謩的举动显然是得到了礼官的认可，以三品官得立四庙，整个唐代仅此一例。

然而问题的核心不在于此。即便魏謩得立四庙，他也只能祭祀至高祖魏叔琬，如前所述，祭祀魏徵的主祭权在魏叔玉嫡系手上，其余各房只能是陪祀。所以，礼制上，如果魏謩营建家庙，这个家庙只能是以他为始祖，并非之前魏徵家庙的延续，非嫡裔的身份也不可能让他在自己的家庙中祭祀魏徵。换言之，魏謩所建家庙与贞观中魏徵所

立家庙本无关系。但现实情况是，魏謩在修葺了魏徵家庙后，将嫡裔魏叔玉以下神主迁出，只留下魏徵神主，然后将自己的三代祖先魏殷、河西府君、魏弊的神主祔庙。在原家庙体系中，魏徵属始祖，百代不迁，但这是针对嫡裔来说的，支裔根本就无权作为主祭者来祭祀魏徵。现在，魏謩将魏徵作为始祖来祭祀，等于放弃了自己作为百代不迁始祖的身份，其实是抢夺了嫡裔的地位。因此，他修葺后的家庙，依旧是魏徵家庙，而非魏謩家庙。

原刊《文献》2014 年第 6 期

丝绸之路上的"百怪图"

　　人类历史在漫长的发展进程中，总是伴随着对外部世界的好奇与探索，由此生发出众多有关"异界"的想象。中国古代的思想观念里，就有一类词汇被专门用来指称各种非常之人、非常之事、非常之物，如神、鬼、妖、怪、精、魅等，进而出现了诸如"百物"、"百鬼"、"百怪"等称呼。我们这里要谈到的几种"百怪图"，就是指这类专门记载各种神怪精魅的书籍，在古代东亚世界颇为流行，并且沿着丝绸之路西传，为我们了解古代东亚生民的日常生活开启了一个新的视角。

　　第一种是《白泽图》，这是中古时代（公元 3—10 世纪）最为流行的神怪精魅指南。"白泽"之名早在秦代石鼓文中就已经出现，写作"臭 礻口"，学者们一般比定为"臭檡"二字，即"白泽"之初文，但这时的白泽只是某种野兽，尚未被神化。东晋干宝的《搜神记》中记载，诸

敦煌文献 S.P.157 中的"白泽"

葛亮的侄子、东吴大臣诸葛恪打猎时曾经遇到一种精魅,
别人都不认识,只有他知道这是"傒囊",原因就在于他
读过《白泽图》,书中记录了这种精魅。这是《白泽图》
首见于典籍,此事即便不可全信,但置于干宝《搜神记》
的时代,至少显示东晋初期该书是存在的。从《白泽图》
的引文来看,此书所记应是各种神怪的名称、习性及厌劾
之法。东晋葛洪《抱朴子·登涉篇》中提到《百鬼录》、

《白泽图》和《九鼎记》，都是同一性质的书籍。《九鼎记》已不可考，或许与《搜神记》所载《夏鼎志》为同一书。《百鬼录》强调"知天下鬼之名字"，则《白泽图》也应是记天下神怪精魅之书。《抱朴子·极言篇》又记载黄帝得道过程中向四方高人求教，其中提及"穷神奸则记白泽之辞"。所谓"穷神奸"即探知各种神怪，"白泽之辞"即传说中白泽向黄帝言天下神怪之语，详见《瑞应图》："黄帝时巡狩至于东海之滨，白泽出，能言语，达知万物之精神，以或（当为"戒"）于民，为时〔除〕害。贤君明德遂则出。"（萨守真《天地瑞祥志》卷一九"白泽"条引）《宋书·符瑞志》、熊氏《瑞应图》也都载有白泽的传说，大同小异。综合以上文献所记，我们大概可以知道，至迟到东晋初期，社会上已经编有专记神怪之书——《白泽图》。同时流行的还有一个"黄帝巡狩遇白泽"的神话，由于白泽能够辨识天下神怪，它将这种能力传授给了黄帝，遂使黄帝能够为民扫除祸害，从而获得人们的信任和拥戴，成为圣王。神话与文本孰前孰后，谁影响了谁，现在已经不可推知，但二者出现的时间都不会晚于东晋初期，且其来源是单线的，这是值得玩味的问题。

上古社会广泛存在万物有灵论，少数能够辨识神怪的人更能赢得大众的尊崇和信服，成为英雄人物，《左传》所载"铸鼎象物"的传说即是此类英雄人物的标志性功绩，极具象征意义。但要真正论及对于神怪的记录，则不能不提子弹库楚帛书、云梦睡虎地秦简《日书·诘》和《山海经》。楚帛书的主要内容是讲述宇宙生成论，其中边上一圈绘有十二个神怪图像，每边三个，为一至十二月之神，每个神像旁有题记，这是目前所能见到的最早的神怪图了。《日书·诘》详尽罗列出数十种神怪的名字以及驱鬼避邪之术，但它既无图象，也很少对鬼怪的形象进行描述，重在介绍各种鬼怪作祟的特点以及驱除鬼怪的法门，整个编排也比较随意。所以《诘》篇可能只是巫者将自己平日所知、所用的厌劾鬼怪之法逐条记录下来，是中下层民众的实用手册。《山海经》的成书比较复杂，现在一般认为几种原本大概成于战国中期至后期，秦汉时被合编成一书，不会晚于汉武帝时期。《山海经》中《海经》部分主要记载远国异民和神话传说，想象的空间较大，文字叙述上多描述所在方位、外形特征等内容，很少涉及厌劾之法，因而后世学者多不疑这部分极有可能有古图作依据，它是图画的文字说明。汉晋之世，疾疫频发、巫风盛行，神怪信仰广泛渗透入民众的日常生活。画像石、壁画、铜镜、帛画等视觉资料早已向我们展示了一个鲜活的鬼神世界。文学作品如张衡的《东京赋》、王延寿的《梦赋》里也大量出现了神怪之名，有些传自先秦典籍，还有些则异常生僻，是新增加的。我们还可以在《汉书·艺文志》"杂占类"中看到《祯祥变怪》、《人鬼精物六畜变怪》、《变怪诰咎》、《执不祥劾鬼物》、《请官除妖祥》等书名，虽均已不传，仍可令人感受到当时人对于神怪的警惕与恐慌。即使是远在西北的居延，留存至今的破城子探方四九第3号汉简的标题还可见"厌书"三字。曹魏时有阳（一说杨）起者，幼年"得素书一卷，乃谴劾百鬼法也"（曹丕《列异传》），此"素书"显然是专记厌劾神怪之法的。

综上，先秦秦汉魏晋社会广泛存在的神怪信仰无疑是《白泽图》的直接渊源所在，成为《白泽图》的主要取材对象。时代越是往后，神怪名目越是增多，而察知神怪之貌、知其名目是禳除的前提，故编纂专书就显得十分必要，《白泽图》就是这样产生的。

由于有白泽传说的加持，《白泽图》成为中古时期最为流行的神怪专书，其内容经常处于调整中，旧的神怪被剔除，新的神怪被编入，书的内容不断得到扩充。南朝梁简文帝撰有《新增白泽图》五卷，《隋书》和两《唐书》都著录有《白泽图》一卷，《历代名画记》中也载有"《白泽图》一卷，三百二十事"，《宋史·艺文志》著录有"李淳风《白泽图》一卷"，当出于假托。以上所著录的《白泽图》应该都是不同时代重新编辑的作品，内容上有一定延续性，但不是同一本书。现存的《白泽图》佚文大概有60多条，从叙述方式看，可以分为三类：第一类以"故"字开头，通常的结构是："故……之精名……"，"状如……以其名呼之……"；第二类也是先叙精名，再叙外形，最后说明对应之法，只是结构上不如第一类齐整；第三类并无固定结构，也无精名，更像是杂占。三种叙述方式，说明不是源自同一种典籍，也就是说当时至少有三种《白泽图》的文本存在过。该书很可能亡佚于明代。

从隋唐时期书目的著录情况来看，当时的神怪专书大量减少，只有《白泽图》、《百怪书》、《妖怪图》三种，这和当时占卜书吸收了大量神怪内容有关。由于占书、历书的流行，神怪专书逐渐式微。有意思的是，白泽图像作为一种辟邪工具则广为流传。敦煌藏经洞所出 S.P.157 绢画、官方卤簿仪仗旗帜上的白泽图像、日本江户时代的"白泽避怪图"都是这类性质的东西。

第二种是敦煌藏经洞所出文献《白泽精怪图》，它由英国国家图书馆藏 S.6261 和法国国家图书馆藏 P.2682 两件组成，彩绘，书法甚佳，为唐代写本，二者不能直接缀合。S.6261 分上下两栏，有图有说。P.2682 由 7 纸连接装裱成卷，7 纸正中间有一横格线贯穿，每纸均有竖格线。前 4 纸分上下两栏排列，图文结合，长约 160 厘米，后 3 纸有文无图，长约 110 厘米，整卷高 28 厘米，总长将近 3 米。从写本形态推测，抄写者在开始的时候是设计成上下两段的图文并茂形式来抄写的，到后 3 纸时才变更为无图形式。P.2682 有两处题记，第一处是在第 4 纸末尾："□精怪有壹佰玖拾玖□（下缺）。"字迹不同于前 4 纸，系出自后人之手；第二处在第 7 纸末："已前三纸无像。道昕记、道僧并摄，俗姓范。白泽精怪图一卷，卌一纸

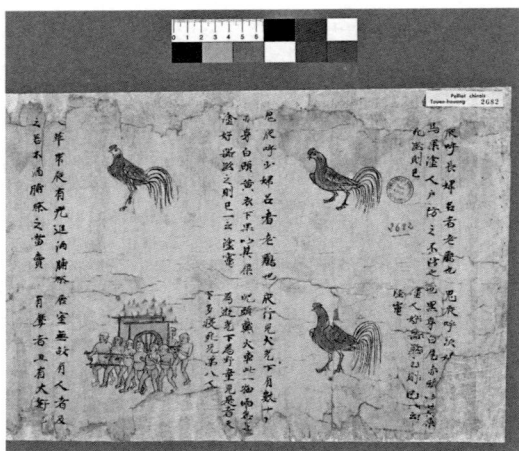

敦煌文献 P.2682《白泽精怪图》局部

成。"书法拙劣，也属于后人加写。第二处题记显示，此卷原本有 41 纸，除去无图的后 3 纸外，前面有图的是 38 纸。第一处题记既然被后人添写在了残卷前 4 纸的最后，自然就是针对有图的 38 纸了，因此有图部分所描绘的精怪总数是 199 种。

根据以上的分析，我们大致可以还原写卷的形成过程：唐朝时有人将纸张粘贴成卷，在卷子上打好竖格线和横格线，然后分上下两栏绘抄精怪书图，在绘抄完 199 种精怪之后，由于纸张不够，或是剩余的精怪无法形诸图像，所以变更抄写方式，只抄文字，不再绘图，形成了一份较为完整的精怪书图。当时整卷未必有书名。在流传过程中，有图部分与无图部分出现断裂，后人在有图部分的末尾添加识语。之后被敦煌寺院所得，道昕等僧人将断裂的两部分粘合，根据文中多处出现的"精"、"怪"以及后人识语中的"精怪"一词，结合当时社会上流传的《白泽图》，将这份写卷命名为《白泽精怪图》。

《白泽精怪图》41 纸本当记载精怪总数是 265 种，其中有图的 199 种，无图的 66 种，现存残卷有图的仅 26 种。从内容来看，有家宅之怪、山川林泽之怪、十二衹物怪、十二支釜鸣占、血污占、光怪、"无故恐者"怪、六畜鸟兽鼠虫怪等诸多精怪及其厌劾辟除之法。其取材范围包括《白泽图》、《夏鼎志》、《抱朴子》、《地镜》、《天镜》、京房占辞、《淮南万毕术》、《杂五行书》等。

从文字比对的结果来看，《白泽精怪图》和《白泽图》是两本书，而非如以往多数学者所认为的是同一本书。比较而言，《白泽图》所记精怪多是有形、有生命的实体，那些怪异的现象不在它的考虑之列。《白泽精怪图》主体上是以"家"为中心，记载的多是和人们日常生活最为密切的精怪，像釜鸣、血污、光怪之类无生命的怪异现象也进入了它的视野，而这些在敦煌占卜文献中极为常见。《白泽图》的辟邪方术单一，知晓精怪之名是最主要也是最重要的方法，这是继承了先秦《日书》的传统。《白泽精怪图》的辟邪方术多种多样，针对同一种精怪的不同方术也都列出，便于人们根据实际情况选用。《白泽图》的编纂虽然不那么严整，但在叙述方式、文字表述以及内容选取上看得出是经过考虑和斟酌的，前后比较一致。《白泽精怪图》内容芜杂，只是将不同来源的文字堆砌到一起做同类项汇编，并无严格的编排原则，在叙述方式、文字表述和内容上并不一致，有些内容传达出的信息甚至截然相反。因此，《白泽精怪图》只是敦煌本地人出于日常生活辨识精怪的需要，经简单编排后形成的一部初编本，纯粹是为实用而编成的，实用性是它最大的特点。

《白泽精怪图》虽然是敦煌本地的产物，但与中原地区的占卜文化有紧密关系，这从其资料来源基本都是中原典籍就可明了。流风所及，吐鲁番地区也有类似文献发现。这就是第三种——编号 M556 的摩尼文中古波斯语占卜文书。这件文书也是图文上下对照形式，约是八至九世纪的写本，高 10 厘米，宽 6.5 厘米，单面书写，有朱丝栏。文书上残存上下两栏，上栏是中古波斯文，下栏是图画，由于不知道文书的总体高度，完本是否只有这两栏不太清楚，但上栏保留了栏线，已是页边，其内容只是对预兆的描述，并无占辞部分。若有占辞，则应在插图一栏的另一侧，但这种安排方式不合通例。所以，更可能是占辞出现在整个文献的篇首或篇末，而在中间的部分被省略了。此件文字部分存留对第九至十四个预兆的描述，图画部分则只存第十至十三个预兆，内容是"地动，或者日和月被天龙缠绕"、"当一件丝绸的长袍变脏"、"当外来的平原的鸟

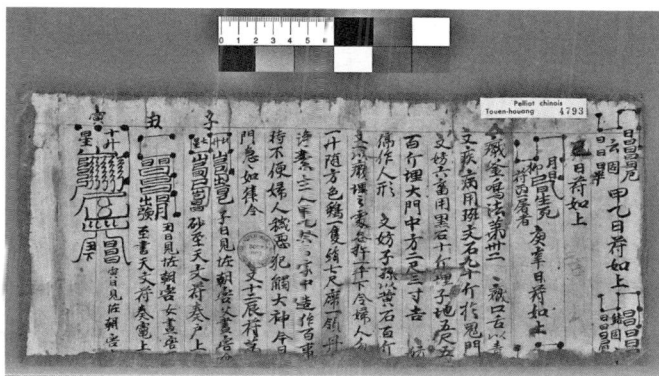

敦煌文献 P.4793《百怪图》

或者海鸟在面前栖息"、"当一盏灯无缘无故地熄灭"（胡晓丹《摩尼教占卜书中的东方传统——吐鲁番中古波斯语写本 M556 再研究》，《北京大学学报》2020 年第 1 期）。这些对预兆的描述在中原占卜文献中多见，对应的事应则各有不同，而配有插图的占卜书是东方传统，因此这件占卜文书可能是当地某种杂占传入回鹘之后的译本抑或是新编本，不管是哪种可能性，其源头都是汉地的占卜文化。

最后一种是《百怪图》。如前所述，隋唐官方书目著录中的神怪专书只有《白泽图》《百怪书》和《妖怪图》三种。《百怪书》十八卷，隋朝人临孝恭所撰，其书样貌今已不可考，传世典籍引自该书者仅见于《初学记》卷二九和《太平御览》卷九一一两处。从所引文字可知，《百怪书》又称《百怪与书》。英藏敦煌文献 S.4400 "曹延禄醮奠文"中提到，灾怪频现，"伏睹如斯灾现，所事难晓于吉凶，怪异多般，只恐暗来而搅扰，遣问阴阳师卜，检看百怪书图。或言宅中病患，或言家内死亡，或言口舌相连，或言官府事起，无处逃避，解其殃祟"。此处的"百怪书图"可能就是《百怪图》。另外，日本平安时代末期的日记《玉叶》治承元年（1177）六月十二日条中记载，当时的阴阳师安倍泰茂所用日常占书中就有《百怪图》，且此《百怪图》与《百怪书》之间是有渊源关系的。那么，《百怪图》是否还存世？答案是肯定的。

敦煌藏经洞所出文献中，目前可以判定为《百怪图》的有 10 片，分属 4 个写本，分别是（1）P.3106+？+P.4793，（2）羽 44+BD15773+BD15774，（3）BD15432、BD10791+BD16359 和（4）Дx.6698+Дx.3876。我们可以复原出第十七、十八、廿五至卅二的内容如下：

文书编号	各部分原有标题	各部分内容
BD15432	占野獝悖入人宅为怪第十七	占十干日野兽入宅为怪法
BD15432	占蛇怪第十八	
BD10791+BD16359		占〔□〕鸣法
P.3106	〔　〕第廿五	占犬嗥吉凶法、犬自食其子
P.3106	占狗缩鼻为怪第廿六	占十二支日狗缩鼻吉凶法
		犬杂占
		厌犬怪法

文书编号	各部分原有标题	各部分内容
P.3106/ 羽44	占音声怪第廿七	占十二支日音声法（子、丑、寅、卯、辰）
羽44		占十二支日音声法（辰、巳、午、未、申、戌、亥）
		占十干日音声法
羽44	占鬼呼人第廿八	占十二支日鬼呼人法
羽44	占狐鸣怪第廿九	狐鸣杂占
		占十二支日狐鸣法
羽44	占人家釜鸣第卅	占十二支日釜鸣法
		厌釜鸣法（禳除法）
		占十二时釜鸣吉凶法
羽44	十二日辰占第卅一	占十二支日釜鸣法
		占二十四时釜鸣吉凶法
P.4793/ 羽44+BD15774+BD15773		占十干日釜鸣吉凶时法
P.4793/ 羽44+BD15774+BD15773	厌釜鸣法第卅二	厌口舌、疾病
		妨六畜、子孙
		虚耗亡财
P.4793		十二辰符（子、丑、寅）
Д x.6698		十二辰符（寅、卯、辰）
Д x.3876		十二辰符（未、申、酉、戌、亥）

残存的10类内容十分丰富，编纂上分门别类，有的部分同一事项下还罗列出了不同占法，可见《百怪图》全书的篇幅巨大，已经远超《白泽精怪图》了，且带有汇编性质，它很可能是《百怪书》在敦煌本地的抄本或

重编本。

　　以上我们简要介绍了中古时代东亚世界最为流行的神怪指南《白泽图》、丝绸之路上发现的《白泽精怪图》《百怪图》、传入日本的白泽辟邪图像、被回鹘吸收翻译的中原杂占等，可见从日本到中国的西陲，此类"百怪图"跨越了地理与文化的阻隔，成为东亚民众日常生活中的一部分。

　　古人的观念认为，人实际上是生活在一个充满各种神怪的世界里，为了各安其分，求得平衡和谐的生活环境，各种约定俗成的禁忌应运而生。人们努力不去违反禁忌、不去触犯神怪的世界。但是，再小心翼翼也不可能永远没有差错，违反禁忌、触犯神怪是不可避免的，而且有时候是神怪主动作祟，不见得是对受侵犯的回应。所以，驱邪辟鬼之术成为必要，《山海经》、《日书·诘》、《白泽图》、《白泽精怪图》、《百怪图》之类的神怪指南也因此广受民众青睐。对于他们来说，实用性是第一的。由于不同时代对于神怪的判定标准会有差异，原有的神怪可能随着时间的推移就不再被视为怪异，同时新的神怪会再产生，因此民众的神怪知识也是在不断变动的。

　　对神怪的想象，说到底是对"人外"（extra—human）世界的恐惧。王充说："妖怪之至，祸变自凶之象。"（《论衡》卷五《感虚篇》）这种视人外世界的异动为吉凶祸福征兆的观念几千年来长盛不衰，一方面反映了民众渴望通过事先的预兆来把握命运的愿望，另一方面也提示我们，古代普通百姓的观念里并没有截然的"世界"划分，一切其实还是以"人"为中心，了解家庭内外的各种神怪及驱除之法，最终都是为了自己在人世的幸福而努力着。所以，趋吉避凶，"追寻一己之福"，这或许正是中古民众信仰的一个最基本的落脚点。

原刊《文史知识》2018 年第 12 期，2021 年 2 月 21 日修订

第二辑　评书问学

动态的政治制度史
——评刘后滨《唐代中书门下体制研究》

本书是在作者的博士论文《公文运作与唐代中书门下体制》[①]的基础上修订而成，列为中国人民大学汉唐研究丛书之一，由齐鲁书社于2004年6月出版。比较本书书名与博士论文的题目，可以发现作者的问题意识变得十分明确，集中在了"中书门下体制"上，其思考的范围也从"公文"这个单一的角度扩展到了政务运行、制度变迁等方面。这主要归功于作者对该课题研究的不断深入，书中的大部分篇幅都曾以单篇论文的形式发表于《历史研究》、《中国史研究》、《唐研究》等刊物（可参见书末"主要参考文献"），不管是在具体论证还是在理论思考方面都较博士论文更为深入和缜密。

[①] 北京大学历史学系，1999年。

国家"十五"211工程重点项目
中国人民大学汉唐研究丛书

唐代中书门下体制研究
——公文形态·政务运行与制度变迁

刘后滨 著

齐鲁书社

刘后滨《唐代中书门下体制研究》书影

本书出版后，罗祎楠曾有书评予以介绍和评价[1]，主体是对作者提出的"中书门下体制"概念进行商榷。本文拟对书中内容进行逐章介绍和评价，由于本书出版已有三年多，学界的研究又取得了新的成果，因此笔者的评述中将适当结合新近的研究成果。

第一章《导论》，作者详细回顾了学术界有关唐代三省制的研究成果，提出"中书门下体制"的新概念。作者用了40多页的篇幅对前人的成果进行了详尽的评述，这在同类型的研究中是很少见的，显示出作者对本课题研究的熟稔程度及对学术规范的严格遵守。由于对各家的研究烂熟于心，作者的评述多能切中肯綮，对于整体的研究取向也有明确的认识。他把唐代三省制的研究分为两个阶段：20世纪90年代以前是一个阶段，90年代以后是另一个阶段。第一阶段主要是对三省制本身的研究，包括三省制的建立及发展过程、内部结构、三省职官及其职掌、三省关系格局等等，基本是将"三省制"看作宰相制度的一种形式。第二阶段，部分学者跳出"三省关系"的论述模式，开始关注唐代中后期政治体制的变动，最值得称道的是北京大学历史学系吴宗国先生指导的一批硕士、博士论文都是围绕唐代政治体制中的具体问题展开，廓清了以往

---

[1] 刘东主编《中国学术》第22辑，2005年，279—297页。

研究中因为论述空泛产生的一些模糊性结论，而本书的不少观点都直接受惠于这些成果。在评述前人研究成果的基础上，作者提出了本书的研究取向，即"以唐代公文形态的变化为切入点，探讨唐代政治制度的变迁轨迹"（51页），这与前人的研究视角有很大不同，如吴宗国先生所说，以往的研究"大多停留在公文书本身的研究上，并且主要是进行静态的研究。本书则是把公文书放在整个中枢机构的政务运行中去考察。并通过公文书的变化，来研究政治体制的变化"（3页）。作者力求突破以大庭修、中村裕一为代表的静态文书学研究模式，响应邓小南先生"活的制度史"的号召，因此本书呈现出了与以往职官制度史迥然不同的面貌，以一种长时段的视角来勾勒中古政务运作、权力变化的具体环节，集中展现了唐代国家政务的申报与裁决机制的诸面相。本章的最后一个部分，作者对唐代政治体制演进的基本线索进行了一个全景式的勾勒，由于本书的"结语"部分并不是对全书观点的总结，因此作者此处的勾勒其实可以看作是对全书观点的提炼。笔者以为，如果能结合作者对雷家骥《隋唐中央权力结构及其演进》、袁刚《隋唐中枢体制的发展演变》和谢元鲁《唐代中央政权决策研究》三书的书评一起阅读[1]，可能对作者

① 载荣新江主编《唐研究》第 2 卷，北京大学出版社，1996 年，517—536 页。

的观点会有更清晰的了解。

第二章《唐以前的公文形态与制度变迁》，是对两汉魏晋南北朝时期公文形态、政务申报与裁决的粗略描述。由于作者考察的主体集中在政务申报与裁决机制上，因此对唐以前的论述不讲求面面俱到，而是选取了两个"点"为中心加以说明。东汉蔡邕撰有《独断》一书，是现存有关汉代公文书形态的专门记载，作者以对此书的解读入手，考察了汉代公文书的形态与政治体制的变迁。作者认为，《独断》所反映的其实是新莽和东汉时期的制度，并不能看作是整个汉代的文书制度，他具体论证了"尚书令奏"这类文书用语可能出现的时代，并将之与两汉尚书制度的演变结合起来，可以说是对祝总斌先生相关论述的有力佐证。至于魏晋南北朝时期，作者则是考察了"奏案"这种文书形态。"奏"在《独断》中是汉代群臣上于皇帝的一种公文书，基本属于以个人名义上奏的文书，它如何演变成"奏案"，现在还不清楚。作为一种文书形态的"奏案"最早出现在北魏和南朝梁，各部门上报来的文书汇总到尚书省，经尚书省官员审核签署后的奏事文书就是奏案。尚书省的奏案还要经由门下省的审署，最后才能递呈皇帝。因此，奏案是以官庁名义上奏的文书，日常政务的处理多数采用奏案形式进行处理。作者一直强调公文形态与政治体制演变的关系，这使得他与已有成果的对话局限在了考证《独断》相关内容上，而他对魏晋南北朝时期公文书制度的研究成果的借鉴也有遗漏，管见所及就有柳洪亮《高昌郡官府文书中所见十六国时期郡府官僚机构的运行机制》①，以及中村圭尔的系列论文《南朝の公文书"关"の一考察》、《晋南北朝における符》、《三国两晋における文书"启"の成立と展开》、《魏晋南北朝の公文书の种类と体系》②。作者对吐鲁番出土的高昌郡、高昌国时代的公文书的重视程度显然是不够的，它们很少被纳入作者的研究视野范围。笔者以为，虽然这些公文书不一定与中原王朝的文书体系完全吻合，但在实物欠缺的情况下，它们是很难得的对照资料，其源流本出自内地，文书形态又处处可见内地的影子，借助于它们，完全有可能深化我们对于魏晋南北朝时期公文书制度的认识。

第三章《三省制下中央机构的公文运作》，主要从行政体制的角度来考察中书、门下、尚书三省之间的关系。作者认为，唐前期公文运作和政务裁决存在两个主要途径：一是"以门下省为中心的奏抄的运作和律令格式规定范围内的政务裁决"，一是"以中书省为中心的表状的运作及需要皇帝敕裁的政务审批"（88页）。本章主要揭示第一种途径。我们知道，任何国家机构平时要面对的工作其实

① 《文史》第43辑，1997年8月，73—104页。
② 分见东方学会编《东方学会创立五十周年记念东方学论集》，1997年；《人文研究》49卷6号，1997年；《古代文化》51卷10号，1999年；《人文研究》52卷2号，2000年。

是大量的日常政务，而这些日常政务的处理一般都有既定的律令法规作为依准，换言之，对这类事务实行的是程序化的处理方式，无须皇帝亲自一一裁决。作者对这种政务处理方式的具体环节作出了考证和描述。南北朝时期，日常政务多以奏案形式呈报皇帝；隋唐之际，奏案演变成奏抄，成为唐前期六种上行文书之一。通常情况下，日常政务集中到尚书省后，由相关曹司提出处理方案、制成文书（即奏抄），以尚书省的名义上奏，尚书省的各级长官均需署名；尚书省的奏抄先经门下省审读之后再向皇帝申奏，此时皇帝一般不会提出不同意见，只是在文书上画"闻"表示同意，最后再发回尚书省执行。在整个政务处理过程中，门下省成为枢纽，尚书省则是纯粹的行政机关。武德至于高宗时期，政事堂设在门下省，宰相集中在门下省议事，这是门下省枢纽地位的标志。门下省之所以成为枢纽，乃在于它对奏抄的审读是唐前期政务审批的主要方式，其中包括了审、署、早、覆四个环节，最关键的是署敕权。隋唐时期，门下省设有专门官员（给事郎、给事中）负责审驳文书，他们可以封还皇帝的制敕、驳正百司的奏抄，各种文书的上行下颁都要经门下省官员的签署，尽管有些文书的签署只是一种形式，但体现了门下省在三省体制下沟通内外的核心作用。

唐前期，中书省的职权主要体现为起草制敕和参议表章。作者考察了隋及唐前期中书省的建制及中书舍人的主要职掌。他认为，隋朝的内史侍郎虽然起草制敕，但参与朝政需要得到皇帝的特别授权；而唐前期中书舍人的职掌是多方面的，包括起草和进画制敕、侍奉进奏、在朝堂册命大臣时使持节和读册命、劳问将帅宾客、受理天下冤滞、预裁百司奏议及文武考课等，可见其参与朝政已经制度化了。中书省的职权概括而言，就是对"王言之制"的宣、署、申、覆。与门下省的审、署、申、覆比较，"宣"是对制敕的宣行、发布；"署"是中书省官员签署"宣、奉、行"，那些需要发往尚书省诸司制为政令下行实施的，都要经过中书省的宣奉行；"申"是中书省将上行文书中的表状申奏给皇帝，唐前期此类表状主要是大朝会时的诸州表、诸方问候皇帝起居的表、国有大事时的贺表等，这实际上是中书舍人侍候进奏职能的体现；"覆"是中书省官员将皇帝御画之后的制敕向皇帝覆奏，或门下省写好覆奏文的制书经中书省覆奏皇帝。

从作者的以上论述来看，他对唐前期三省制下政务运行机制的认识比以往更加深入和具体。由于引入了"政务运行机制"这样的概念，作者关注的重点放在了三省制的具体操作环节上，对于中书、门下两省的机构设置、具体职能及其在权力结构中的定位都有明确的论证。作者并不认同宋以来将三省职能简单归结为中书决策、门下封驳、尚书执行的关系，而是从分层决策和分层行政的角度，视三省的分工为对政务不同环节的分工负责，其中门下省具有枢纽地位。本章中，受材料的限制，作者认为在尚书省对上下行文书受付的环节上仍然有一些程序不明，因此没有把尚书省单列出来论述。2004年，吐鲁番巴达木207号墓出土了三件文书，"新获吐鲁番出土文献整理小组"定名为《唐调露二年（680）七月东都尚书吏部符为申州县阙员事》[①]，其中蕴含了文书受付的不少珍贵信息，相信新材料的出土将有助于作者今后充实本部分的论述。

第四章《使职的发展及其文书体现与中书门下体制的建立》，本章主要揭示唐前期以中书省为中心的政务处理途径，以及由此带来的政治体制的重大变革。除了日常政务以外，各种临时性、突发性的事务的出现是不可避免的，因其为特别事务，常常不在原有的律令格式体系内，因此，此类事务无法采用奏抄的形式进行处理。唐前期，朝廷派遣临时性的使职来处理这些事务。高宗、武则天时期，整个社会处于转型期，唐初的各项制度面临统治形势变化带来的困境，各种行政事务不断增加，旧有的律令体系已经无法作为处理新出事务的依据，使职逐渐普遍化，先是御史机构，后来扩展到尚书六部和寺监机构。使职无须通过尚书省向上汇报政务，而是直接向皇帝负责，他们使用的文书形态是"状"，状的内容也从最初的礼节性、建议性

① 史睿《唐调露二年东都尚书省吏部符考释》，《敦煌吐鲁番研究》第10卷，上海古籍出版社，2007年。

文书转变为具体的政务文书。在第三章，作者已经指出，大抵从武则天时期开始，地方官上奏的表状是经由中书省而呈奏皇帝的。使职的状却不必经过中书省，也就是说，皇帝所看到的状是原始的上奏文书，不附有处理意见，因此，皇帝一般会将状付出给中书舍人进行商量，提出初步处理意见，这个过程就是"参议表章"。作者在这里专门辨析了"六押"与"五花判事"。他认为，"六押"和"五花判事"是中书舍人"参议表章"的两个阶段，而非两种制度。六押是中书舍人对尚书六部章表的押判，每一个舍人负责押判尚书一部，其余五舍人也要在已判的文书上同押联署，同押联署后的文书直接上奏皇帝，不需经过中书令的审校。五花判事是对六押的改进，是姚崇在开元二年（714）提出的。一人押判后，其余五人不再对主判舍人的意见一律签名表示同意，如有不同意见，则另作商量状，将反映不同意见的商量状与主判舍人押判的本状一同进奏。若商量状和本状存在大的分歧，则需要中书令作出评判，然后再上奏。从六押到五花判事，反映出中书省在政务裁决过程中已经成为重要的一个环节，中书省的地位变得越来越重要了。高宗去世后，裴炎将原本设在门下省的政事堂迁到中书省，这标志着门下省的枢纽地位已经丧失，中书省的优势地位得以确立。开元以后，中书、门下两省长官兼任六部尚书的情况越来越普遍，六部官员拜相出席政事堂会议的人数也逐渐增加，三省的分工越来越模糊，大量国家政务在政事堂上得到裁决，因此，政事堂的实体化不可避免。开元十一年（723）中书令张说奏改政事堂为中书门下，列吏、枢机、礼、户、刑礼五房，分理诸曹事务，中书门下体制由此建立。

在用了两章的篇幅作为铺垫之后，本章正式进入了作者所提出的"中书门下体制"的论述。在作者看来，这种政治体制变革的基本动力"来自国家统治形势和任务的变化，以及由此带来的政务内容和实施主体以及公文形态的变迁"（136页），他的这一思路颇受祝总斌先生的影响。祝先生在探求宰相制度变化的原因时就十分强调"新形势下加强统治，提高效率的需要"[1]，作者的所有论证均是顺着这个思路层层进行的，令人信服。但笔者以为，统治形势和任务的变化只是一个方面。高宗、武则天时期，国家需要应对的事务明显多于以前，这点无可否认，由此产生的一系列连锁效应也无可争议，然而，我们不能忽视"集权政体"本身的演进也是变革的基本动力之一。作者在本章的论述中曾指出："从唐高宗武则天以来，中书舍人参议表章的职权在扩展，并逐渐被宰相所控制。这种变化，一方面体现了君主政务裁决权的加强，标志着君主走向处理国家政务的前台，政治运作中的行政主导地位在不

---

[1] 祝总斌《两汉魏晋南北朝宰相制度研究》，中国社会科学出版社，1998年2版，15页。

断强化;另一方面也体现了君相关系发展的新趋势,宰相逐渐成为帮助皇帝裁决政务的助手。"(168页)应该说,这种变化趋势不是自唐高宗武则天始。学界早已承认,东汉以来皇帝逐步将内朝的尚书、门下、中书推到前台,其中一个重要的原因就是为了制衡外朝。笔者以为,这实质上彰显了皇帝掌握行政主导权的意愿。皇帝发布命令或者处理政务不外乎两种方式:一种是在律令程序范围内进行,一种则越过律令程序直接处理,如作者所说,前者须经三省颁诏程序,后者则无须(130页)。然而,作者的注意力全部放在了第一种情况上,对那些不须经过三省颁诏程序的"别制"基本没有论述。但开元以后,不在七种"王言之制"范围内的墨诏、墨敕的使用呈上升态势,其效力绝对不输于任何一种"王言",成为一条新的政务运行途径。皇帝频繁地避开既定程序来发布这些命令,最重要的原因就是直接掌控国家机器的运转①。其它如手诏、手敕、御札、口敕等的使用也并不少见②。因此,政治体制变革的背后,还有另一只手在推动着,那就是皇帝制度本身对于"集权"的内在追求。

第五章《中书门下体制的结构与运作》、第六章《中

① 拙文《墨诏、墨敕与唐五代的政务运行》,《历史研究》2005年第5期,32—46页。
② 中村裕一《隋唐王言の研究》,汲古书院,2003年,274—294、320—328、342—346页。

书门下体制下的宰相制度与中枢格局》，这两章是对唐后期政治体制的总体描述。作者认为，使职体系确立有三个标志：第一，安史之乱后，使职不断发展，逐渐成为中央行政机构的主体，尚书六部和九寺五监都有了完善的使职体系和明确的职权范围，虽然部司寺监仍旧发挥着一定作用，但尚书省各司已经丧失了对寺监和地方发文指挥政务的权力，成为直接向中书门下负责的具体政务部门；第二，部司寺监等中央行政机构的运作机制发生转变，不再遵守过去那种按照事务不同环节分工负责的方式，而是对行政事务进行归并，采取贯通处分的机制；第三，使职逐渐归属于中书门下宰相机构的统一领导之下，使职从皇帝的特派人员变成宰相机构的下属行政职务，中书门下统领部司、寺监和使司的行政体制因此确立。中书门下体制建立后，原来的三省依旧存在，那么，二者之间是一个怎样的关系？对这个棘手的问题，作者分别作出了具体的论述。他以为，中书门下体制下，尚书左右丞成为都省的实际长官，都省的地位下降，成为纯粹勾检文案的机关，左右仆射变成了尊崇大臣的虚衔。中书省和门下省作为宰相机构的部分职权转移到了中书门下，中书侍郎、门下侍郎共同成为中书门下的首长，同时，他们名义上仍是中书省、门下省的长官。不过，作为宰相独立府署的中书门下逐渐与中书省、门下省分离，中书省向以中书舍人为首的专门负责撰写制敕的机构过渡，门下省则是以给事中为实际长官，但给事中的主要职掌由原来的封还驳正变为以封还制敕为主。总的来说，中书门下体制下，三省依然存在，一般情况下三省长官皆由宰相兼领，"但从机构建制上看，宰相与三省发生分离，宰相府署超然于三省之上。宰相的职衔也从共为宰相的三省长官，发展到同中书门下平章事成为宰相的唯一署衔，这种职衔完全是以最高政务裁决机关中书门下为依托。尽管中书门下体制下还是集体宰相制度，但宰相裁决政务，实行宰相轮流秉笔决事的制度，并逐渐向首相制度过渡"（239－240页）。中书门下体制下，一方面，宰相通过中书门下对行政事务的干预越来越强，宰相也逐渐政务官化，同时，皇帝也更加走向了处理国家政务的前台。另一方面，翰林学士和枢密使逐渐成为中枢政治中的重要因素，前者虽因特殊环境而掌握了巨大权力，但本质上只是皇帝的机要秘书，后者也主要起到传递旨意的作用，在体制上它们都只构成皇权运作中的环节，与中书门下并不处在一个层面上。

作者在本书的《前言》里曾指出，"中书门下体制"的提出，"试图回答的就是唐代政治体制向宋朝制度演进的整体轨迹问题，以及唐代中后期政治体制的实际运作问题"（2页）。在作者看来，"唐后期在许多方面都与五代宋初更为接近，构成了相对完整的发展阶段"，"唐后期的变化趋势已经奠定了北宋初年行政体制的格局"（59页）。而这两章正是集中回答了唐宋政治体制发展的问题。从政治体制整体演进的角度来把握唐宋变革，这是一个十分宏观的视野，也是唐宋史研究工作者不可回避的课题。作者对这个问题的处理既有宏观把握，又有细致论证，提出了自己的解释模式，是一种难能可贵的尝试①。当然，要完整严密地建立起作者的解释模式，本书还只是走出了第一步，毕竟本书主要立足于唐代史实。"中书门下体制"是否同样适用于五代宋初，仍需作者进一步的详细论证，将各个时代的中间环节联系起来，这是一项任重而道远的艰辛工作。

第七章《中书门下体制下的奏事文书与政务裁决机制》、第八章《中书门下体制下的制敕文书及其运作》，这两章从公文运作的角度具体论述了中书门下体制下君相关系的变化。作者在第三章详细论证了奏抄是三省制下申报与裁决日常政务的主体文书，那么，中书门下体制下的主体文书是什么？作者认为，安史之乱以后，表状成为政务申报中的主要公文，各种上奏的状都可称为"奏状"，奏状得到了广泛而普遍的应用。奏状按照上奏者的身份，可以分为个人奏状、百官百司奏状和"中书门下奏"。前两种奏状在进呈给皇帝之后，需要宰相辅佐皇帝决策和监督百官执行，"中书门下奏"则是宰相就有关政务主动提出奏请，得到皇帝的批准之后实施。不管哪种方式，最后的

① 另参刘后滨《政治制度史视野下的唐宋变革》，《河南师范大学学报》2006 年第 2 期，7 页。

决策都需要皇帝以制书、敕旨的形式对外发布，宰相在整个决策过程中越来越处于具体政务裁决者的地位上，他的作用主要体现在了帮助皇帝处理各种庶务上，这反映了宰相职权的政务化趋向，君主的最高决策权则不断得到强化。中书门下体制下，君主走向了处理国家政务的前台，大量的人事任免都出自皇帝的旨意，中书门下成为皇帝旨意的执行机关，三省则变成了中书门下之下的皇帝命令的签发机关。依托于具体的文书实例，作者得出的这些结论都大致无误。不过，由于作者的目光局限在了"王言之制"上，使得这两章的论述不够丰满，有些情况被作者遗漏了。如前所述，唐代的政务运行体系中其实存在着相当一部分绕开了既定发布程序的皇帝命令，这些命令通过宦官或地方使者在皇帝与臣子之间传递，甚至连宰相都无从知晓，这是最能体现君主直接掌控政务的例子。即使是作者关注的"王言之制"，他在本书出版之时也没有将赦文考虑在内。而现有的研究已经表明，赦文在唐后期政治体制的变迁中具有重要意义，也是皇帝走向政务前台、宰相职能政务化的一种表现 ①。所幸，作者已经意识到这个问题，2007 年 4 月在北京大学中国古代史研究中心作了一次专题讲演，

---

① 禹成旼《试论唐代赦文的变化及其意义》，《北京理工大学学报》2004 年第 3 期，83—87 页；魏斌《唐代赦书内容的扩展与大赦职能的变化》，《历史研究》2006 年第 4 期，21—35 页。

已经将敕文纳入了考察范围，我们期待着他不断充实本书的内容，使论证更加缜密和完善。

以上，笔者介绍了本书各章内容并作了一定的评述。就总体而言，笔者感到本书是一部厚实、细腻并具有理论思维的学术著作。作者长期追随吴宗国先生问学，自己又开设了《唐六典》的读书班，因此对于唐代典章制度的熟稔程度是毋庸置疑的。可贵的是作者在熟悉史料之余，又能主动汲取西方理论的营养，从而在问题意识上跳出了以往"职官制度史"的静态思维模式，其"中书门下体制"的提出，正是这种理论思考的结果。本书最大的成功之处，或者说本书最主要的创新点，就在于用"中书门下体制"来涵括唐中后期政治体制的整体演进轨迹。作者以公文形态作为切入点，这是一个非常睿智而大胆的选择。言其睿智，是因为中古政务的运行主要是靠文书的上传下达而实现的，抓住了公文形态的变迁，就能够洞悉中古政治最核心部位的微小变化；言其大胆，乃在于前人的成果积累十分深厚，中村裕一迄今为止已经出版了三大本著作，搜罗之丰已很难逾越[1]，如不另辟蹊径，作者将会陷入困境。在此，作者敏锐地抓住了"政务运行"这条主线，将政治体

---

[1]《唐代制敕研究》，汲古书院，1991年，本书修订本即前举《隋唐王言の研究》；《唐代官文书研究》，中文出版社，1991年；《唐代公文书研究》，汲古书院，1996年。

制转变前后的宰相制度、三省职能、皇帝角色都借助于公文运作体现出来，让我们看到了一个中古国家怎样处理事务的动态过程，而不是对各机构职能的静态平面描述。这样的思考深度，无疑是在前人的基础上大大推进了一步，有助于深化我们对于中古政治制度的认识。更重要的是，作者引入"政务运行"的概念，在方法论上具有先导的意义，笔者和魏斌的上述论文都受此影响很大，笔者相信，这在以后的文书行政研究中将会成为一种新的解释模式。

下面，笔者就两个可以商榷的问题，提出来向作者求教。首先是有关"状"的应用。作者举出了两件以往被误认为是"状"的文书来具体甄别考证。第一件中，作者认为整理者对文书中"具状上事"的解读有误：整理者将"状"作文书名，"上"作动词，理解为将状上于尚书都省；而作者则是将"状"视为动词，陈述之意，"上"视为副词，"具……事"看作是一个固定用法，因此"具状上事"的意思是"将要状上的事情详细（或具体）开列如前"（153页）。笔者以为，作者的解读比较牵强，"状"固然可以作动词用，但在语法体系中似乎不见有"具……事"的固定用法，相反，"具状"则是中古史书中常见的词语。如《唐律疏议·名例》"犯死罪应侍家无期亲成丁"条，疏云："皆申刑部，具状上请，听敕处分。"[1]《卫禁

① 刘俊文《唐律疏议笺解》，北京：中华书局，1996年，269页。

律》"私度及越度关"条云 "即被枉徒罪以上抑屈不申，及使人覆讫不与理者，听于近关州、县具状申诉，所在官司即准状申尚书省，仍递送至京。"[1] 唐高宗时，刘仁轨上表云："久在海外，每从征役，军旅之事，实有所闻。具状封奏，伏愿详察。"[2] 这些事例中的"具状"都是固定词语，"具"是动词，"状"是名词，而且，这里的"状"不一定就是某种特定的文书名称。就目前所知，"状"的使用始于汉代，主要是应用于司法诉讼中的劾状及辞状，指陈述案情或者口供、辩辞[3]，但蔡邕《独断》并未将之列入章、奏、表、驳议的奏事文书体系内。可能当时还没有把"状"当作一种特定的文书名称，而只是某些文书的泛指，比如辞状，从文书内容及用语看，它其实是辞，辞被记录下来后即成为状，"状"是就文书的物理形态而言，是泛指，并不涉及文书的性质[4]。魏晋南北朝时有所谓的中正品状，是荐举时呈递的推荐书，明确地以"状"字作

① 刘俊文《唐律疏议笺解》，北京：中华书局，1996 年，641 页。
② 《旧唐书》卷八四《刘仁轨传》，中华书局，1975 年，2793 页。
③ 祝总斌《高昌官府文书杂考》，北京大学中国中古史研究中心编《敦煌吐鲁番文献研究论集》第 2 辑，北京大学出版社，1983 年，478—482 页；徐世虹《汉劾制管窥》，李学勤主编《简帛研究》第 2 辑，法律出版社，1996 年，312—323 页。
④ 拙文《吐鲁番新出〈冥讼文书〉与中古前期的冥界观念》，《中华文史论丛》2007 年第 4 辑。

为开头^①，显示"状"已经成为此类文书的专用名称了。唐代"状"的种类很多，如谢状、贺状、荐举状、进贡状、杂奏陈请等，这些都属于某种特定文书。同时，"状"作为文书泛称的功能也没有减弱。我们常常在一些辞、牒、符里看到"件状如前"的套语，作者举出的第二件文书就是这样的例子，他把"状"读成了动词，笔者实在难以苟同。就在这件文书下面，作者还列出了《唐景龙三年（709）八月尚书比部符》的录文，第7行有"谨件商量状如前"的语句（154页），两相对照，显然"件"是动词，"状"是名词，这里的"状"其实指代的是文书本身，是泛称。综上所述，作者将这两件文书视作"牒"而非"状"，结论是正确的，但论证的说服力不够，存在很大漏洞，究其原因，是把"状"单一理解成特定的文书名，忽视了"状"还有文书泛指的功能。

其次是关于御画。中村裕一、李锦绣、雷闻及作者的研究将皇帝对制敕文书的御画情况基本揭示清楚了，他们的结论是：制书需要皇帝御画日和画可，发日敕是御画日，论事敕书需要御画日并画敕，敕旨无御画（106、107页）。但还有一种情况他们都忽略了。《唐律疏议·卫禁律》"奉敕夜开宫殿门"条疏议曰："依《监门式》：'受敕人具录须开之门并入出人帐，宣敕送中书，中书宣送门下。其宫

---

① 矢野主税《状の研究》，《史学杂志》第76编第2号，1967年。

内诸门，城门郎与见直诸卫及监门大将军、将军、中郎将、郎将、折冲、果毅内各一人，俱诣阁覆奏。御注听，即请合符门钥。监门官司先严门仗，所开之门内外并立队，燃炬火，对勘符合，然后开之。'"①《唐六典》卷八"城门郎"条亦载，大致相同，惟将宣送中书、中书送门下的程序改成直接宣送中书门下，作者认为这反映了不同时期的制度，前者属唐前期，后者则是开元十一年改政事堂为中书门下之后的制度（184页）。笔者以为，这段材料中的"御注听"值得注意。先前笔者曾从中村裕一之说，将"御注"解释为"墨敕"②，现在看来尚需要辨识。受敕人宣敕，这时的敕还只是墨敕，经过中书、门下的程序后覆奏，皇帝"御注听"，实际上是指皇帝在覆奏的文书上注"听"，此时这道敕就已经不再是墨敕，而是通过正常程序发布的敕书了。至于这是一种属于什么性质的敕书，限于记载的缺陷，我们不得而知，可以肯定的是，因其御画的是"听"，它应该不是上述的任何一种制敕。

本书校勘精良，笔者细读一遍，只见到一处错误，第39页注释③的出版社"Cambridge"应为正体，不用斜体。其它两处可能是作者行文中的失误，现指出供作者参考。作者在描述制书的形成过程时，同样的文字一字不差出现

① 刘俊文《唐律疏议笺解》，593—594页。
② 拙文《墨诏、墨敕与唐五代的政务运行》，34页。

在了三处地方（106、134、311页），估计是计算机写作时直接拷贝所致。另一处出现在第159页第一段末尾，作者提出了一个需要进一步研究的问题，即"中书舍人押判的尚书省上奏的文书（即所谓章表），是原本门下省审读的文书，还是门下省审读范围之外的文书"，原文的意思似乎并不是要把这个问题留待以后，而是要在下文作出解答，但下文却转向了另一个问题，所以，此处的行文尚需要斟酌。另外，本书的注释体例不统一，这多少会影响到一部学术著作的质量。

原刊荣新江主编《唐研究》第13卷（北京大学出版社，2007年12月）

评余欣《神道人心：唐宋之际敦煌民生宗教社会史研究》

西方汉学界对于中国古代民间信仰的研究一直长盛不衰，他们习惯于提出一些理论模式作为深入了解中国古代文化的工具。早期二元对立模式如"大传统"与"小传统"、"草根文化"与"精英文化"、"官方"与"非官方"；之后杨庆堃提出了旨在消解这种二元对立模式的新解释，他把宗教分为"扩散性的"（diffused）与"制度性的"（institutional）两种，并获得了多数学者的认同；时至今日，西方学术界广泛使用的已是大众宗教（popular religion）这样的概念了 [①]。这些解释模式的提出，多数是

① 王铭铭《社会人类学与中国研究》，三联书店，1997 年，152—170 页；赵世瑜《狂欢与日常——明清以来的庙会与民间社会》，三联书店，2002 年，75—82 页；韦思谛编、陈仲丹译《中国大众宗教》，"序言"，江苏人民出版社，2006 年，1—3 页。

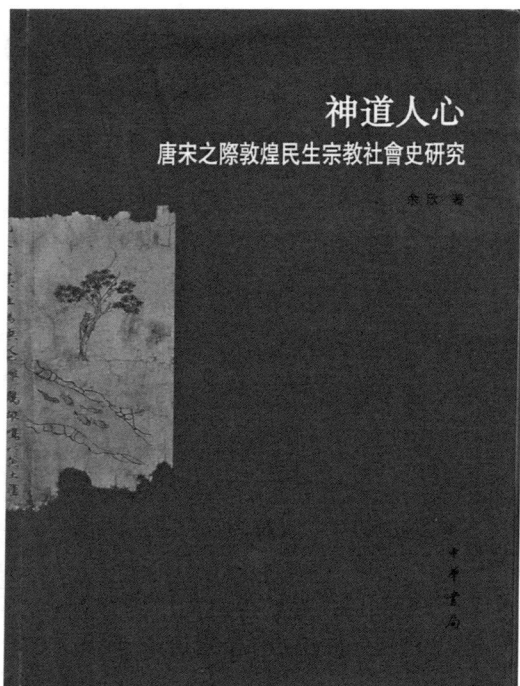

余欣《神道人心：唐宋之际敦煌
民生宗教社会史研究》书影

建立在对中国宋以后的历史研究基础之上，而学界早已公认，中古中国与宋元明清的中国有着巨大的差异。因此，以上模式是否适用于中古社会，还有待于具体研究的检验。比较而言，国内学者在这方面的研究偏重于文献的梳理，如2002年出版的《唐宋民间信仰》一书①，对这段时期的民间信仰进行了比较系统的整理与分析。雷闻先生的书评在肯定其价值之余，亦从四个方面指出不足，特别是提出要有自己的原创性理论，实现与国际汉学的真正对话②。2003年，由荣新江先生主编的《唐代宗教信仰与社会》一书出版③，该论文集收录了13位作者的14篇文章，由于研究理念和问题意识的转变，这些文章对于我们耳熟能详的一些结论做出了新的解释，昭示了中古宗教信仰研究中的新趋势。在此背景下，复旦大学历史系余欣先生的新著《神道人心：唐宋之际敦煌民生宗教社会史研究》出版④，该书旗帜鲜明地打出了"民生宗教社会史"的旗号，体现了构建本土理论的努力与勇气，值得引起学界的关注。

① 贾二强《唐宋民间信仰》，福建人民出版社，2002年。
② 载荣新江主编《唐研究》第9卷，北京大学出版社，2003年，523—529页。
③ 荣新江主编《唐代宗教信仰与社会》，上海辞书出版社，2003年。
④ 中华书局，2006年。

近二十年来，随着历史研究范式的转型，社会史的研究范式逐渐得到越来越多学者的认同。新范式的核心固然是方法论意义上的转变，同时也必须借助于足够细致的材料作为支撑，因此，我们发现，范式意义上的社会史研究在明清史、近代史领域内不乏成功之作，但在中古史领域内的应用则并不多见。个中原因，除了对新理论重视不够外，现有的中古史料里罕有成系统的、足够细致的材料当是主要的制约因素。然而，敦煌是一个例外。众所周知，1900年敦煌藏经洞发现了大量文献，百余年来，围绕这批文献开展的研究已经极其丰富，形成了一定规模，如荣新江先生所言，"具有学术价值的敦煌文书基本上都有了整理文本"（《神道人心》"序"），可以说，敦煌文献是极具地方特色的成系统的细致材料。今天，我们完全可以凭借这批文献，结合其它传世文献来撰写一部丰富多彩的中古敦煌区域社会史。余欣此书，正是为实现这个目标迈出的重要一步。

本书作者先后师从敦煌学名家黄征先生和荣新江先生，访学之路遍及港台、欧美各大学术中心，掌握英、法、日诸国语言，其专业基础扎实，又具备与国际汉学界对话的理论素养和语言能力。本书的前身是作者于2003年提交北京大学的博士学位论文，部分章节曾在《敦煌学辑刊》、《唐代宗教信仰与社会》、《中国史研究》上发表过。除导论和余论外，全书分三编十六章。第一编"众神赴会：

诸种信仰在敦煌的交融",是关于敦煌神灵信仰的专题研究。作者首先选取敦煌散食文入手,分析各种神灵信仰在敦煌的交融情况,为读者展示了一座敦煌的万神殿;接着,从生死两个世界选取了一些与民众日常生活紧密相连的神灵进行个案研究,包括灶神、土地、城隍、树神所在的生人的世界,以及各种墓葬神煞所处的死后世界;最后,作者又以三个具体生动的敦煌本地独有的信仰实例,深入剖析了信仰与权力之间的关系。如作者所言,本编的主要目的是"在社会变迁的动态坐标中,通过神祇信仰透视国家、地方社会、族群、个人的互动过程,重绘权力网络中的宗教实践,从而揭示出神灵信仰对宗教文化、政治文化和日常生活的建构作用"(158页)。第二编"卜宅安居:生活空间与民生宗教的交涉"、第三编"游必有方:敦煌文献所见中古时代之出行信仰",是关于敦煌民众日常生活史的具体研究,关注点不在于以往的物质文化层面,也不是民俗研究的思路,而是精神文化层面。第二编从敦煌民众居住信仰的理论基础着手,分析有关居住的诸种禁忌和入住仪式;其次,作者介绍了居住空间中存在的种种鬼神以及厌劾之法;最后,作者从礼俗的层面透视了住宅的象征意义,对信仰与儒家礼制之间的关系进行了初步探讨。第三编考察了与出行相关的占卜技术、出行禁忌、行神崇拜、出门仪式、禳灾辟邪的各种法门,以及为行人祈福的方式,作者为我们全面呈现了中古时代敦煌的出行文化。

从篇章内容上看，本书体系严整，各编均可独立成文，合在一起又构成一个有机的整体。作者没有面面俱到地描绘敦煌民生宗教的全貌，而是以个案研究的方式呈现敦煌民生宗教中最重要的几个方面。第一编可视为是对敦煌民生宗教的俯瞰，二、三编则是分述，以某类信仰为线索，将藏经洞的各种数术文献搜罗殆尽，通盘考察。在此，作者表现出了深厚的文献功底、广阔的通识素养及对学术规范的严格遵守。对于史学工作者来说，敦煌文献是最珍贵的第一手资料，是时人留下的原始材料，这使得我们可以与当时的社会生活更为真切地贴近，但同时也带来了诸多困难。由于还不存在一个如中华书局二十四史点校本那样的权威整理本，在使用敦煌文献的时候就需要十分小心。本书作者对所使用的每一件文献都进行了认真的文献学考察，大量数术文献从未有过录文，作者均据原卷或影印图版校录；对那些已有他人录文的，作者也多据原卷或影印图版加以核校，保证了所引用文献的准确性。作者对各种材料的娴熟利用也令人感叹。本书虽将时段限定在"唐宋之际"，地域限定在"敦煌"，但使用的材料绝不限于此时此地。以第一编第三章"墓葬神煞考源"为例，举凡战国秦汉出土的简帛及历代墓券、镇墓文、吐鲁番出土文书、甘肃新疆的遗址文物、历代碑铭墓志、汉代画像砖石，以及传世文献中大量的笔记小说、类书、方志等材料，都被纳入了作者的视野范围，而且各种史料之间搭配合理、互为补充、丝丝入扣。

就方法论而言，本书又提出了与以往研究不同的取向："不是仅仅考察民众有什么样的信仰，而是这些信仰如何作用于他们的生活方式和思维方式，进而考察作为意识形态和社会行动的信仰在国家政治、地域社会、利益集团、精英阶层和普罗大众之间的互动关系。简言之，重心落在宗教实践层面。"（2页）书中第一编遵循了这一研究取向。如第一章通过对散食文的几个不同文本的对照分析，解读出文本背后不同阶层群体的心境，对以往过于强调中国官僚体制对神祇等级秩序的影响的结论提出了质疑；在第四章里，作者勾画了敦煌几种本地信仰的变迁轨迹，关注不同阶层对于这几种信仰的态度及其目的：信仰可以是民众日常生活中最基本的生存需要，权力更迭之际它可以成为统治者行使权力、建构权威的最大阻碍，也可以在维护官方意识形态上起到重要作用。通过信仰，我们看到了政治权力和国家意识形态是如何进入民间社会的。然而，类似这样精彩的解读在以下两编却很少看到，更多的是对鬼怪、仪式、禁忌的考证与描述，从某种程度上讲，本书实际上仍然是采用了实证研究的路数。对此作者也不讳言，他说："写作时的考虑是尽最大努力发掘史料的潜在意义和深层联系，做实证研究，避免浮词，不作太多的议论和发挥，用实证来建构理论，以免理论流于空泛。"（27—28页）

对中古史研究而言，本书争议最大的当数"民生宗教社会史"（the social history of livelihood religion）的理论框架。作者这里所指的"宗教"是宽泛意义上的宗教，即具备信仰、仪式和象征三个特征就是宗教（15 页）。作者检讨了"民间宗教"（folk religion 或 popular religion）一词，提出以"松散型宗教"的术语来统摄那些未经组织化的"不上轨道"的杂类信仰（17 页）。而民生宗教（livelihood religion）是松散型宗教的一个部门，"是指以追求个人或家庭，乃至某一地域的民生福祉为根本目标的宗教信仰"（358 页）。作者希望民生宗教社会史的研究，侧重于"信仰如何融入生活并作用于生活，企图进入信仰者的历史情境和内心世界中去了解生活"（20 页）。

不可否认，作者为构建这个理论花费了相当大的心血，从《导论》以及文末所列的西文参考文献中可以看出，作者阅读了大量的理论著作，而且对这些理论都有比较深入的认识。从法国"年鉴学派"到英国新社会史学派，从日本的新社会经济史方法到国内对社会史的激烈争论，作者都拥有自己的评判视野，并且能融会贯通，朝着建构中国本土理论的方向迈进。提出"民生宗教"的出发点源于对"民间宗教"的批判。现代西方学者普遍认为，"民间宗教"将"国家"与"民间"对立起来，实际上很多的信仰是社会共同拥有的，可以称之为"共同宗教"（common religion）。作者认为"共同宗教"的提法还不够准确，没能把制度型宗教与杂类信仰区别开，因而借鉴杨庆堃先生的理论，提出了"松散型宗教"的概念，不过，它与"扩散型宗教"之间有什么区别，作者并未作出说明。作者的一个基本理念是要消除以往研究中社会上下层之间的分立，把它们看作是一个整体，强调的是"兆民"（全体民众）的共同信仰，在这样一个框架内来重新审视敦煌地区的宗教与信仰，力图以此来呈现唐宋之际敦煌社会的生活方式及其信仰世界。所以，作者用了"民生"这样的词语。所谓民生，自然是与民众的生活紧密联系，上至帝王贵族，下至平民百姓，概莫能外，因此，"民生宗教"的提出的确能够涵盖社会各个阶层。

但是，按照我的理解，中古时期，宗教逐渐世俗化，制度型宗教与扩散型宗教间的界限越来越模糊，民众总是按照自己的需要来选择信仰，一种信仰中可能会同时融入不同宗教的成分；同时，上下层之间的界限也并非那么森严，某种信仰在上下层中的共同流行也很正常。因此，刻意地去区分制度型宗教与松散型宗教，意义不是很大。"宗教"一词，本就是舶来品，在西方的语境中它的意义非常明确，但在中国则显得模糊不清，近代以来曾引发激烈的争论。李零先生最近在清华的一次讨论会上就指出，中国的宗教存在于祭祀和礼仪中，认识中国的宗教问题特别要理解汉代。这与西方的"宗教"显然有着巨大差异。其实在中国古代，存在的是礼与俗、正祀与淫祀的不同，而非宗教意义上的分立。"民生宗教"的提出，固然可以反映兆民的信仰实态，却也模糊了中古社会固有的礼俗差异及祀典的分层，离"构建本土理论"的目标尚有一定距离。

对于"民生宗教"概念可能引起的争议，作者早已预料到了。在书后的"刊行补记"里，作者并不讳言自己理论的缺陷，同时也表达了对敦煌学研究方向的展望。不管"民生宗教"的理论建构能否成立，这都是有益的学术尝试，深化了我们对于中古信仰与社会的认识，应该说作者的勇气和努力是难能可贵的，体现了年轻一代史学研究者的学术自觉性和创新性，代表了中古史研究的某种发展方向。

本书另一个有待深化的问题是，如何体现敦煌地域社会的特质。敦煌特殊的地理位置、多民族共生的社会环境，使其具有显著的地域社会特征，反映在信仰上亦是如此。但在本书中，我们只看到了篇幅很小的有关密教的论述；与其它地域社会的比较也相当少，仅在第二编的最后论述舍宅为寺问题时，才见作者与两京进行了一点比较。虽然每编最后都有篇末结语，但全书没有结论；余论中只是描述了作者今后努力的一些设想，没能将敦煌地域的社会特质清楚地揭示出来，这不能不说是一个遗憾。

通观全书，本书最大的贡献可能还是在于对敦煌地区的信仰作了一次清理和总结，指出了敦煌数术文献在中国数术史上的地位，作者在理论上的有益探索对于我们认识卢古时期的国家与社会，理解文化的融合都很有启发。但是，如何把理论应用于实际的研究中，尚处于探索阶段，实证性的研究模式在书中仍然占据主导地位，这就限制了作者的发挥余地，把大量笔墨花费在了考证辨误上，在本应是精彩的分析解释部分上却惜墨如金，让人未免有如鲠在喉之感。

原刊刘东主编《中国学术》总第 28 辑，2011 年 4 月

评雷闻《郊庙之外——隋唐国家祭祀与宗教》

本书是在作者博士论文基础上大幅修改而成，主要内容也都已经在刊物上发表过。本书出版后，先后有吴丽娱、孙英刚、许凯翔撰写书评予以评介[1]，均肯定了作者在沟通礼制史、宗教史和社会史领域上的贡献，是近年来中国中古史研究的上乘之作。笔者亦深有同感。毋庸置疑，国内学者的民间信仰研究以明清时期最为突出，这不仅体现在资料上，同时也鲜明地体现在了理论思考上，民间信仰成为透视地域社会各种族群关系、权力关系、经济关系等

[1] 吴丽娱《书评：雷闻〈郊庙之外——隋唐国家祭祀与宗教〉》，《汉学研究》第 28 卷第 1 期，2010 年 3 月，397—404 页；孙英刚《评雷闻〈郊庙之外——隋唐国家祭祀与宗教〉》，《中华文史论丛》2011 年第 1 辑，373—382 页；许凯翔《书评：雷闻〈郊庙之外——隋唐国家祭祀与宗教〉》，《中国中古史研究：中国中古史青年学者联谊会会刊》2，中华书局，2011 年。

雷闻《郊庙之外——隋唐国家祭祀与宗教》书影

的重要切入点，而非仅仅停留在有关岁时节令、神灵谱系的简单梳理上。相对而言，隋唐乃至于整个中古时期的信仰研究则要薄弱得多。这种差距首先表现在资料的完备性、细微性上，这一点无须多言，更重要的是理论框架建构的滞后。2008年4月，复旦大学文史研究院曾经召开"中国民间信仰的历史学方法与立场"小型座谈会，从会后整理的记录及出版的论文集来看 ①，两宋之前的民间信仰研究被"遗忘"了，从中或许可以窥见目前中古信仰研究的尴尬位置。应该说，长期以来，资料与理论两方面的缺陷严重困扰着中古信仰研究的推进，这是一个不争的事实，由此也带来了"西方理论是否适用于中古信仰研究"、"中古信仰研究能否有所突破"之类的疑虑。《郊庙之外》在一定程度上回答了以上的问题，同时昭示了中古信仰研究的新路径。以下，笔者先梳理全书的基本思路，然后讨论其学术史意义。

一

全书结构清晰，线索明确，除导言和结论外，共分四章，前三章分别对应于作者关心的问题，第四章以"祈雨"

① 复旦大学文史研究院编《"民间"何在 谁之"信仰"》，中华书局，2009年。

为个案，综合讨论隋唐国家祭祀与社会的关系。

第一章《隋唐国家祭祀的神祠色彩》，要回答的是如下问题：以儒家原则为基础的国家祭祀，具有何种宗教性内涵？作者认为，"祭祀最能体现国家礼制的宗教性内涵"（99 页），因此他选择自然神、孔庙祭祀、对先代帝王的祭祀、皇家祠庙四个个案，揭示出这些本应是儒家礼制展演较为集中的地方，却充斥着浓厚的神祠色彩。以往学界一般认为，西汉后期以来国家祭祀体系逐步走向礼制化和儒家化，历代王朝的国家祭祀基本是在儒家的原则基础上运行，作者则对国家祭祀儒家化的程度表示怀疑。正是这种浓厚的神祠色彩，使得国家礼制与民间信仰之间有了沟通的桥梁，这种思路的背后其实是批评之前学者将国家祭祀与基层民众的信仰对立起来的认识。

作者选取的四个个案，之前的学界都有一定的研究，但由于作者抓住了"神祠"这一新的视角，往往能别开生面。比如作为天下遍祀的孔庙祭祀，以往多是从"释奠礼"角度探讨，强调的是国家礼制层面，而作者关注的恰恰是释奠之外孔庙的角色。于是，我们会看到，对孔庙的祭祀并非按照儒家规定的木主祭祀，变成了偶像崇拜；孔庙也不仅仅是士人、学子拜祭的场所，还是祈雨之地，孔子甚至成为祈子的对象。由此，孔庙的"神祠色彩"得以凸显。不过，"皇家祠庙"的讨论显得较为薄弱。作者承认这些皇后别庙、诸太子庙、公主祠堂等本身与百姓并无太多的直接联系，但依旧认为这种立庙祭祀的方式被纳入国家礼典，体现了唐代礼制对于民间祭祀形式的吸纳（98页），这个结论颇为牵强。作者言下之意，"立庙祭祀"属于民间祭祀形式，不知何据。之所以加入这一节，一是因为"它们的存在使皇家的祭祀礼仪大大贴近民间社会"，二是"这种立庙祭祀的方式本身是受到民间风俗影响的结果"（96页），作者所谓的民间风俗是指"祠堂"，因为儒家"墓而不崇"。这是需要辨析的。立庙祭祀，在《礼记》中已有较为明确的设计，汉初有"诸侯庙"，中古时期家庙、祠堂也多常见，皇家祠庙不一定就是受民间风俗影响的结果。本节还附有"唐长安城祠庙分布示意图"，除了皇家祠庙外，只标出孔庙（孔子庙、文宣王庙）、武庙（齐太公庙、武成王庙）和历代帝王庙，相对于"祠庙"的涵盖范围而言，这些显然是远远不够的。

第二章《道教、佛教与国家祭祀》，要回答的问题是：魏晋以后，佛、道二教盛行，这种有体系的宗教对于国家祭祀产生了何种影响？国家礼制又是如何面对与因应的？这其实是一个老问题。学界一般都承认，魏晋以后，佛、道二教逐渐渗透到社会的各个层面，尤其是隋唐时期，政治与宗教的结合极为紧密，这必然会带来意识形态上的变化，因此，国家礼制中带有佛、道因素并不为奇。以往的研究在这个问题上多属于制度史的静态勾描，虽不乏将制度变化与社会背景相结合的深入分析，但流于泛泛。平心面论，要对这个问题作出整体式的俯瞰，没有众多先期个案的研究作为支撑，基本是不可能的。因此，本书作者选择了"皇帝图像祭祀"与"岳渎祭祀"两个案作具体分析。

关于"皇帝图像祭祀"，作者接续"神祠"的分析理路，从儒家理论与实践的差异着手，指出：理论上，宗庙祭祀的对象是木主，但隋唐的实践中，偶像崇拜很普遍；奉祀图像的风俗从汉代一直沿袭至唐代，影响到了皇家的宗庙祭祀方式；皇帝图像通常供奉于寺观之中，使这种祭祀方式有了奉祀寝庙的意味，从而构成了佛、道二教与国家祭祀结合的契机。由于作者在第一章已经诠释了国家祭祀所具有的宗教性内涵，因此通过宗教的形式，皇家祭祀由皇室宗庙"私"的领域被赋予了"公"的性质，加上中古时期的寺观原本就具有某种公共空间的意味，所以，二者的结合本质上强化了国家政权的神圣性，使得看似平常的皇帝图像祭祀活动本身具有了强烈的象征色彩。值得商榷的是，本节对于皇帝图像的分析有泛化之嫌，作者列举的有些事例难以确切表明与祭祀有关。比如长安玄都观东殿前间摹写有唐太宗真容"以镇九岗之气"，长安义宁坊大秦寺壁上也有摹写的太宗图像（118—119 页），从摹写的位置来看，不好说是出于祭祀的目的。又如所引《高安长公主神道碑》记载唐高宗去世后，高安公主"顷岁奉尝睹高宗画像"，感念成病以至于亡（119 页），同样不能明确其与祭祀的关系。

"岳渎祭祀"是作者用力精深的一个个案，花费的笔墨甚至是第四章的两倍，如果加上附录一对《唐华岳真君碑》的考释，单就这个个案，即占全书主体内容的30%，可知作者对于本节的期许之高。作者按照时间脉络梳理了秦汉至唐玄宗时期国家祭典中的岳渎祭祀，重点关注了道教对于这种祭祀的兴趣与参与，其中最吸引人眼球的无疑要数"五岳真君祠"的建立及其意义。对于唐玄宗时期道士司马承祯置五岳真君祠一事，历来语焉不详，也未引起学界的重视，作者以敏锐的学术眼光，捕捉到了这一事件与国家岳庙祭祀的关系及其反映的深层背景，进而勾连出同一时期青城山丈人祠、庐山九天使者庙的建立，与五岳真君祠一样，是整体事件中的一环。在这样的思路下，作者花费极大心力搜寻相关石刻资料，并作了细致考证，把那些尘封已久、散落于不同地域的碑刻信息勾串起来，为我们展现了玄宗时期道教徒试图以自己的理论改造国家祭祀系统的努力。尽管这种努力的成果有限，但国家在某种程度上接受了道教五岳祭祀的理论，使其与儒家礼制并存，到了五代宋初，五岳的道教性质逐步定型。从作者的研究理路看，他力图将国家祭祀、道教信仰与民间崇拜结合起来，在强调岳渎祭祀的"道教化"（151页）或者"道教化趋势"（138页）之余，也不讳言道教信仰的某些内容诸如洞天福地之说受到国家权威的深刻影响，只不过后者的声音要微弱得多；除此之外，还要关切到道教所倡导的一些观念对于民间信仰的影响。显然，作者希望能够将国家祭祀、道教信仰与民间崇拜三者的互动关系尽量进行阐发，而道教则成为中介。

毫无疑问，仅凭这两个个案要想完美回答作者先前提出的问题是一件极为困难的事情，但作者令人钦佩的勇气也正在此。他认为："祭祀问题从本质上说是一个信仰问题，信仰本身既可以是一种简单朴素的观念，也可以是一种复杂的理论体系。"（218页）他所要做的不仅仅是阐明这种理论体系，更重要的是从实践上理解这种理论体系的复杂性。因此，他批评将宗教与国家礼仪完全对立起来的看法，反之视宗教为国家礼仪与民众之间联系的纽带，国家总是力图建立一个以皇帝为中心的信仰系统，其对佛、道二教的消化与整合其实都是为了强化国家政权的神圣性，既而来凸显自身的合法性。如此由个案剖析上升到理论层面的精彩探讨，除了对隋唐史料的丰富掌握之外，更得益于作者对"权力"、"象征"、"地方性知识"、"公共空间"等西方相关理论的熟悉与灵活应用，难能可贵的是，史料与理论的结合十分自然，并非刻意地生搬硬套上述概念，给人一种水到渠成的感觉，这在隋唐史研究中尤为少见。

本章最大的问题在于对佛教与国家祭祀、民间信仰之间互动关系的探讨十分薄弱，无法与标题相对应，这从结构设置上即一目了然。作者显然意识到了这个问题，所以在《导言》中已经承认对佛教文献的使用还不够充分（3

页）。即便如此，这一缺憾终究是影响到了作者本章极富力度的结论的缜密性，希望能在今后的研究中加以补充。另外，从本章所引的材料来看，集中在中唐以前，这是材料本身的限制，还是作者有意为之，以便与下章集中讨论中晚唐有所区隔？恐怕需要作出一定的说明。

第三章《“祀典”与“淫祠”之间》，要回答的问题是：国家祭祀体系与为数众多、来源复杂的地方祠祀有何关系？我们又当如何认识这种关系背后所蕴涵的国家权力与地方文化的博弈过程？自韩森（Valerie Hansen）《变迁之神》[①] 出版后，官方通过赐额、赐号方式对民间神祇进行控制，背后所反映的其实是国家权力与地域社会之间的博弈关系，这逐渐成为宋以后民间信仰研究中广泛接受的一种解释模式。换言之，上述问题在宋以后的民间信仰研究中是一个被不断解说的老问题。但我们知道，赐额、赐号并不始于宋代，那么唐代的地方祠祀政策是否就是围绕赐额、赐号展开的？宋之前国家祭祀体系与民间信仰之间的互动呈现的是何种状态？类似的研究屈指可数，且难以给出一个较为明确的答案。于是，老问题在这里依旧焕发着魅力，作者的回答亦颇显睿智。

① Valerie Hansen, *Changing Gods in Medieval China, 1127—1276*, Princeton：Princeton University Press，1990. 包伟民汉译本《变迁之神：南宋时期的民间信仰》，浙江人民出版社，1999 年。

在《导言》里作者指出本书的特点之一是强调国家祭祀的实践层面，不会拘泥于礼典的规定，因为事实证明二者之间存在巨大差异，且唐人对于"祀典"的理解本身就很灵活。因此，他认为"那些不在礼典的祭祀活动也属于国家祭祀的重要范畴"（5 页），本章即是具体落实这一认识。在宗教信仰研究领域，最令人头疼的概念莫过于"民间宗教"、"民间信仰"了[①]，作者没有纠缠于概念本身的辨析，而是立足于历史事实，从唐代祭祀的实践出发，引入分层理论，提出了"地方祠祀"的概念，包含三个层次：

[①] 欧美学者的总结性论著主要有两种。一种是由 Daniel Overmyer 等学者合作编写的 "Chinese Religions：The State of the Field"，*The Journal of Asian Studies*，Vol.54，No.1（pp. 124—162），No.2（pp. 314—395），1995. 发表在 54 卷第 1 期的标题是"早期宗教传统：新石器时代至汉"，第 2 期是关于汉代以降儒、释、道、伊斯兰教以及民间宗教。这篇长文对近年来的研究动态进行评述，并附有详尽的目录。另一种是 Donald S. Lopez，Jr.，ed.，*Religions of China in Practice*，Princeton：Princeton University Press，1996. 太史文（Stephen Teiser）为该书撰写了导言 "The Spirits of Chinese Religion"，分儒、道、释、大众宗教、宗教与官僚体系、中国宗教信仰的特质六部分，较为集中地阐述了西方学界的观点，pp. 3—37. 另可参王铭铭《社会人类学与中国研究》，三联书店，1997 年，152—170 页；赵世瑜《狂欢与日常——明清以来的庙会与民间社会》，三联书店，2002 年，75—82 页；韦思谛编、陈仲丹译《中国大众宗教》，"序言"，江苏人民出版社，2006 年，1—3 页。

一，为国家礼典明文规定且通祀全国者；二，礼无明文，但得到地方官府的承认和支持，甚至直接创建者；三，没有得到官方批准和认可，完全是民间的祭祀行为，且往往被官方禁止者。这种分层的处理方式正显示了作者的睿智之处，使得以往一些争论不休的问题得到了廓清。比如，在分层的思维模式下，第一种属国家正祀，第三种必然是淫祀，历代的政策其实并无大的区别，这就没有争论的必要了。学者们争论的焦点其实就是围绕第二种展开的，或者将之并入第一种，或者并入第三种，基本是在正祀与淫祀的框架内讨论，甚少有学者把这类信仰独立考察。作者不但将其独立归类，而且找到了依据，也就是《开元礼》小祀中的"诸神祠"，由于"诸神祠"没有指实，所以具有极大的灵活性，判定的标准也下放到地方政府。如此一来，第二种祠祀兼有官方与民间的双重色彩，属于正祀与淫祀的中间形态。这样，我们才能够理解从中晚唐开始的大规模整合地方祠祀的合法性依据所在。

　　然而，与宋代主要依靠中央政府赐额、赐号的方式控制地方祠庙发展不同，唐代这种政策更多适用于佛、道二教。由于州县官府直接握有对地方祠祀合法性的认定权力，而且这些祠祀基本属于小祀，因此多数情况下无须由中央政府赐额、赐号。所以，对于地方祠祀的控制一方面是废止淫祀，另一方面是由中央根据各地情况直接开列正祀名单。在这个过程中，作为中间形态的"诸神祠"就处于十分灵活的境地，地方政府一般依据《图经》来判定其合法性，而《图经》的撰修本身即带有地方经济、文化发展的浓重印迹。五代、北宋时期，地方政府对于祠祀合法性的判定权力收归中央，赐额、赐号逐渐成为主流，中央朝廷开始编订天下合法祠庙的名册，原来儒家经典抽象原则性的"祀典"概念具体化，最终完成了一个由皇权支配的新的神界信仰体系。

作者在本章试图打破礼制研究与民间信仰研究领域之间存在的隔膜，考察国家祭祀与各种地方祠祀的互动关系。在笔者看来，作者大致勾勒出了这种互动关系的雏形，也揭示出唐宋时期不同的地方祠祀政策。作者汲取了西方社会学、人类学关于权力、国家与社会、地域社会等理论，运用在中古信仰的研究上，作出了重要尝试，尤其关注了正祀与淫祀的中间形态，这是最大的创新之处。不过，作者的理论框架还停留在"大传统"与"小传统"的模式内，这多多少少有点出人意料，关于这一点，笔者在下文还要讨论。

二

本书所提出的三个问题是中古礼制、信仰研究中的重要命题，尤其是后两个，更是中古信仰研究的核心问题，且二者之间相互关联。现有的研究，或者讨论佛道二教与国家政治、民间信仰的关系，或者讨论不同阶层对于同一种信仰的态度及其背后的运行机制，鲜见关注宗教与礼制的关系。本书则试图贯通中古国家礼制与宗教信仰的研究，对二者的关系作综合性考察，显示了作者的学术眼光和气魄。那么，二者的联接点在哪里？作者以为是"祭祀"，本书第一章即考察隋唐国家祭祀体系本身具有的宗教性（神祠色彩），构成了全书的基础。需要注意的是，作者所谓"国家祭祀"的范畴既包括以郊祀和宗庙祭祀为核心的皇帝祭祀，也包括地方政府举行的祭祀活动，后者才是本书论述的内容，这也是以"郊庙之外"为题的原因。第二、三章分别讨论国家祭祀与佛道、地方祠祀的关系，穿插进佛道与地方祠祀的关系。借由浓厚的神祠色彩，国家祭祀与民间信仰之间的沟通原本就不存在问题。这样的一种逻辑结构，是作者经多年思考之后作出的设置，"祭祀"成为开启大门的钥匙，"地方祠祀"则避免陷入概念论争的纠葛，众多个案全都围绕一个问题意识展开，作者力图呈现给我们的是隋唐时期丰富多彩而又主线明晰的信仰世界。

在这个信仰世界里，一方面，作者始终认为国家力量居于主导地位，"无论是作为国家祭祀基础的儒家理论，还是自成体系的道教与佛教，他们都试图取得国家的支持，希望在国家的宗教生活中占有一席之地。在这一点上，众多地方祠取得国家承认的努力与之并无二致"（343 页），因此，隋唐时期，国家祭祀实质上是作为开放性的整合意识形态的平台。另一方面，国家祭祀仪式上通常有当地民众的参与，作者借用了高丙中著名的"国家的在场"理论，称之为"民众的在场"。这是国家权力与社会力量的结合，是国家官员与地方精英的合作，成为国家祭祀正当性的重要来源。作者承认自己在很大程度上采取的是"自上而下"的视角，也关注过赵世瑜提出的"自下而上"的研究路径，但限于材料，后者的讨论并不会很充分（36页）。

按照笔者的理解，本书的基本取向是国家礼制主导下的信仰变迁。作者在书中时刻提醒读者郊庙之外的国家祭祀并非高不可攀、遥不可及的官方仪式，而是与民间有着千丝万缕联系的信仰，但这种"联系"最终成为国家意识形态向下渗透的工具。可以说，以现存的隋唐史料，或许只能得出这样的结论。作者十分谨慎地使用各种有特定含义的语汇，但还是存在含混不清的现象。比如本书副标题作"国家祭祀与宗教"，全书讨论的是国家祭祀与佛道、地方祠祀的互动关系，作者又明确声称国家祭祀也包含了他所界定的"地方祠祀"，颇令人费解；而且，这里的"宗教"到底是在广义上使用，还是仅仅指佛道等制度化宗教？也许作者是在尽量避免对概念的讨论，但笔者以为这里对"宗教"进行界定是十分必要的，因为它牵涉到本书要回答的第一个问题：国家祭祀具有何种宗教性内涵？如果认可儒教，上述问题就没有讨论的必要；反之，这个论题才能成立。又如，"地方祠祀"是作者在本书中提出的最重要概念，他认为："地方祠祀是国家礼制与民间信仰的重要结合点之一，它们既代表着国家意识形态的下限，又是地域社会文化与信仰传统的反映。"（220页）似乎地方祠祀有别于民间信仰。紧接着下文却又用"地方祠祀"来指称佛、道之外的民间信仰，书中其他地方还见有"民众宗教信仰"（155页）、"民间崇拜"（211页）之类的词汇，从所使用的材料来看包含了不少"淫祀"的内容。可见一个新概念的成立还需要不断加以锤炼，使其内涵与外延能有较为明确的界定。

本书的主题并非讨论通常所谓的"民间信仰"，作者使用"地方祠祀"的概念来避开有关"民间宗教"、"民间信仰"的争论，专注于正祀与淫祀的中间状态，这是颇为明智的选择。此前皮庆生也曾专门讨论过这种介于官民之间的宗教信仰活动，他称之为"民众祠神信仰"[①]，他认为："在宋代，一个民众祠祀的命运大概不外乎三种：进入祀典或者获得封赐，成为正祀；被官方指斥为'淫祀'，并被打击禁毁；徘徊在正祀与淫祀之间，它们与现实政权、法律制度、伦理道德之间可能存在摩擦，但尚不足以导致地方官府或朝廷下令打击，灵应的程度与信众群体的力量亦未能使其进入祀典或获得封赐，此类祠祀或因灵应而香

[①] 皮庆生《宋代民众祠神信仰研究》，上海古籍出版社，2008年。

火旺盛，也可能因灵异衰谢而终结，它们也就是前面提到的'中间地带'。"①两位学者的认识在一些细节上还是有差异的，但都把这种"中间地带"作为考察的重点。另外，还有一个共同点，两位都关注到了地方祠祀背后的地方性力量。皮庆生提出的概念里虽然没有"地方"二字，但实际上是以地方祠神作为研究对象；本书作者则提出了"民众的在场"概念，他在《导言》里还说："由于大多数民间信仰依托于特定的祠庙，且与地域社会有着千丝万缕的联系，因此本书称之为'地方祠祀'，这也是民间信仰研究的重心所在。"（23页）然而，作者用以支撑"地方性力量"的证据主要是两个：第一，在国家祭祀仪式上有民众的参与，这里的"民众"从材料看主要是一些父老、乡望等地方豪族；第二，官员到任后要拜祭本地一些有代表性的祠庙。二者之间也有联系，因为到任谒庙仪式往往有当地父老、乡望的参与，意味着地方官与地方社会的沟通合作。在作者的分析中，"地方性力量"的效力是从属于国家权威的，我们很少看到它能动性的一面；作者也意识到双方之间有"妥协"，可惜只是轻轻带过，没有展开讨论。本书希望为读者揭示出唐代国家权力与地方文化的博弈过程，其实只完成了"自上而下"的单向一环，在这方面的探讨仍有较大的提升空间。

① 皮庆生《宋代民众祠神信仰研究》，313页。

比如，本书运用了不少祠庙碑记来讨论地方民众的参与。第一章引开元九年韦虚心所撰《唐北岳府君碑》中有关赞扬乡望的文字："乡望等并海岳精灵，燕赵奇杰。宾从奕奕，选徒于拥彗之贤；气调凛凛，结友于负荆之将。"作者认为："这既表明了地域社会对于国家意识形态的认可和支持，同时也使民间信仰与国家祭祀联系起来。"（48页）第二章在引用武则天时期的淮渎庙题记时，作者注意到题记记载了参加祭祀的人数以及参与者的身份，频繁出现的樊姓应是当地乡望，"他们的参与象征着基层土豪势力对于武周政权的支持"（161页）。类似的事例还有不少。从题名来分析地域社会的结构是近年来颇为成功的一种研究方法，但这需要不少材料作为支撑，作者所举出的这些碑记基本是孤例，没有外围材料来填充，推演出的分析自然就属于仁者见仁的看法了。其实，国家祭祀在举行时并非完全封闭，士人、乡望等地方有影响的人被邀请出席也属常态，我们可以认为这是地域社会在向国家表达忠诚与支持；反过来，未尝不可以理解为是国家在向地域社会显示其存在，是国家意识下渗的表现。所以，地域社会是否参与国家祭祀不是问题的关键，我们应该考察的是参与国家祭祀的方式与过程，这一点恰恰是本书甚少涉及的。

作者最后的理论落脚点放在了"大传统"与"小传统"上，认为国家礼制是大传统，地方文化是小传统，"当我们以礼制的角度来审视所谓'大传统'与'小传统'的概念时，就会发现作为'大传统'的儒家礼制对于广大不同地域的'小传统'如地方祠祀具有一种制度性的选择和吸纳机制，而国家权力的分配与运作则成为其中重要的杠杆。"（292 页）这是作者对于地方传统与王朝国家关系的看法。从信仰的角度考察地方传统与王朝国家的关系，一直以来是西方学界长盛不衰的论题，人类学家在其中扮演了重要角色，他们更多地从地域社会自身的脉络来观察，强调地域社会的能动性。20 世纪 80 年代，华琛发表了有关天后研究的著名文章，指出：国家并不是以强制手段控制百姓的宗教信仰，国家倡导的是象征而不是信仰（"象征的标准化"），它容许不同社会阶层建构他们自己对国家认可神明的表述 [1]。在这篇文章里，华琛并未过多谈及国家如何直接介入地域社会，更多的是讨论地域社会本身如何接受国家认可的神明，以此来保持各自利益的最大化。本文对当时的学术界产生了决定性的深远影响，韩森《变迁之神》中即可见华琛理念的影子。之后，华琛还发表过

---

[1] Janes L. Watson, "Standardizing the Gods: The Promotion of T'ien Hou（'Empress of Heaven'）Along the South China Coast, 960—1960", in David Johnson, Andrew J. Nathan, and Evelyn S. Rawski, eds., *Popular Culture in Late Imperial China*, Berkeley and Los Angeles: University of California Press, 1985, pp. 292—324；陈仲丹汉译文《神的标准化：在中国南方沿海地区对崇拜天后的鼓励（960—1960）》，《中国大众宗教》，57—92 页。

两篇有关中国丧葬仪式的研究，进一步引申他的观点[1]，但影响都没有第一篇重要。时隔 20 年后，2007 年的《近代中国》杂志刊出专号，对华琛的理论进行检讨[2]，并由此引发了一场论争[3]。虽然双方在一些根本认识上有着巨大分歧，但都认可地域社会文化的多元性，地方传统建构正统化的模式亦是多元的。尽管在学术史的脉络里，多数

---

[1] Janes L. Watson, "Introduction: The Structure of Chinese Funeral Rites: Elementary Forms, Ritual Sequence, and the Primacy of Performance", in Janes L. Watson and Evelyn S. Rawski, eds., *Death Ritual in Late Imperial and Modern China*, Berkeley and Los Angeles: University of California Press, 1988, pp. 3—19; 汉译文《中国丧葬仪式的结构——基本形态、仪式次序、动作的首要性》，《历史人类学学刊》第一卷第二期，2003 年 10 月，98—114 页；Janes L. Watson, "Rites or Beliefs? The Construction of a Unified Culture in Late Imperial China", in Lowell Dittmer and Samuel S. Kim, eds., *China's Quest for National Identity*, Ithaca, NY: Cornell University Press, 1993, pp. 80—113.

[2] Donald S. Sutton, ed., "Special Issue: Ritual, Cultural Standardization, and Orthopraxy in China: Reconsidering James L. Watson's Ideas", *Modern China*, Vol. 33, No. 1 (Jan., 2007).

[3] 科大卫、刘志伟《"标准化"还是"正统化"？——从民间信仰与礼仪看中国文化的大一统》，《历史人类学学刊》第六卷第一、二期合刊，2008 年 10 月，1—21 页；苏堂栋（Donald S. Sutton）《明清时期的文化一体性、差异性与国家——对标准化与正统实践的讨论之延伸》，《历史人类学学刊》第七卷第二期，2009 年 10 月，139—163 页；科大卫、刘志伟《对苏堂栋教授的简短回应》，《历史人类学学刊》第七卷第二期，165—166 页。

解释模式的提出是针对宋以后的中国社会与文化，是否适用于中古社会还有待检验，但作为一部宏观阐述中古时期礼制与宗教关系的作品，本书与这些西方解释模式之间的对话依旧不尽如人意，这是颇为遗憾的地方。自人类学家雷德菲尔德提出"大传统"和"小传统"的划分之后，风靡一时，但从20世纪70年代开始即有人质疑这种划分，弗里德曼就认为中国社会并没有大、小传统的分歧。在民间宗教、民间信仰研究领域，基本上破除了官民对立的思维模式，强调很多信仰是不同阶层共享的，背后的理论依据就来源于此。根据笔者的了解，作者其实也赞同"大众宗教"之说，但本书却还是借用了大小传统的解释模式，这令笔者十分费解。当然，以研究明清史的理论深度来要求中古史研究，本身就有强人所难的嫌疑，毕竟中古史与宋以后的历史研究有着不同的路径，材料的限制是不可逾越的障碍。

三

本书是一部涵盖礼制史、宗教史、社会史的多层次作品，在目前众多的隋唐史论著中无疑是佼佼者。与前辈学者研究理路不同的是，本书并非传统意义上的礼学、"礼"本身研究，而是将国家礼制与宗教信仰的研究结合起来。作者抓住古代礼制最核心的"祭祀"概念，探讨国家祭祀的实际运作过程。他并不把国家祭祀视为高高在上、与民间毫无关系的官方仪式，相反，他敏锐觉察到了隋唐国家祭祀中浓重的神祠色彩及其与民间信仰之间千丝万缕的联系。由此，他跳出了传统礼制研究中对于国家祭祀诸多规定的关注，而是将重点放在了礼典规定在实际执行过程中的变化。在这一过程中，他对佛道思想、民间信仰与国家礼制相互融汇的揭示，成为本书最为精彩的一幕。本书的另一特点在于强烈的理论思考。有关礼制和民间信仰研究的解释模式，一直是欧美学者的专利，之前，蒲慕洲和余欣曾试图建立中国人自己的理论体系[①]，但均偏向于民间信仰层面，本书则打通国家礼制与民间信仰的藩篱，让我们看到了隋唐时期二者相互影响的互动场景。这种新的思维方式应该成为我们今后考察此类问题的一个范式。

本文与邓庆平合撰，原刊《中国史研究》2012 年第 2 期

[①] 蒲慕洲《追寻一己之福：中国古代的信仰世界》，允晨出版社，1995 年初版；英文版为 *In Search of Personal Welfare：A View of Ancient Chinese Religion*，Albany：State University of New York Press，1998；修订版，上海古籍出版社，2007 年。余欣《神道人心——唐宋之际敦煌民生宗教社会史研究》，中华书局，2006 年；笔者书评见《中国学术》总第 28 辑，商务印书馆，2011 年，368 — 372 页。

学术素养的养成
——荣新江教授《学术训练与学术规范》读后

2001 年，荣新江先生的《敦煌学十八讲》出版后，好评如潮，余欣曾撰写书评，誉为"教科书的范式创新之作"[①]。时至今日，该书已经成为敦煌学的入门必读之书。十年之后，荣先生的《学术训练与学术规范：中国古代史研究入门》甫一出版[②]，短短两三月间即告售罄。作为一部教科书，本书书名平实、明晰，既非震撼人心的"标题党"，也与当下学界流行的一些时髦语汇无染，却能获得市场如此青睐，实属罕见。

本书是由作者多年讲授"学术规范与论文写作"课程的讲义改编而成，其对象是中国古代史专业的一年级研究

---

① 余欣《教科书的范式创新之作——读荣新江教授新著〈敦煌学十八讲〉》，《北京大学学报》2007 年第 4 期，151—152 页。
② 北京大学出版社，2011 年。

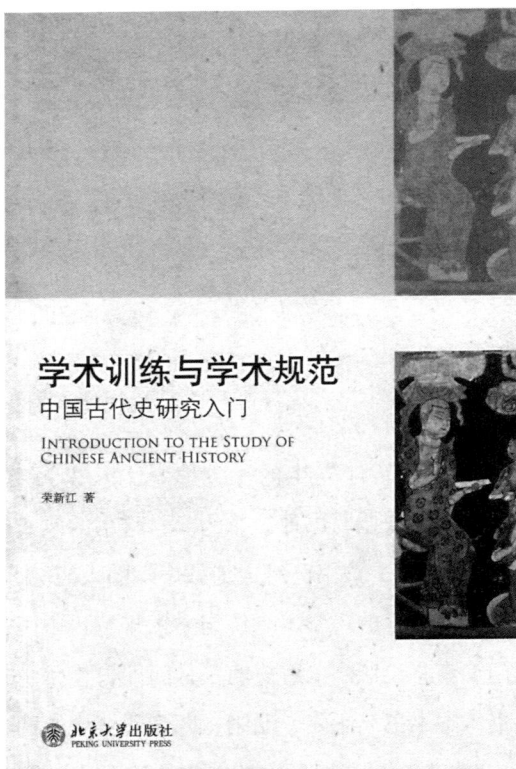

荣新江《学术训练与学术规范：

中国古代史研究入门》书影

生，所以副标题作"中国古代史研究入门"。在作者看来，"入门"最重要的是要解决两个问题：其一，如何进行专业的学术训练；其二，如何遵守学术规范。这就构成了本书的主标题。此前，坊间流传的中国史研究入门的书籍不少，最常用的有日本山根幸夫所编《中国史研究入门》、台湾高明士主编的《中国史研究指南》等等，这些书籍的编写形成了一个固定模式，或者是各个断代史料的介绍，或者是各个专题的研究综述，或者是二者兼而有之，但都缺少有关"学术规范"的内容。对于日本、台湾这些较早融入西方学术体系的国家或地区而言，"学术规范"本不是问题，他们有一套严密的学术规范制度，因此在入门书籍中无须顾及。但在中国大陆，由于学术腐败的存在，导致"学术打假"成为一面鲜明的旗帜，进而引发无数的争论，究其根源还在于我们并没有建立起真正意义上的学术规范制度。所以，本书将"学术规范"作为中国史研究入门的一个主要问题，倡导建立中国的"芝加哥手册"，已然使得本书的立意超乎国内同类书籍，年轻学子在阅读本书时，应深刻领悟作者的良苦用心。

本书内容的编排基本按照主标题所示，前九讲介绍中国古代史研究的各种史料，后六讲介绍论文写作时要遵守的学术道德和技术规范。

进行专业的学术训练，首先需要掌握本领域的基本史料，这一点无须多言。本书前九讲虽然也是介绍各种史料，但绝不是史料学或文献学之类书籍的略本。作者将之分为传统古籍、石刻史料、简牍帛书、敦煌吐鲁番文书、考古新发现、图像资料等，这种分类法就已经逸出了以往史料学或文献学的内容。之所以这样分类，与作者的学术经历有着密切的关系。1978 年，作者考入北京大学历史系，求学期间，北大历史系在邓广铭先生的主政下，正处于"中兴"期，名师云集，作者得以接触到不同风格的著名学者。北大图书馆拥有当时较其他高校更丰富的藏书，作者浏览过大量各类图书和杂志。每个月，作者都骑车沿着新街口中国书店，文物出版社、中华书局、商务印书馆的门市部，灯市口中国书店，琉璃厂这条路径逛书店，浏览各种古籍和新书。这些经历使得作者对于传统古籍十分熟稔。时过境迁，这种求学经历显然是当代年轻学子无法复制的。当时，考古专业还没有从北大历史系独立出去，作者选修了不少考古专业的课程，尤其是宿白先生的课，几乎都上过，所以作者十分注意考古资料的积累，并将之贯穿于自己的学术研究中。作者的研究领域极为广泛，且兼具通识视野，故每论题均能上下纵横，打通石刻、简帛、敦煌西域文献等资料的隔阂，近十多年因关注粟特问题，由粟特石棺床图像所衍生出的系列研究在国际伊朗学界享有盛誉。因此，本书所列举的这几类史料，都是作者有着深入研究的领域，其叙述的背后承载了厚重的学术底蕴，非一般抄撮书籍杂糅而成之教科书可比。

然而，面对浩瀚的中国传世文献及不断涌现的各种出土资料，初学者该如何找到门径？作者服膺的是传统的目录之学。目录学是打开中国传世文献大门的钥匙，这一点前贤早有定论，近代以来最著名的例子便是陈垣先生。陈援庵治史先从张之洞的《书目答问》入手，后扩展至《四库全书总目》，之后又按图索骥，遍阅故宫内阁所藏《四库全书》。北京师范大学历史学院已故张守常先生给我们上课时就经常提及陈援庵案上总摆放着各种目录书。他曾询问：您对古籍这么熟悉，为何还要看这些书？陈援庵笑答：我们不是"读"书的，我们是"查"书的。可见，在传统的学术训练中，目录处于何种重要的地位。现代学术，由于有了各种检索系统的帮助，学人可以很轻松地找到所需资料，年轻学子能够静下心来读原典的人越来越少，与目录学也渐行渐远。诚然，检索系统能够根据关键词快速定位所需资料，在知识大爆炸的年代给予我们极大的便利，但是，很多情况下，历史学对于史料的查询并不能依赖关键词，它需要的是我们对于文献的阅读积累。所以，作者教示年轻学子，"首先要在自己的知识结构中建构起一个中国古籍的框架，然后再一点点细化，一块块解决"（1页），而要做到这一点，就需要借助目录、提要。本书在叙述时虽然也列有大量的书目，但首要的都是目录书籍。比如第一讲"传统古籍的翻阅"，作者并没有罗列出重要的四部古籍，而是重点介绍各种目录，掌握了目录学这个工具，对于传统古籍的整体把握自然会事半功倍，如作者所说："研究生阶段不可能把中国古籍都翻阅一遍——可能一辈子也翻阅不完，有些书可能也没有必要去看。但要知道哪些要看，哪些不要看。"（18页）这样，即便当你需要从事一项之前完全不熟悉的课题时，你也能知道从哪里着手去寻找材料。又如第二讲"石刻史料的收集"，时下，各种出土石刻史料成为新材料的最大来源，尽管新材料之于历史研究的重要性人所共知，但地下出土石刻史料能否就是"新"材料，这是需要仔细考索的。因为不少石刻史料其实在传世文献中早有著录，文集、地方志的"艺文志"、"金石志"中甚至都有完整的录文，所以一方新出的石刻需要翻阅大量金石学的目录书后才能确认是否是新材料。作者本讲所列书目基本是这类书籍。其他几讲的情况与此类似。古人说"授之以鱼，不如授之以渔"，本书就是这样手把手地指明了登入学术殿堂的门径。

通过目录学、专业课程等途径了解各种史料之后，接下来就是为撰写学术论文准备资料了。作者强调两点。第一，收集材料要尽可能地竭泽而渔，没有遗漏。这虽然是一个老生常谈的问题，但十分有必要。如前所述，年轻学子过分依赖检索工具的后果之一，就是无法做到对材料竭泽而渔，大量不在关键词检索范围内的资料被轻易地遗漏了。有的人会认为，同类材料相似度极高，只需找到一两条即可，无须全部找出；还有的人认为，材料本身不可能竭泽而渔，尤其是针对宋元以后历史的研究。作者虽然没有针对学界存在的这些论调一一回应，但他举季羡林先生晚年撰写《糖史》时，每天去图书馆翻看《四库全书》的例子，来说明竭泽而渔是一种象征意义，"表示学问就要这么做"（9页）。按照我的理解，每个人都有知识的盲点，材料的确很难竭泽而渔，时代越近，留存的史料越多，就更不可能全部翻阅了。但是，竭泽而渔是做学问的一种态度，至少有两方面需要留意。一方面是关于史料的优劣问题。我国传世文献绵延悠长，讹误很多，同一条史料在不同文献中的记载经常会有差异，即便是一两字的差异都可能导致对文意的理解大相径庭，所以需要全面掌握史料来作出甄别。本书对此多有提示。如介绍《道藏》时，除《正统道藏》外，同时介绍了《中华道藏》，作者提示，后者属于众手修书，水平参差不齐，一般不宜直接引用（11—12页）；介绍《太平御览》时，提示吴玉贵先生将《太平御览》所引《唐书》辑录出来，成《唐书辑校》一书；介绍《太平广记》时，提示张国风先生正从事汇校工作，将成为权威版本（14页）①；介绍敦煌吐鲁番文书时，花很多笔墨来谈《王重民向达先生所摄敦煌西域文献旧照片》的价值（80页）。另一方面是寻找反证。翻检史

① 张国风《太平广记会校》已于 2011 年 11 月由北京燕山出版社出版。

料会遇到大量雷同的资料，这不足为奇，我们的目的更重要的是找寻反证。如果有很多反证出现，那么你原先的结论就不攻自破；如果只找到几条反证，那你就要试着去解说它们，与你的结论不冲突。所以，对待史料要尽可能地竭泽而渔，订正辨析材料，消除反证带来的冲击，使自己的论证和结论能够自圆其说、滴水不漏。

第二，要尽可能掌握最新的资料和研究信息并充分利用。作者的学术经历中一直关注各种新出资料，既包括考古资料、出土文献资料，也包括今人的新发现，这使得其论著所含的学术信息量巨大，每每能引领读者至学术的最前沿。本书虽然是一本教科书，作者的学术特点亦贯穿其中。资料方面，所引包括如2010年12月出版的《清华大学藏战国竹简（壹）》（43页）、2011年1月出版的《岳麓书院藏秦简（壹）》（47页）、将于2011年由上海中西书局出版的《居延新简——肩水金关》（53页）等，本书出版于2011年4月，可见在出版之前，作者仍在一如既往地增补最新的资料。作者一贯强调对于学术史的掌握要全面而准确，因为这是对前人工作的尊重。本书专列第八讲"今人论著的查阅"、第九讲"刊物的定期翻检"以及第十讲"论文的写作（上）"中"学术史"一节，这也是以往同类书籍中所没有的。在这些内容中，作者将自己多年积累的学术刊物目录毫无保留地公布，对每种刊物的特色及侧重点也一一作了交代，特别是有关海外刊物的介绍，对于年轻学子尤为重要。尽管当下学术已经国际化，我们查询研究论著的手段也已经电子化、多样化，但对于许多年轻学子来说，如何搜寻海外论著资料依然是一个难题，不少人完全摸不着方向。我们的硕士论文、博士论文后面的参考文献中，外文论著依然少得可怜。作者的学术研究历程中，国际化的程度非常之高。1984 年，他赴荷兰莱顿大学进修十个月，从此开始了游学欧美日等国著名学术机构的经历。每到一处，他都要去图书馆翻阅，并作记录，这一点从本书西文刊物所列内容即可窥知其当年用力之勤。为了节省时间，他往往是集中时间翻检各种期刊，遇到相关文章即作下标记，再集中时间自助复印。通过这样的方式，在那个国内学者对外文资料还不熟悉的年代，作者就已经翻阅了自 1890 年创刊至今的每一卷 T'oung Pao（《通报》）以及其它欧美最重要的刊物。这就使得作者的研究往往能够站在学术的最前沿，与国际学者对话，最终成就了其国际知名学者的地位。因此，本书所举例证多是作者在进行学术研究过程中亲身经历过的。比如介绍《春秋后语》时，作者先列了通行的王恒杰先生 1993 年出版的辑本，随即提示读者在王恒杰之前，已经有台湾康世昌先生的辑本，二者应一并参照。在两家辑本之后，李际宁、作者本人分别找到了一件新的抄本残件，各自对于《春秋后语》研究的推进在哪里，都一一作了简明交代（87—88页）。类似这样的解题在本书随处可见，对每一种资料的描述其实都是一段脉络清晰的学术史。作者希望能现身说法，引导年轻学子走上正确的学术道路，少走弯路。

在经过了长期的准备之后，就进入撰写学术文章的阶段了。本书用了六讲的篇幅，从论文写作的标题、结构、学术史，撰写不同类型论文时要注意的问题，如何撰写书评和札记，写作过程中要遵守的技术规范，专业中英文的翻译等方面，全面而细致地向年轻学子展现一篇学术文章的诞生过程。这不但在之前的论著中未见，即便是导师指导研究生时也未必能说得如此详细与透彻。就我指导研究生的经历来说，本书后六讲的内容尤其值得注意。我要求学生按照《唐研究》的规范上交他们的作业或文章，结果发现没有一个人能做到无误；当我一处一处仔细帮他们订正以后，下次交作业或文章时学生依然在犯同样的错误。所以，这并不是一个简单的技术规范的问题，其实是对西方学术规范内涵理解不够。本书后六讲可以看作是对西方学术规范制度的简要介绍，通过作者的娓娓道来及大量生动鲜活的实例，相信可以帮助年轻的研究生导师和学子更深刻地理解学术规范的重要性。需要特别指出的一点，近年来随着论文写作规范要求的加强，伪注释的现象呈现泛滥趋势，在年轻学子中尤为严重。为了使自己的文章显得厚实，不少人的注释越来越多，英文、日文、法文的资料也大量混杂其中，但明眼人一看就知道撰者没有看过。且不说一个硕士研究生如何能够阅读这么多外文资料，单就外文注释的格式就完全不对，甚至很多日文书目都是径直翻译成中文的，尤其露怯。关于这个问题，本书并没有专门谈及，但作者举自己写作《〈清明上河图〉为何千汉一胡》这篇文章的学术史作为范例时，在其中一篇出版于1972 年的英文参考文献后正括注"未见"两字，作者说："我力所能及找到的有关故宫博物院藏《清明上河图》画卷的研究状况就是如此，没有看过的就写'未见'，其他都是读过的，所以有简单的内容提示。"（194 页）以作者的身份，当不会有人怀疑他没有阅读过该文，但他却老老实实地自书"未见"两字，这充分体现了作者自觉的学术良知和严谨的学术操守。年轻学子应从作者身上体悟到对学术的一颗敬畏之心。

本书封面图像是斯坦因在米兰遗址劫掠的壁画"说法图"，非常契合主题。随着现代学术的国际化、专业的精细化，学术传承越来越需要依赖专门的训练而获得，我非常认同封底介绍最后一句话所说："学术素养就是在这样持之以恒的训练中养成的。"本书正是融汇了作者 30 多年学术生涯的训练与经验，书中多选用自己从事学术研究的实例，语言口语化，平实，娓娓道来，充满了对于年轻学子的殷殷期望，对于渴望踏入中国古代史研究学术殿堂的学子而言，本书是当之无愧的入门之书。

2012 年 8 月完稿，未刊，2020 年 9 月 5 日修订

评余欣《中古异相：写本时代的学术、信仰与社会》

在中国中古史研究领域里，余欣教授以其广博、深邃在年青一代学者中引人瞩目。他的第一部著作《神道人心——唐宋之际敦煌民生宗教社会史研究》[①]出版之后，其贯通史料、引证庞博、立意高瞻的学术特点得到初步展现，颇受好评。供职于复旦大学之后，余欣教授开始将精力转向"博物学"的研究，他谦虚地称之为学术的"再出发"（2页）。2011年，其学术转型之后的新作——《中古异相：写本时代的学术、信仰与社会》[②]出版。全书除导论外，正文分上下两编，收入作者从2005年以后发表及未刊的论文10篇，除第二章是与人合撰外，其余均为作者独立完成，并都作了不同程度的修订。

① 中华书局，2006年。
② 上海古籍出版社，2011年。

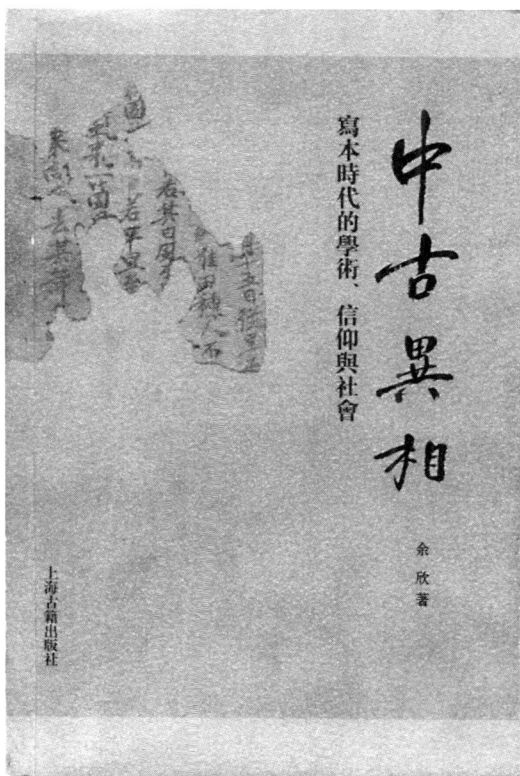

余欣《中古异相：写本时代的
学术、信仰与社会》书影

上编题为"写本时代的学与术",包括五章:

第一章《史学习染:从〈汉书〉写本看典籍传承》,原题《写本时代知识社会史研究——以出土文献所见〈汉书〉的传播与影响为例》①。本章的撰写受到了郑阿财、葛兆光等人的启发,作者从考证敦煌吐鲁番出土的《汉书》和《汉纪》写本入手,探究精英阶层传习《汉书》的方式、《汉书》如何在普通民众中传播、《汉书》所承载的历史知识和道德规训如何渗透入民众的日常生活等一系列问题。与以往单纯从史学史、文献学角度考察《汉书》文本不同,作者引入了知识社会史的视角,将"写本时代"的文本特质蕴涵其中,要考察的是经典知识如何在社会上传播这一更深层次的问题,其立意明显受到了书籍史、阅读史研究取向的影响,故其使用的材料除了正史、墓志外,亦延伸至敦煌蒙书、类书、俗文学等,借由这些通俗读物来展现经典知识如何在普罗大众间被传承和消化的。应该说,本章在解析经典知识的传承上是一个极为成功的个案,但作为事物的另一个面相,精英与普通民众眼中的《汉书》到底是何种图像?由于材料的限制,对于这个问题,作者在本章结论部分表达了无奈(72—73页),这不能不说是一个遗憾。

① 荣新江主编《唐研究》第13卷,北京大学出版社,2007年,463—504页。

第二章《物怪易占：麹氏高昌王国的卜筮与经学》，原题《吐鲁番洋海出土高昌早期写本〈易杂占〉考释》①。本章采取的是典型的文书考释撰写方式，从文书概观、录文及内容疏证、文本结构、各部分内容要义、文书性质等八个方面作了基础性整理工作，侧重于文本解读和具体技术层面的探讨。相较于近几十年来大量出土的术数简牍，中古时期的占卜文献十分有限，基本就是《乙巳占》、《开元占经》、《天文要录》、《天地瑞祥志》、《谯子五行志》以及敦煌西域出土的占卜文书。敦煌文献中本有极为丰富的术数文献，但直到 21 世纪初才形成研究潮流，完成了编目、解题工作②，各类型占法的校录本也在陆续出版③。作者对本件占卜文书的考释，大量引证

① 与陈昊合撰，载《敦煌吐鲁番研究》第 10 卷，上海古籍出版社，2007 年，57—84 页。
② 黄正建《敦煌占卜文书与唐五代占卜研究》，学苑出版社，2001 年；Marc Kalinowski （ed.）, *Divination et société dans la chine médiévale. Une etude des manuscrits de Dunhuang de la Bibliothèque nationale de France et de la British Library*, Paris: Bibliothèque nationale de France, 2003；黄正建《关于〈俄藏敦煌文献〉第 11 至 17 册中占卜文书的缀合与定名等问题》，《敦煌研究》2002 年第 2 期，47—50 页；赵贞《敦煌占卜文书残卷零拾》，《敦煌吐鲁番研究》第 8 卷，上海古籍出版社，2005 年，207—218 页。
③ 已经出版的有：郑炳林、羊萍《敦煌本梦书》，甘肃文化出版社，1995 年；郑炳林、王晶波《敦煌写本相书校录研究》，（注转下页）

了简牍术数文献及中古《五行志》、敦煌占卜文献的资料，这得益于作者此前在《神道人心》中对于敦煌术数文献的清理，因此在资料的佐证上得心应手，毫无滞碍之处。笔者以为本章核心部分当属第六节"关于所谓'变卦象占'问题"。作者考订本件文书有模仿京房易八宫的痕迹，进而比较易占、物占系统的流衍，指出本件文书更可能是变怪祯祥之占，经萃取改编之后，再以易卦附会其上（108—109 页），据此，作者判定本件文书"是一种依托于易学理论的通俗化的简易实用占书"（114 页），可谓真知灼见。这为后续的研究打下了坚实的基础。

第三章《厌劾妖祥：丝路遗物所见人形方术探赜》，此前并未发表过。人形物在考古中屡有发现，也有不少学者作过探讨，但都把人形从具体的出土地抽离出来考察。本章在资料收集上扩展至欧亚大陆及日本等地，大大超越前人。在对人形性质的解读上，作者秉承"二重证据法"，力求弄清楚考古出土物品的"出土地点、摆放

（接上页）民族出版社，2004 年；郑炳林《敦煌写本解梦书校录研究》，民族出版社，2005 年；陈于柱《敦煌写本宅经校录研究》，民族出版社，2007 年；王祥伟《敦煌五兆卜法文献校录研究》，民族出版社，2009 年。另有两篇博士论文：王爱和《敦煌占卜文书研究》，兰州大学博士学位论文，2003 年；陈于柱《区域社会史视野下的敦煌禄命书研究》，兰州大学博士学位论文，2009 年。

位置与状态、与其他同时出土的文物群之间的相互关系"（129 页），将人形放回原本的脉络中，从早期人形出土地汉代长城烽燧考虑，提出了大胆猜想，认为是当时士兵插在烽燧周围，用以帮助他们抵御外来入侵之敌的"武器"，当然，这是一种信仰空间上的武器（129 页）。随后，作者分析了中国传统的以桃木厌胜的观念、中国古代关于空间和边界的概念、秦汉以来的镇墓解除方术等，从不同角度来加以解释，基本成立。

第四章《观风望气：吐鲁番文书残存占候之术钩沉》，原题《中国古代占风术研究——以柏林藏吐鲁番文献 Ch.3316 为中心》[①]；第五章《选择推步：黑水城文献子余日者之术溯源》，此前亦未发表。这两章都是从出土占卜文献残片入手，探讨具体的占卜术及其在中国数术史和方术史上的价值。前者从德国国家图书馆所藏一件吐鲁番文书的残片入手，钩沉考索，讨论中国古代占风术的滥觞、古人关于"八方风"的观念及占验实践、风占与占候的学术源流等问题。后者研究的对象是黑水城出土的一件择日占卜文书，作者上下钩沉，对其内容、性质、功能和源流作了解读，特别是将其嵌回出土数术文献整体的脉络中，而非孤立地看待，进而揭示了黑水城出土方术文献的价值。

---

① 高田时雄主编《唐代宗教文化与制度》，京都大学人文科学研究所，200? 年，87—114 页。

作者将上述五章纳入"写本时代的学与术"这个主题，据他自己的解释："'学'者，乃经史之学与博物之学；'术'者，方术是也。"（7页）从内容上看，二者比例明显失衡，只有第一章关乎"学"，后四章均是关乎"术"的。因此，上编或许可以视为《神道人心》的后续，亦显示作者对于方术之学的持续关注与深厚积累。

下篇题为"中古博物的林中路"，亦包含五章。

第六章《附子考：药物的东西交通史》，原题《"附子"考——从一类药物看东西物质文化交流》[①]；第七章《芜菁考：菜茹的风华博物志》，此前未发表过。一个汉字就是一部文化史，对某种物品作专门研究，多有成功范例。这两章，作者选择一类药物和菜蔬作为研究对象，从基本的考证入手，讨论物品本身的形成史及在饮食、医药上的价值，物品的宗教意味，最后考察其在东西文明交流史上的价值。

第八章《七宝考：佛寺宝藏的功能诠释》，原题《敦煌佛寺所藏珍宝与密教宝物供养观念》[②]，另题《敦煌佛寺所藏宝物的性质与功用蠡测》[③]；第九章《土贡考：沙

---

① 《文史》2005 年第 3 辑，121—140 页。
② 《敦煌学辑刊》2010 年第 4 期，140—151 页。
③ 樊锦诗、荣新江、林世田主编《敦煌文献·考古·艺术综合研究：纪念向达先生诞辰 110 周年国际学术研讨会论文集》，中华书局，2011 年，277—287 页。

州贡品的历史情境》，原题《唐宋时期敦煌土贡考》[①]。前者对于归义军时期敦煌寺院所藏的"七宝"——作了解说，并揭橥其实际功能。后者对沙州政权向中原王朝进贡的土物进行梳理，同时揭示了这些土贡的实际效用。

第十章《异物考：龟兹方物的文化想象》，原题《屈支灌与游仙枕：汉唐龟兹异物及其文化想象》[②]。本章选取了屈支灌、龟兹板、金颇黎、银颇罗、游仙枕5种龟兹异物进行详细的考察，最后从物质基础和文化想象两方面分析"龟兹"成为这些宝物载体的原因。

以上五章是作者初步搭建中国古代博物学整体框架的一部分，故谦虚地将主题定为"博物的林中路"。从作者关注的内容来看，包含了本草、菜蔬、寺院宝物、地方进贡特产、异域方物等多个种类，是我们在阅读《博物志》《异物志》之类作品时印象较深的几种，虽然只是一些"林中路"，却显示了作者试图以点带面、逐步拓展博物学路径的雄心。

关于本书，余欣教授的定位是学术转型之作；但作为一名读者，笔者更愿意将之视为《神道人心》的延展，作者在第一部著作中表现出的贯通史料、引证庞博、立意高瞻的学术特点在本书得到了充分体现。

①　高田时雄主编《敦煌写本研究年报》第4卷，京都大学人文科学研究所，2010年，81—99页。
②　《复旦学报》2010年第6期，30—50页。

首先，通读全书，笔者不得不惊叹于作者的广博。电脑时代，利用各种数据库检索史料早已是通行做法，以这种查寻史料的方式来撰写论文，看似材料丰富，然内行之人可一眼洞穿，撰者其实并未费多少功夫找寻材料。余欣教授则不同，他喜读本草、医籍、农家、小说、阴阳五行、天文星算之书，醉心于方伎之学（1页），在传统知识分类中，这都属于"边缘资料"（葛兆光序，4页）；他又时常游历欧美日诸国，得以接触到大量域外资料；加之受业师荣新江先生的影响，重视考古资料的收集与利用，因此本书中以正史为代表的传统史料的使用反倒不多，大量利用的是简牍、石刻、敦煌吐鲁番文献、黑水城文献及传世医籍、本草、天文、五行等资料，而这些资料目前绝大部分无法借助检索系统查找，只能依赖作者平时的阅读积累。以第五章为例，作者考订的是俄藏黑水城文献中编号为TK190的一件文书，总共17行，其中最核心的是大阳日、大阴日、天地日、天父日、天母日、天王日这六个特定词汇，如果不能对这六日作出解说，本件文书的解读就是失败的。在遍检传统典籍无果的情况下，一般人恐怕只能就此作罢，但作者却能从零散的敦煌占卜文书中找到P.2905《推择日（嫁娶）法等》中唯一的记载，若不是平日读书得法、处处留心，又怎能有如此重要的发现？如果说，P.2905《推择日（嫁娶）法等》的发现尚在作者所熟悉的敦煌学领域，又有黄正建先生提供的录文在先，省去了不少麻烦，那么，作者将"六日"的渊源上溯至简帛资料所见之"戎磨日"，真可谓神来之笔。一则简牍并非作者的研究领域，但作者对简牍资料的熟悉程度并不亚于专业人士；二则"六日"与"戎磨日"在具体文字的表述上并无相同之处，之所以能联系起来，很重要的原因是作者比较了 P.2905《推择日（嫁娶）法等》与"戎磨日"的占法原理，其间借鉴了胡平生、龙永芳、邓文宽、周西波等学者的成果。可见，作者十分忠实地践行了历史研究对于史料需竭泽而渔的理念。且出入于简牍、石刻、敦煌吐鲁番文献、黑水城文献、传世农书等多种史料之间，融会贯通、游刃有余，显示出处理材料的深厚功力。不仅如此，因其研究的是数术、博物之学，资料不但"边缘"且分散，故难度更大，本书中的众多资料，看似信手拈来，其实都带给人作者多年勤奋汗水凝聚成的厚实感。

其次，本书表现出的思维广度亦令人钦佩。在《神道人心》中，余欣教授试图构建"民生宗教社会史"的理论框架，尽管该理论尚存缺陷，却体现了新一代学人建构本土理论的学术自觉性和创新性[1]。本次则要探寻中国学术本源的两个"异相"：方术与博物之学。《神道人心》主要讨论方术，本书上编大部分篇幅亦属方术，下编则是博物。

---

[1] 参看笔者对该书的书评，载《中国学术》总第 28 辑，商务印书馆，2011 年，368—372 页。

按照笔者的理解，"博物"的内容中本就包括了方术，所以从《神道人心》到本书，其实是坚实地朝着作者"大博物"的方向推进，这也是笔者将本书看作是《神道人心》延展的原因。

与《神道人心》类似，本书采取的是"以小见大"的研究方法，作者借由文献整理与考证的基础研究，转入个案研究，最终升华为综合性的理论分析。一个细小的问题可以经由不同维度由浅入深、由近及远地观察，最后所观照的一定是大的问题意识。比如对于《汉书》写本残卷的考察，其目的是要探寻经典知识如何传承；对于《易杂占》的考释，揭示出早期高昌历史对中原文化的接受；对人形方术、附子、芜菁、龟兹方物的考索，是要追寻东西文明互动的轨迹；对占风法、推择日法的钩沉溯源，是要探求其在中古数术史上的价值；对佛教"七宝"、沙州土贡功用的研究，是要凸显敦煌的地方性色彩。凡此种种，不一而足，看似零散，作者却能最终将其统归于一个理论框架中。此次，作者的理论预设较之"民生宗教社会史"又更进一步。由于长期致力于敦煌吐鲁番文献的研究，又周游列国查阅各种域外史料，作者对于写本时代知识传承的特点较旁人有着更为深刻的认识，其视野也极为广阔，因此他尝试从知识社会史的维度来理解文本所呈现出来的错综复杂的思想、信仰、知识的衍变现象，试图将中古时代的方术与博物之学纳入"世界图像"的解释模式中。当然，这是作者的一种理论观照，如同年鉴学派提出"整体史"概念一样，并不是要把"整体"的历史呈现出来，"整体史"是一种研究范式。不管"世界图像"的理论架构能否成立，这都是作者构建本土化理论的又一次尝试，如陈尚君教授所说，"足以代表中国当代学术的前沿水平"（封底推介语）。

总之，读余欣教授的书，常常会带来很强烈的思维冲击。开始是纷繁复杂而又光怪陆离的世界，读者的大脑中不断飞过一个又一个新奇的图像，目不暇接，来不及细细感悟。接着是作者抛出的一个又一个的问题与思考，迫使读者的大脑跟随作者作高速运转。因此，读余欣教授的书很累，也很享受。"累"是因为书中的信息量极大，多数又超出了通常的知识储备，作者信手拈来，读者却要费很大精力去理解。"享受"是因为它给读者打开了一个全新的世界，让人领略到原来历史可以是这样研究的，原来中古时期的知识、信仰与社会是如此的异彩纷呈。

下面，对于本书中存在的一些问题，笔者也提出与作者讨论：

第一，结论部分的升华。

观照大的问题意识是本书的一大特点，但有时候可能是出于全书结构安排上的对称或一致，结论部分的标题过大，论述却极其简单。如第三章讨论人形方术，结论部分的标题是"文明在互动中演进：从东西方术交流看丝绸之路"，如此大的气魄，篇幅却仅有300多字。第八章考证佛教"七宝"，结论部分的标题"宝物与密教信仰"在初刊时是没有的，初刊时作者说这些问题颇为复杂，需留待以后再研究，但收入本书时，作者单列一节，却未进一步展开讨论，如此，这样一个内涵丰富的标题，整个论述不到一页。第九章考察沙州土贡，结论部分的标题是"'物'与'心'：土贡书写的意识形态"，论述也只有大半页。当然，各人的论文写作习惯不同，也无法要求一个统一的模式。只是就笔者阅读后的感受而言，这几章的结论部分更像是作者在表达一些闪光的思想片段，而非对全文的整体把握，标题宏大与论述简单间形成的反差始终无法带给笔者酣畅的感觉。

第二，史料的解读。

第51—52页举李光弼读《汉书》的例子，作者认为："述其所学，但言《汉书》，可知即使粗通文墨之武人，亦以《汉书》为进学之阶，尤可见《汉书》在'普及教育'中之独特地位。"笔者以为，《汉书》号称难读，又是当时知识阶层特重视之典籍，故史书特意表彰李光弼能读《汉书》，其意更可能在于说明李光弼有一定学识，不能就此论证是"普及教育"。

第68—70页对于《贰师泉赋》中李广利拔刀刺崖而泉水出之传说的解读，作者虽然也承认此传说所述行军路线和战绩与《汉书》不合，但依旧认为传说的产生与《汉书》亦非全无关系，依据仅仅是《汉书·李广利传》中以水决大宛城的记载。一个是行军饥渴，拔刀刺崖泉出；一个是以水决大宛城。二者的相同点只在"水"上，据此与《汉书》联系起来，终究牵强。

第302—306页对龟兹板的考证，作者猜测是娑罗树，证据是《酉阳杂俎》所载天宝初年安西道进娑罗枝。然所引安西道的状中已明言所贡娑罗枝来自拔汗那，而非龟兹（305页）。故以此条材料来证明娑罗树是龟兹盛产，并进而与龟兹板联系起来，并不成立。关于《酉阳杂俎》所载房琯病卒故事，《明皇杂录》中亦有记载，情节颇不同。二者都言房琯寄居于紫极宫、死于鱼鲙。病卒之后，《酉阳杂俎》谓房琯临终前"且以龟兹板为托"，即希望以龟兹板为棺木；《明皇杂录》则说"既殁之后，当以梓木为棺"。如能考察两则故事中棺木从"梓木"到"龟兹板"的变化，当有且于作者论证龟兹板作为异域珍物的属性。

第三，史料的考订。

第131页中"《白泽精怪图》"应是"《白泽图》"之误，下引文中"鸡羽"应为"鶪羽"。又同页引《白玉图》："玉之精，名曰委然，如美女，衣青。人见之，以桃戈刺之而呼其名，则可得也。"注释[4]云出《太平御览》卷八〇五《珍宝部》引。本条内容，《太平御览》卷八八六、《艺文类聚》卷八三、《法苑珠林》卷四五并引，出《白泽图》，《天地瑞祥志》卷一四《物精》谓出《抱朴子》，《太平御览》卷八〇五谓出《白玉图》。引文中"委然"只见于《艺文类聚》，《太平御览》卷八〇五作"柔"，其他诸本作"岱委"；"衣青"，诸本均作"衣青衣"；"人"，诸本未见。

第 145 页对《占风法》背面文字据行数抄录，这本是通行做法，然本件文书较为特殊，因其文字呈辐射状排列，其实无法以行数呈现。尽管作者将图版附于书前（图版第 16 页），此处最好能作一示意图，方不致带给读者错误的信息。

第 306 页引《太平御览》卷八〇八《珍宝部》所引《唐书》："高宗上元二年十二月，拔汗那王献碧颇黎及地（当作'蛇'）黄。龟兹王白素稽献金颇黎。"作者以此为据，谓"金颇黎，非佛教文献中似仅此一见"（307 页）。此事，《册府元龟》卷九七〇《外臣部·朝贡三》记作："上元二年正月，右骁卫大将军龟兹王白素稽献银颇罗，赐帛以答之。拔汗那王献碧颇黎及蛇黄。十二月丁亥，龟兹王白素稽献名马。"《旧唐书》卷五《高宗本纪》作：上元二年正月壬戌，支汗郡王献碧玻璃。庚午，龟兹王白素稽献银颇罗。十二月丁亥，龟兹王白素稽献名马。《新唐书》卷二一五《龟兹国传》云：上元中，素稽献银颇罗、名马。四种资料相比照，所述当为同一件事无疑，故上元二年白素稽所献应是"银颇罗"而非"金颇黎"，吴玉贵先生怀疑《太平御览》所引《唐书》"金"下有夺文[1]。如此，本节之讨论能否成立，有重新审视的必要。

本书印刷精美，延续了余氏著作的风格，书前配有大量图版，后附索引，方便读者。全书技术性失误极少，笔者所见惟有 4 处，现检出以备作者再版时修订：第 190 页注 [1]、第 337 页，陈明文章"沙门黄散"后漏掉冒号；第 307 页第二段，"颇梨，亦作颇梨"，第一个"梨"应是"黎"；第 363 页，唐雯文章"唐书再检讨"应是"'唐书'再检讨"。

原刊《世界宗教研究》2013 年第 2 期

---

① 吴玉贵《唐书辑校》，中华书局，2008 年，1069 页。

立国与为民

——读张安福《唐代农民家庭经济研究》

　　前两年中央电视台曾播放过一部叫作《大国崛起》的纪录片，引起了海外舆论的关注，外界纷纷猜测，这实际上表露了中国渴望重新走向盛世的强烈愿望。而中国历史上真正称得上盛世的不外是汉武帝时代、唐朝的开元天宝时期和清朝的康熙乾隆时期，其中，最能够引人遐想的则是开元盛世。那时的大唐首都长安无疑是整个世界的中心，中国引领着时尚的潮流。梦回长安、梦回大唐，做个大唐人，又曾经是多少后世文人心中炽热的激情！然而，几十年来，史学家却告诉我们，即使在开元盛世下，农民仍然普遍过着衣不遮体、食不果腹的日子。这样的结论曾在特定的时代背景下蒙蔽了很多人的眼睛，但现在我们有理由对它产生高度的怀疑：盛世下的农民生活是如此悲惨，那其他时间里岂非无法生存？如果是这样，中国几千年的文明岂不是建构起来的海市蜃楼？读张安福近作《唐代农民

张安福《唐代农民家庭经济研究》书影

家庭经济研究》（中国社会科学出版社，2008年），我们可以找到一些答案。

应该说，本书是在众多前辈学者研究基础上的整合之作，是国内首部以"农民家庭经济"为题的专著。因其讨论的问题最终落脚点是农民负担，与现实的"三农问题"紧密联系，因此又具有鲜明的资政作用。

本书最吸引读者的地方有两个：一是关于唐代农民与国家之间经济关系的讨论，二是关于唐代农民生活水平的估算。众所周知，我国自古就是以农为本的国度。战国以后，小农经济成为传统社会的主要经济形式。在一个农业人口占有压倒性优势的国度，要想保持政权的稳固和长久，就必须顾及农民的福祉才行。两千多年来，统治者虽然换了一茬又一茬，他们都必须面对一个最直接也是最攸关存亡的问题，那就是如何处理"立国"与"为民"之间的关系，也就是说如何处理统治与被统治之间的关系。这个问题，其实历代政治家、士大夫早已给出答案，像轻徭薄赋、不占农时、不滥用民力、以民为本、心存百姓等等，虽是老生常谈，却是至理名言。因为它触及了历朝历代的立国之本。在这样一个国度里，农业居于无可替代的根本地位，而农民是农业的经营者，是国家赋税的主要承担者，在人数上又是绝对多数，统治者如果不处理好与农民的关系，其后果可想而知。在我们的印象中，国家与农民的关系以负面居多，像"压迫"、"剥削"之类的词语是再熟悉不过了。但我们常常会不自觉地提出疑问：真的是这样的吗？传统的观点其实并未说服我们。本书给我们打开了另一扇窗户，原来在唐代，国家与农民经济关系恶性循环的同时，还有良性互动的一面。唐太宗那句传诵了千年的名言再次在耳边响起："水能载舟，亦能覆舟。"以前我们更关注的是"覆舟"，忽视了"载舟"。其实，他还有一句话："为君之道，必须先存百姓，若损百姓以奉其身，犹割股以啖腹，腹饱而身毙。"这说的就是杀鸡取卵的道理。不惟唐代，中国历史上任何时期恐怕都是这样。政权的维系本身是需要成本的，这些成本包括行政成本（如各级官吏的俸禄、宫室衙门的建造维修等）、军事成本（如军队的供给、驿道的修造维护、军事设施的修建等）、公共设施成本（如城池、道路、水利设施等）诸多方面，不管采用什么方式，最终都会转嫁到治下的被统治者。当然，这里面就存在一个"度"的问题，国家通过税收、徭役、兵役等方式来获得维持政权正常运转的成本，这无可厚非，也是必要的，此时国家与农民之间是同生共存的关系。一旦超过了"度"，变成一种过分索取，使农民无法维持基本的生存，国家与农民的关系就急剧恶化，这个政权就岌岌可危了。

按照作者的看法，唐朝之所以繁盛，与唐朝政府较好地处理国家与农民之间的经济关系有很大关系。解决农民问题，核心是土地问题。土地是农民最为重要的生产资料，只有使农民与土地紧密地结合在一起，才能稳定农民群体，从而为国家各项事业的发展打下坚实的基础。反之，农民失去土地，就成为无本之木，很容易成为逃户、流民，脱离国家的户籍，严重影响到国家的赋税征金，往往还会成为社会动乱的诱因。唐朝的均田制、租庸调制、两税法都在不同时期呼应农民对土地的需求，保证农民的负担保持在一个合理的范围之内，从而在"立国"与"为民"之间找到恰当的平衡点。制度上的保障之外，唐朝政府还十分重视组织农民进行农业生产，诸如开垦荒地、兴修水利设施、奖励农桑等，有效地发挥了政府引导、组织的职能。在灾荒之年，政府也承担起赈灾、救灾、救助弱势群体的职能。这些措施为农业生产提供了较好的外部环境，使得农民能够安心生产和生活，推动了唐代社会稳定与发展。应该说，上述观点有其一定的合理性，它至少让我们看到了唐朝统治者及各级管理部门在发展生产和保护民力方面所作的努力，展现了国家机器温和的一面。正因为唐朝政府还负有"管理"的义务，并且积极有效地实施了这项职能，在较长的一段时间内"立国"与"为民"保持了和谐共荣的关系，因此，整个国家社会稳定、经济发展、文教事业发达、人民安居乐业。可以说，辉煌的开元盛世，是由唐朝政府与农民共同开创的，而不仅仅是某一方面的努力。本书将这一点解释得很清楚，有助于纠正传统观点中不合情理的部分，同时也具有了某种理论层面的探讨，便于后人从历史发展中汲取经验。

古语说"民富则国强"，既然我们说开元盛世是国家与农民共同缔造的，那么当时农民的生活水平到底是个什么样的程度呢？我们不相信衣不遮体、食不果腹的论断，就必须要给出一个自己的答案来。作者对此是有着明确认识的。唐朝前期的均田制在政策上保障农民拥有一定数量的土地，按照规定，每户农民的受田数应是 100 亩，但现实中是达不到这个数字的。作者总结了前人的推算方式，并将之具体化，他认为唐前期户均 30—50 亩是可信的，这个数字虽然低于法定标准，其实已经达到了传统生产力条件下人力与地利的最佳结合，有利于农民发挥小生产者的组织优势，从而提高土地利用率。在此基础上，作者又分析了农民的收入和支出情况。这些收入包括粮食收入、副业及其他收入，支出主要是赋税支出和家庭日常生活开支等。收支相抵后，农民家庭经济的平均年剩余率在 20% 左右。作者借此想要传达给我们的信息是：唐代前期均田制下的农民普遍过着家庭富足、生活有余的生活，这种剩余率是符合传统社会对农家"三年耕必有一年之食；九年耕必有三年之食"的"耕三余一"的要求。作者对这个结论显然有着极强的自信，他认为这种比例比起那些认为即使是开元盛世时期农民仍然是入不敷出的认识要客观得多。尽管 20% 剩余率是否可靠尚待进一步的验证，但不可否认的是，作者的看法是有一定史料和统计基础的，这个数字是作者结合相关史料记载，运用经济学的统计方法计算之后得出的结论，要想推翻它，同样也需要对相关史料进行辨析和重新进行数据统计才行。不管怎样，作者对均田制下农民的生活水平给出了一个自己的回答，而且这个回答不同于以往，需要相当大的勇气。就本书的思路来说，这个回答又是合情合理的，正因为农民的普遍富裕，才使得唐朝走向开元盛世成为可能。我们实在难以想象，一个高呼盛世的时代里，其最广大的农民却过着贫困的日子，那这个盛世的基础何在呢？

《唐代农民家庭经济研究》为解说开元盛世的成因提供了一条新的思路，作者关注的视野不止局限于此，他其实也想对现实的"三农问题"提供一个参照，因此本书的最后一章题为"唐代农民负担及其历史走向"，具有强烈的现实感。作者对唐代农民家庭合理的负担量、负担加重的原因及其后果、政府如何减负等方面进行了分析，并对现代社会减少农民负担有所建议，显示了作者并非只是在书斋里空谈的学者，本书实在是"具有较强的实践性和前瞻性"（傅永聚语）。希望本书的出版能为当代"三农问题"的有效解决提供历史借鉴。

2014 年 3 月完稿，未刊

第三辑　讲论漫谈

中晚唐士人对安史之乱的"预见"

安史之乱是唐代历史发展进程中标志性的事件。人们在总结这次事件的历史教训时首先把精力集中在叛乱爆发的原因上，提出了各种各样的解释。其次，关注的是这场动乱对于唐代历史走向的影响。但很多人显然都忽视了另外一个值得探讨的话题：安史之乱对人们心理的影响如何？也就是说，中晚唐的人们是如何来反思这场动乱的？由于不同阶层、不同身份的人的立场也会有差别，因此，这种反思必然是多纬度的，这里只能攫取士人阶层当中比较常见的思维来加以审视。

"预兆"改变不了宿命

战乱之后的首要任务自然是恢复秩序和生产，与此同时，对于安史之乱的反思也成为官僚士人阶层心中一个沉重的话题。他们首先面临的问题是：难道叛乱的发生事先就没有什么征兆？答案自然是否定的，因为那时候的人们相信任何灾祸都不会悄无声息地降临，都会以某种方式发出警诫。

举一个例子，斗鸡是玄宗时代十分流行的娱乐活动，不仅民间盛行，皇宫中也设有鸡坊，并有专门人员负责。太平盛世的时候，没有什么人会将斗鸡与王朝的兴衰命运联系在一起，但安史之乱以后，情况就不同了，急于反思的人找到了其中的关联。贾昌是玄宗时代供职于皇宫鸡坊的一位斗鸡训练者，他受玄宗宠信四十年，亲历大唐由盛转衰的过程。唐宪宗元和五年（810），他把自己的见闻讲给陈鸿祖听，陈鸿祖据此写作了《东城父老传》。我们在这篇传记里可以看到这样的记载："上生于乙酉鸡辰，使人朝服斗鸡，兆乱于太平矣，上心不悟。"意思是说玄宗属鸡，斗鸡的寓意自然就不好，正是祸乱的预兆，可惜玄宗没有领悟到这点。从今天的眼光看，这自然是人们在事后的一种牵强联系了，但在当时，以逆推思维寻找联系似乎又是很自然的一种心理。

这种思维还体现在一些拆解字的预言上。比如天宝年间的术士李遐周曾在长安玄都观的墙壁上题诗："燕市人皆去，函关马不归，若逢山下鬼，环上系罗衣。"当时没有一个人能解其中含义。安史之乱后，有人解开了谜底。所谓"燕市人皆去"，指安禄山带着幽州（燕地）兵众发动叛乱；"函关马不归"，指哥舒翰在潼关全军覆没；"若逢山下鬼", 合起来就是一个"嵬"字, 指马嵬; "环上系罗衣", 自然是杨玉环被以罗巾缢杀。历史发展的过程似乎与李遐周的预言惊人的吻合。尽管我们不清楚李遐周题诗是否确有其事, 但它被作为"预言"而载入中唐以后的文献则是事实, 并且得到了中晚唐士人的认同。这种所谓的"预言"毕竟还有点根据, 另外一些则纯属臆造, 像《刘宾客嘉话录》里面就记录了一则志公大师的谶语: "两角女子绿衣裳, 却背太行邀君王, 一止之月必消亡。"还煞有其事地作了一番解释, 说"两角女子"合起来是"安"字, "绿"即"禄", "一止"是"正"字。谶语的意思合起来就是安禄山将起兵, 但会在正月的时候败亡。志公大师即南朝著名僧人宝志和尚, 他卒于天监十三年（514）, 一个二百多年前的人居然能预见到安史之乱的爆发, 实在是件匪夷所思的事情了。类似的各种"预兆"还有很多, 显露于社会的各种角落。像宫女上妆时的"泪妆"、龙池石碑自鸣、府库刀枪自鸣、武库大火、白日大雾等等都被赋予了"预兆"的意涵。

从这些事后追述的记载来看, 当时士人阶层内心是十分焦躁的, 他们急切地想寻找答案。在一种惯性思维的引导下, 他们先入为主认为安史之乱前必定会出现很多"预兆", 于是, 任何能展露"预兆"苗头的东西都被无限放大。通过这种方式, 他们想要证明的是上天已经通过"预兆"的方式来提醒玄宗, 只不过是玄宗不悟才给了安禄山机会。

尽管有了这么多"预兆"，但叛乱还是不期而至。难道一切都是宿命？中晚唐士人每每想起这个问题，总是痛心疾首。

即使把这些所谓的"预兆"暂时放到一旁，当时有不少聪慧之士也已经敏锐地觉察到了大乱在即。最著名的事件莫过于张九龄对安禄山的印象。在与安禄山进行初次面谈之后，张九龄感觉此人狼子野心，于是他马上请玄宗杀掉安禄山以绝后患。但玄宗不信，反而警告张九龄不要"误害忠良"。等到安史之乱爆发，玄宗这才回想起当初张九龄的先见之明。还有一些曾在安禄山军中供职的官员也纷纷找借口逃离，并向朝廷作了汇报。至于太子李亨、杨国忠等朝廷高层人士也接连向玄宗发出警告，史籍的记载就更多了。种种迹象表明，安禄山即将反叛的事实在朝臣、甚至一般官员当中都不再是秘密，唯独玄宗一如既往地信任他。以玄宗天纵英才，怎么会犯下如此严重的错误？这令千百年来的人们百思不得其解。

安禄山的本相

当人们从感性或理性的层面力图破解这个谜团的时候，他们把相当一部分精力放在了解读玄宗与安禄山之间的关系上。不少人虽然也承认玄宗对安禄山的宠信到了不可理喻的地步，甚至允许这么一个外朝边将随意进出内廷宫掖，以至于元代胡三省给《资治通鉴》作注时，在这段最后只能归结为"天夺之魄也"；然而士人们还是相信玄宗并非完全被蒙蔽，因为安禄山有异相。

安史之乱后不久，唐朝人姚汝能就根据所见所闻撰写了《安禄山事迹》一书，书中谈到了安禄山的异相。据说每次玄宗宴请安禄山的时候，都要在他面前设一座大的金鸡帐隔开，这样做是因为玄宗觉得安禄山骨状怪异，所以用这个办法来克制。这就是著名的"金鸡厌弹"之说。此事在唐代文献中常见，还被正史采信，估计不会是好事者的虚构。所谓"金鸡厌弹"，基本思想来源于传统的阴阳学说。古人以为从地理上区分，中国在东南，为阳为日，西北胡族为阴为月；鸡能报晓，与太阳发生关联，所以是"积阳"。"金鸡厌弹"就是依靠金鸡的"阳"去克制安禄山这个胡人的"阴"。可见玄宗其实早有打算，心中并不糊涂。另据姚汝能的说法，有一次安禄山喝得酩酊大醉，睡下之后"化为一黑猪而龙首"，服侍的人立即报告给玄宗，玄宗却说："猪龙也，无能为者。"猪龙之说在中晚唐流传较广，说明安禄山的猪龙本相深入人心，唐朝人按照一定的逻辑塑造了安禄山的形象。因其有异相，而后又发动叛乱，建燕称帝，所以是"龙"象，但安禄山毕竟是僭主，在士人的眼里，这条龙无论如何不能算真龙；安禄山体态肥大，晚年自秤有三百五十斤，很容易让人联想到行动笨重的猪。因此"龙首猪身"很符合唐朝人对安禄山的价值判定。或许正因为安禄山的本相是猪龙，玄宗才低估了他的能力，致使戒心不够，终酿成祸乱。

其实，在中晚唐士人的笔下，安禄山的本相除了猪龙之外，还有其他形象，他的身边总有隐身的鬼物伴随。有趣的是，在一则宣扬佛教轮回转世的故事里，唐玄宗和安禄山的前世居然都不是凡间之人。玄宗是酷爱音乐的仙人，安禄山则是杀人无数的魔王，两人还被安排在同一个寺院修行，玄宗先下凡，安禄山后下凡来替代玄宗。这表明佛家的观念里，今生的一切都是前世注定的，玄宗即使再英明、安禄山即使再残暴，也扭转不了魔王贬谪人间的命运。这似乎也是当时流行的一种观念，虽然玄宗对安禄山的异相不放心，但过于大意之后的种种违反常规的做法更让人疑惑不解，末了，只能用"天意"、"命定"之类来解释了。

由此看来，战乱之后相当一部分士人相信玄宗是早就洞察到安禄山的野心的。从士人举出"金鸡厌弈"以及塑造出安禄山的种种异相来看，他们显然肯定这些都是某种"预兆"，而将玄宗不杀安禄山的原因归结为天意。这其实是一种十分无奈的心理，因为要探寻玄宗为何不杀安禄山，这在当时似乎是一个难以回答的问题。

失衡下的责任归属：唐玄宗、李林甫和杨国忠的角色

从历史发展的终极因素来讲，中晚唐士人不得不承认理乱系于天命；然而理性一点来看，他们更愿意相信安史之乱是人事的错误，是君逸臣奸导致的后果。他们在总结这段历史经验教训的时候，不外乎从两个方面立论：玄宗的安逸之心与臣子的奸诈。但这两方面并非一种持平的状态，而是严重失衡。虽然也有一些人批评玄宗纵情声色犬马、安逸误国，然而总体而言，这种批评在唐代十分有限，更多的人是从李林甫、杨国忠误国的角度加以反思的。

被誉为"中兴之主"的唐宪宗曾经向臣下寻求开元理乱的原因，宰相崔群的回答十分具有代表性。他认为，玄宗生长民间，即位前又经历很多磨难，刚当皇帝的时候，了解民间疾苦，又知人善任，所选宰相都比较正直，君臣同心，所以开元初国家的整体形势很好。之后国家承平日久，玄宗也生安逸之心，逐渐远离正直人士，亲近小人，重用李林甫、杨国忠等奸邪之徒，致使国家蒙受灾难。因此，他认为开元理乱，用人得失最为重要，而分水岭就是开元二十四年专任李林甫。崔群的意见非常著名，后世许多的评论其实都是源自于此。我们还可以在唐朝人撰写的本朝历史中看到类似的评论。史官先是大篇幅颂扬了玄宗励精图治开创太平盛世的功绩，在谈到天宝政局时将之归结为用人不当，李、杨二位奸臣当道，致使玄宗受到蒙蔽，只有一处批评玄宗"政才勤倦"之类的话。这种评判失衡的状况表明，中晚唐士人似乎还没有从开元盛世的繁华中清醒过来，没来得及客观评价玄宗的功过是非，潜意识里

"为人主讳"的思想仍然占据了主导地位，大部分的责任被加在了李、杨身上，而且随着"开元盛世"逐渐演化为后人心中的一个神话、一种情怀，对李、杨的嘲讽、批判越发严苛起来。

唐末笔记小说《大唐奇事》里面记载了一则笔精管子文的故事，讲述李林甫刚当上宰相的时候，笔精化身为管子文和他谈论为相之道。当时，管子文就劝告李林甫不要大权独揽，要保持道德操守，知人善任，否则国家将乱。管子文说这番话，意在警诫；但对于安史之乱以后的人来说，这分明就是预见到了李林甫日后的所作所为，况且管子文还有"乱将生矣"的警告，两相结合，"李林甫为相将导致天下大乱"的结论浮出了水面。其实，只要再联系前引崔群的论说，我们会清晰地看到李林甫在中晚唐士人的心目中已是安史之乱的首恶，玄宗最多是有一个耽于享乐、用人不当的过错，李林甫则背负着祸国殃民的罪责。

李林甫死于天宝十一载，在这之前，安禄山忌惮李林甫，因此蓄势未发。李林甫虽然被视为安史之乱的首恶，但他只是起了一个前期铺垫的作用，在中晚唐士人看来，真正推动安禄山叛乱的是杨国忠。晚唐的一则故事形象地说明了这一点。天宝中，当杨国忠权势正盛之时，有一妇人上门痛斥杨国忠，数说他的种种劣迹，最后又接连说了好几个"胡"字才消失不见，等到安禄山起兵，人们才恍然大悟，原来"胡"字说的正是安禄山。这显然也是晚唐士人创造出来的一种"预见"，他们借这位妇人之口来宣泄对于杨国忠的激愤之意，言语的激烈程度远远超过了管子文，这也充分体现了晚唐二人对于杨国忠的痛恨情绪。

"创造预见"的背后

作为中国古代历史上的重要事件，安史之乱给唐朝人造成的心理伤害无疑是十分巨大的。当士人阶层以各种方式总结经验教训时，不同的声音混杂在一起。

部分高级官员反思乱前唐王朝的民族政策，认为过于宽松的民族政策使得胡人不断进入中原，胡风浸染了唐朝社会，冲淡了中原的礼义之风，忠节孝义之心不存，才给了安禄山、史思明等胡人可乘之机。这种思潮直接导致了中晚唐民族政策的转向，唐朝社会对于胡人的信任感急剧降低。

中下层士人则借助于文史作品来表达自己的看法。在这部分人的内心，感情的成分超过理性，在他们的努力下，各种各样的"预兆"被钩沉探赜出来，用以弥合心理的落差，求得心灵的慰藉。为了圆满解释玄宗对安禄山的过分宠信，他们又臆造出安禄山的种种异相，以明天意不可违也，玄宗的天纵英才也无可奈何。即使是理性一点的解释，多数也把主要的责任推给了李林甫、杨国忠，使他们成为遭受后世唾骂的奸臣贼子。在开元盛世光环笼罩下的最高统治者——玄宗，得以逃脱担负最大的责任，仅是在道德上承受着贪图安逸、生活奢侈、用人不当的指责，而这些比起对安禄山、李林甫和杨国忠的丑化显然要无谓得多了。所以，以今天的眼光来看，种种对于安史之乱爆发的"预见"其实都是被创造出来的，不一定就是历史上客观存在过的。然而，这种"创造预见"的行为却不容置疑，它真实地反映出安史之乱以后相当一部分士人的内心世界，他们的反思或许不够理性，但十分真切自然。

本文系 2009 年 12 月为"网易·历史频道"撰写的专栏文章，未刊

问题意识与博士论文的写作

　　"问题意识与博士论文的写作"，这是我过去做博士论文时一直比较纠结的问题。我想，对国外的学生来说基本不存在这个问题，因为没有问题意识的话你根本就写不出博士论文来。比较而言，国内学生在撰写博士论文时却经常会遇到这个问题，很多同学不知道论文最后的落脚点在什么地方，要解决什么问题，说到底，就是没有问题意识。

　　我的博士论文研究的是正史中的《五行志》，选择这样一个题目有一个过程，不是从一开始就定下来的。硕士期间我对中国古代文化中的"妖"产生了浓厚的兴趣，相对于传统史学而言，这种选题基本属于离经叛道，即便在思想史领域、文化史领域也属于奇谈怪论，不过，在文学史的范畴内，这不是什么新鲜的话题。我们知道，中国文学史上有大量"人鬼情未了"以及人妖相恋的故事，演

全国优秀博士学位论文证书

出了一段段凄美的爱情故事，最著名的莫过于《聊斋志异》，所以这些题材在文学史的研究中并不是禁忌。但研究文学史的人关注的是小说的类型，它的整个结构、叙事的模式，所以"妖"在研究者看来只不过是"人"的一个代名词而已，因此文学史研究中可以用大量的理论去解构、思索这些问题。但我的专业是中国古代史，如何从历史学的角度去理解这些文化现象呢？后来就慢慢把焦点集中到了《五行志》上。

《五行志》包含"灾"和"异"两大类的内容："灾"就是水灾、火灾、旱灾等各类灾害，"异"是各种在古人看来属于怪异的事物、现象。关于前者，灾害史的研究成果已经非常之多，所以我的想法非常明确，一定要跳出灾害史的研究框架，因此我主要关注的是"异"这方面的内容。现代人与古人在知识结构上有着巨大差异，很多东西在当代人看来不属于怪异，在古代人看来则非常怪异。比如生三胞胎、四胞胎就属于怪异，地方官要上报中央，载入史册，是一件大事，而现在生个五胞胎都没问题。再比如奇装异服，现在的年轻人为彰显个性，恨不能穿得再怪一点，社会都能包容，但放在古代就有关社会风化，关乎社稷存亡，要被记载进《五行志》。对于这样的内容，我们长久以来的思维观念都是两个字："封建"或是"迷信"。今天，我们已经打破了达尔文那种单一的线性进化论的思维模式，也不再以二元对立的观点去看待所谓的科学与迷信。因为从某种意义上说，科学也是一种迷信。在这样的思想背景下，我们再去看《五行志》，到底能有什么新的认识？当时，我的想法很简单，我觉得《五行志》能够成为正史中绵延不绝的一种体例，这就表明它非常重要，我的任务就是要把这种重要性揭示出来。

以下是我在博士二年级论文开题时所设想的篇章结构：

第一章　从《洪范》到《汉书·五行志》
第一节　"洪范九畴"与原始五行说
第二节　《洪范五行传》与阴阳五行说

第三节　天人之应：《汉书・五行志》

　　一、《汉书・五行志》的产生及其性质

　　二、"休咎"与"妖祥"

第二章　从《五行志》模式到灾异志模式

第一节　天垂象，见吉凶：《五行志》模式的解释
　　　　系统及其社会意义

　　一、汉唐《五行志》的编撰原则与记述方式

　　二、《五行志》模式的解释系统

　　三、《五行志》模式形成的社会意义

第二节　数术与灾异：唐宋士大夫对《五行志》
　　　　的评价

　　一、刘知几《史通》的猛烈抨击

　　二、两唐书《五行志》、《旧五代史・五行志》
　　　　的取向

　　三、宋人对灾异五行说的集中批判

第三节　著其灾异，削其事应：灾异志模式政治
　　　　功能的衰退

　　一、元明清《五行志》的编撰原则与记述方式

　　二、官方主体意识的变化与灾异志模式的形成

第四节　小结：中国古代《五行志》的性质

第三章　"常"与"非常"：《五行志》的"妖"观念

第一节　先秦至秦汉的"妖"观念

第二节　释《五行志》"妖"

当时拟的题目是"非常之道：中国古代《五行志》的体例与思想"，如果把前面四个字去掉，单就"中国古代《五行志》的体例与思想"而言，是一个再平庸不过的题目了，大体就是探讨这种志书的体例、结构、内容、思想等等。我们可以梳理以下开题报告中的思路。第一章，"从《洪范》到《汉书·五行志》"，探讨《五行志》的发展脉络、它的思想来源，勾勒其创立的过程。第二章，"从《五行志》模式到求异志模式"，其实也是讲它的一个发展过程，从《汉书·五行志》创立一直说到《清史稿·灾异志》，这中间我区分出两种不同的叙述模式，一个是"五行志"模式，一个是灾异志模式。欧阳修编撰《新唐书·五行志》时，把《五行志》中很大一部分内容删掉了，因为他觉得这些都是属于奇谈怪论，没有任何实际的用处，所以从《宋史·五行志》开始到《清史稿·灾异志》，都只是单纯记载灾害。然而，被欧阳修删除的部分在我看来是最有价值的，因为之前的《五行志》除了记载各种灾异外，还会在每一条灾异后面附有史家对灾异因应的解说，这其实就是古代天人感应学说的具体事证，这个传统是非常重要的。所以任何人以灾异言志的时候一定会告诉你天象会发生什么变化，发生地震就是阴阳不调，祖上失位或者是臣子有阴谋诡计，他要告诉你的是这些，这些才是最有价值的东西，但是在欧阳修的笔下全部被删除了。到了第三章，我要探讨的是《五行志》当中"妖"的观念，实际上就是对《五行志》类目的一个探讨，因为它有很多类目，有一些特定的语汇来支撑这些要素，所以这实际上是对专有名词的探讨。在第四章中，我试图与当时的社会环境联系起来，从《五行志》记载的各种怪异中来透视当时社会的巨大变动。

从以上的解说中，可以发现，开题报告的思路比较普通，虽然很清晰，能够把这种志书的来龙去脉、体例结构等说清楚，但各部分之间可以完全独立，没有任何的联系，文中缺乏的恰恰是一个能够掌控全局、提升全文立意的问题意识。换句话说，这篇博士论文最后要告诉读者什么样的道理？最后要解决一个什么样的问题？

我们可以再对比提交答辩的博士论文的结构：

第一章　中古《五行志》的怪异书写模式

第一节　《五行志》的创立及其性质

一、从《洪范》到《汉书·五行志》

二、《汉书·五行志》的性质

第二节　《五行志》怪异书写的两种模式

一、"五行志"模式

二、灾害物异志模式

第二章　"征"与"应"：中古《五行志》的怪异记录

第一节　《五行志》的"怪异"类型

一、《五行传》的分类：妖、孽、祸、痾、眚、祥、沴

二、《五行志》类目的变化

第二节　"征"与"应"的产生及解说

一、征应的产生

二、征应的解说

三、史家的知识背景

第三节　中古《五行志》怪异记录的来源

论文的题目改作"天道人妖：中古《五行志》的怪异世界"，当时我不知道用什么词来概括全文的主题，最后在史料中找到了"天道人妖"这四个字，我感觉十分贴切。这是一个非常响亮的题目，一下就能让人记住。为什么以"天道人妖"作为主题呢？在我看来，《五行志》所要表达的是一个话语体系，按照我们现在的话来说它是一个话语霸权，这个霸权所要针对的是帝王，它的读者主要就是统治者上层。

我首先在第一章里追溯了《五行志》的渊源，涉及很多的问题。我们知道，《汉书》本身的写作是非常晦涩的，号称难读，而班固又使用大量经学的内容来解说《五行志》，古代学者就有评述，认为读之令人神昏。所以要读明白是很不容易的一件事情。当然，《汉书》之后的《五行志》大量删减了经学的内容，读起来就容易得多了。第二章讨论《五行志》的怪异记录。我最后把灾害这部分内容剔除掉，不去讨论灾害的问题。因为学者们之前研究《五行志》的时候，使用最多的就是灾害资料，他们不用怪异的那部分，我是反其道行之，灾害资料对我来说没有太大意义，灾害也说明不了什么问题。所以这里要解决的是史料来源的问题。实际这部分是非常有必要的，这是我之前没考虑过的，但是我后面所有的阐发都是来源于此。第三章探讨怪异记录的主题。在我看来，《五行志》实际上是在谈君臣之道，罗列那些怪异非常的东西其实是为了告诉我们一个"常"的道理，也就是说，借用怪异的材料来告诉你一个正确的道理。第四章通过两个个案具体讨论了《五行志》的怪异书写模式与社会的关系。

这个章节设置是有脉络的。既然我认定《五行志》是一整套话语体系，那么就需要回答这套话语体系的来源是什么、这套话语体系是怎么建构起来的等一系列的问题，这是前两章的内容。《五行志》记载的内容绝对不是道听途说，比如有一家生了一个孩子，有两个头，在古代看来是非常怪异的事情，所以要上报。现在我们可以用连体儿来解释。有些事情在现代人看来匪夷所思，比如猪生人，我们会觉得这肯定是胡编乱造的，可是这样胡编乱造会带来什么好处呢？因为这些都是史官根据地方官上报来的材料编成的，地方官有什么理由去编造这样的谎言？我觉得没有。他是在尽他的职责，他要把这种事随时向上汇报。我们现在可以用科学的眼光去解释这些问题。据报道，有只猪生下了一个怪胎，胎体形状就是一个人形。所以像这些东西完全是可以做出解释的，只不过在古代，限于知识水平，人们可能就认为生了一个人，所以就向上报告了。像这类事情在整个记录中很多，我的理解，它是有一定史料来源的，不是道听途说或者胡编乱造，我就是要把这些来源梳理出来，所以花了很大部分去梳理各种史料。梳理史料来源的过程就是为了证明这个话语体系是怎么建构起来的，这个事情报上去之后，后代的史学家在编《五行志》

的时候看到这个材料为什么要用，他对这件事情的解释为什么要与王朝兴衰、臣子叛乱、后宫干政等联系起来。这个过程中就是联系史料，就是在建构起这套话语体系。接下来的第三章，我花了很大力气，用各种各样的事例来解说这套话语体系。

论文最后要解释一个问题：在中国古代政治体制当中，《五行志》担当了一个什么样的角色？这套东西是古代士大夫所创立的一套话语体系，这套话语体系要针对的是什么样的人？我的结论是，它实际上就是整个传统社会当中皇帝制度底下衍生出来的一套东西。所以对《五行志》的考察就从最开始史学史的角度上升到很宏观的理论层面去探讨，最后落脚在皇帝制度上。这样，整篇论文的层次一下就提高了，而且它的问题意识就在这儿。如果只是像开题报告中那样进行单纯史学史的考察，那只是告诉我们一个知识，这不是问题意识。

以上，通过对我的博士论文前后两个阶段章节设置的比较，希望能对大家理解问题意识的重要性有所帮助。在我看来，博士论文是需要问题意识的，没有问题意识至少不是一篇优秀的博士论文。我们今天讲的就是怎么写一篇优秀的博士论文。现在我们所看到的博士论文最大的问题就是没有问题意识，文章很散漫，或者说把几个专题串在一起就是一篇博士论文。我想现在的博士生把一个问题说清楚是没有困难的，但是我们如果没有问题意识的话，整篇文章就会非常散漫，各部分之间是没有联系的，这势必会影响到论文的质量。硕士论文无所谓，把问题说清楚就行了。但是博士论文不一样，因为博士论文比一般的文章要长得多，但另一方面博士论文不是一本书，不需要面面俱到地将各种细节都阐述清楚。很多同学会有这样的心态，觉得不把前因后果说清楚，老师理解起来有困难，这点请大家不要担心，因为他不需要了解那么多细节。写书的时候你可能需要把前因后果交代清楚了，因为你所面对的读者是不一样的，但博士论文不一样，你所面对的主要是答辩委员会的成员。所以大家把该说的问题说得最扎实、最精确就好了。博士论文要求的是对问题进行剥离与解释，特别需要一个线索、一个主题，而且每个部分要求紧扣主题，不要有太多废话，只留下最有心得的东西。一篇文章最后要给老师们看的就是最有心得的地方，前边那些铺垫都可以不要。

当然，问题意识要分开来说，不是说任何学科、任何专业都需要有明确的问题意识，像单纯的文献研究，就不能强求。不过，对于我们从事历史研究来说，缺乏问题意识，文章就失去了灵魂。现在最经常看到的论文多是结构性、功能性的研究，比如简单的分类、有几种类型、每种类型各自有什么特点，最后再归纳一下，结论部分放在哪个朝代都适用，尤其是社会生活史之类的研究。还有一些题目是非常宏观的，比如说唐代的妇女生活、明代的流民这样一些问题，放在以前大家都可以写，例如明代流民史、唐代妓女史，但那是一本书，不是博士论文。如果这样撰写博士论文，至少在我看来没有多大价值。

也许有同学会问，我们撰写论文当然是为了解决问题，不解决问题写它干嘛？我要搞清楚明代流民是什么样的，要搞清楚唐代妇女的生活到底是什么样的，这就是我的问题意识。如果在简单的层面上去理解，这没有问题，这的确是你要解决的一个问题，但仅仅停留在这个层面上，立意是否低了些呢？比如一个人要研究某种职官，你利用了很多资料，将这种职官的演变情况勾勒清楚，像设立时间、人员设置状况、有哪些著名的人当过这种官等等，研究到此为止，不可否认，这对于学界是有贡献的。如果这是你的兴趣所在，那没有问题。但我们是在撰写一篇有学术分量的博士论文，这些工作都只是最基础的，如果继续追问下去，研究这种职官是为了解决什么问题呢？你可能就回答不出来。我很赞同荣新江先生说的一句话：知识不等于智慧。你目前只是给我们增加了一点知识，并没有提高我们的智慧。所以，我们或许可以换一种思路，比如考虑一下这种职官产生的历史背景，它与其他职官之间存在什么样的关系，在整个职官系统当中它处于一个什么样的位置、特别是它在官员迁转过程中属于什么位置。类似这样有一个连锁思考的话，那么你的问题意识比之前那样设计就高了，因为你所要探讨的不是职官本身，而是在整个职官系统乃至整个政治体制范畴内的一些问题。一旦到了这个层面，其他学者就可以和你展开对话了。

现在很多同学也注意到撰写博士论文要有问题意识，因为这是近十年来比较时髦的一个话题，所以下意识地在他的博士论文当中去寻找一个问题。但面临一大堆材料的时候，往往打不开思路，跳不出前人的圈子。我想这需要从几方面来入手解决。

第一，是对史料的敲骨吸髓，这可能是被大家所忽略的。现在有各种各样的数据库，检索资料非常方便，大家越来越依赖数据检索，看原典的人就越来越少了。数据库检索出来的资料可以给我们今天的论文撰写带来很大的方便，可以减少我们大量找资料的时间。但这样搜寻到的材料实际上是不全的，因为它是片面的，你用的只是关键词。如果不在这个关键词之内的那些材料显然就放弃了，所以这是很危险的一个事情。当然我不是反对搜索，我自己也用这些办法，但是那只是作为辅助措施，特别是碰到选题没有关键词的时候那就只有看书了。很多时候遇到的问题是材料很充足，但很多人对这个材料视而不见，热衷于要找一大堆的理论去建构一个很伟大的体系出来，等他最后写论文的时候才看一些材料，抽出一些符合他理论的材料填进去。我最大的一个教训就在于此。

我们回到刚才的两个论文结构上来。开题报告中的篇章设置是我空想出来的，我当时还没有仔细看材料，第二个纲目是我仔细阅读材料之后列出的。大家可以发现，其实还是有了很大变化，后者明显要清晰得多，有的放矢。我的办法很简单，把所有的材料一条一条拆解出来归类，这个工作量很大，但是当你拆解归类完了之后，问题就出来了，你就可以知道为什么《五行志》是这样一个体系设置，为什么后面的历朝历代都是遵照这个体系设置来撰写《五行志》，中间稍有变化，这种变化的背后又隐含了思想史上的重大问题。这样才有了论文的第二章和第四章，最后论文的主线、问题意识也清晰起来。因此，有时候一些最传统最笨的方法恰恰是最有效的。

第二，是对学术史的熟悉和准确把握。现在大量学术史的写作就是一个流水账，实际上写学术史是一个非常考验人能力的工作，这也是需要有问题意识的。前人有一百篇文章，可能有五十篇讨论的是同一个问题，都是在同一种指导思想下写出来的，比如说农民战争，绝大部分都是在阶级斗争这个指导思想下写出来的，所以大家讨论的是地主和农民的关系、阶级之间的矛盾，这是他的问题意识。像这类文章挑几篇重要的总结一下即可，要指明这是在一个什么样的问题意识下产生出来的。到八九十年代，大家可能就不考虑农民战争问题了，更多考虑的是族群问题。比如有学者讨论清代苗民起义的问题，就不是从农民战争史的角度。另外一个问题的脉络是什么？是清朝对当地的一种势力渗透及由此引发的族群矛盾。这涉及很大的问题。西南什么时候真正被纳入中国？我们常说自古以来，那到底是从什么时候开始的？明朝势力在当地非常有限，当地还是土司制度，到了清朝前期实行改土归流，强力推行编户齐民，所以才引起当地苗民起义，经过长期战争，乾隆年间才最后镇压下去，这样，云贵才真正成为中国的一部分。这其实就是一个征服的过程，我想这点毋庸讳言。这位学者要讨论的是所谓"汉奸"的问题，我们一听"汉奸"这个词，下意识认为是抗日战争时才有的。但他要告诉我们的是，"汉奸"这个词就是在乾隆平定苗疆叛乱时出现的，指汉民中的奸徒者。当时清朝的认识很简单，苗民之所以能叛乱不是苗民的问题，那些人都属于蛮夷，头脑简单，怎么会想到反叛呢？一定是汉民中的奸猾者挑唆的。所以最开始清朝并不针对苗民，都是针对汉人中的奸猾者，以为把这些人剔除掉，苗民就不会叛乱了。到最后乾隆才明白，鼓动起义的这些人不是汉奸，而是苗民自己。所以这跟以前所谓农民战争史的脉络是完全不同的，这点就需要你对学术史有一个精准的把握，你要把它背后核心的问题提出来。

我想怎么写一个成功的学术史，大家可以参考赵世瑜、邓庆平的《二十世纪中国社会史研究的回顾与思考》这篇文章。这不是一个罗列式的流水账，它的问题意识很清楚：中国社会史的发展过程有几个阶段？第一个阶段的指导思想史是进化论，早期的这批知识分子意识到不能再做王朝史，要考虑普通百姓的生活。第二个阶段是三十年代社会史大论战，那是一种带有浓厚政治史意味的研究。再有就是五十年代到七十年代，完全是在革命史范畴下来讨论的。八十年代社会史强势回归，这时候就是要把眼光向下了，社会的主体是平民百姓，不是王侯将相。这样的学术史回顾就与其他人完全不同，是站在一个很高的立意上来把握百年来社会史研究的整体脉络。

第三，是对相关理论的把握。不少同学的认识上有一个误区，以为提升论文的立意就是从各种各样的理论中找到一个能套用在博士论文上的模式。这样写出来的文章其实是两层皮——理论归理论，该写什么还写什么，最后只是加了一个帽子，两者之间并不是有机地融汇在一起。我想，使用理论最高明的状态，就是千万不要把一大堆理论的东西挂在文章当中。现在国内有一些人是这样的风格，一个大家都明白的道理，被他一写反倒不明白了。高手应该是把一个很复杂的事情讲清楚，同时你又感觉不到是在搬弄理论，而实际上背后又是有理论支撑的。我最反对直接在文章中不停地出现大量的理论词汇。理论实际上是日日而新的东西，是一种锻炼你思维的东西，而不是一定要有什么适合你的理论。只要积累多了，自然会对你的思维有启发，这就达到学习理论的目的了。所以我们在看同一个材料的时候，你的思维如果得到锻炼之后，可能就会有新的认识，老材料可能会焕发新的生命力，这需要不断的积累。

最后，是对中国通史的把握。为什么要讲这个？以前老师们教导我的时候特别注重通史的功底，谈任何一个问题都尽可能地上溯下延。我现在的理解是，不仅要顾及上下，而且要整个通下来，我所有的论文都是从秦汉开始，所以很关注简牍出土的材料以及石刻文献资料。如果以时间划分，我以为，宋之前的历史研究是一种方法，宋之后是另一种，二者有很大不同。因为宋代以后的历史基本是一个全新的建构，包括它的整个理论基础、整个基层体系的运作、政府高层官僚的设计运作等等，完全是不一样的。

举个例子，按照我们现代人的观点，人死之后买坟地是应有之事。但我看了一些学者关于明清时期民间争夺坟山的研究之后突然有了疑问：中古时代的人买坟地吗？买地券不是真实的一种行为，可以忽略不计，目前唐代墓志总数十分惊人，超过了一万方，我初步检索之后，只找到几方墓志提到其墓地是购买的。所以有很多你觉得是常识，但是这种常识的理论依据或者你的经验是来自于明清时期的。往前推，你的经验是不是来自隋唐和秦汉的？可能完全不是。也就是说，一些常识的东西放到宋以前可能就成为问题了。这就需要你对中国通史有较为全面的把握，通过前后时代不同情景的对照，你会生发出很多联想，这些联想不一定能够印证，但你脑中有了这个想法，慢慢在做研究的过程中积累一些材料，某一天也许就成为你的选题，最后可能就会解释一个很大的问题。

我今天就讲到这儿，谢谢大家！

本文系 2011 年 7 月在"2011 年方法、资料与规范：全国百篇优博导师·博士论坛"上的讲座，文字稿据录音记录整理，原刊于郝春文主编《学术的理性回归：方法、资料与规范》（高等教育出版社，2018 年）

大陆学界中国中古史研究的新进展·隋唐（2007—2010）

　　在中国大陆，隋唐史是一个有着深厚研究基础的领域，主要表现在三个方面：第一，有一整套理论作为支撑。不管是陈寅恪的关陇集团说、种族与文化说，还是马克思主义的阶级理论，以及现在的唐宋变革论，都有大量的追随者，换言之，隋唐史研究已经建立起某种框架了。第二，传统文献的使用极为便利。有关隋唐史研究的大部分传统文献都已公开出版，常用文献也有点校本或校注本，而且基本实现了电子化。第三，研究队伍庞大。传统观念中，隋唐是中国古代社会的盛世，加上文献集中、使用便利，因而最能引发学者的兴趣。除此之外，还有一个因素不容忽视，那就是敦煌吐鲁番学的兴盛。敦煌吐鲁番文献虽然只是西北一隅的文献，但由于文献本身的原始性和细密性，使我们可以具体而微地透视隋唐社会的方方面面，所以研究敦煌吐鲁番的学者汇入隋唐史领域，二者的结合也壮大了队伍。时至今日，20 世纪 50 年代以后出生的学者成为主力，70 年代以后出生的年轻学者逐渐活跃起来。就整体研究态势而言，年轻学者对于宏观理论、经济史的兴趣明显不足，但对政治史、制度史的关注热度不减；受新史学研究导向的影响，他们更愿意通过对新旧史料的解读来作个案研究，进而实现某种社会史、文化史的转向。以下从几个方面来加以介绍。

新出史料的研读与利用

1999 年，戴建国教授发现并公布《天圣令》的部分内容，旋即引起海内外的高度关注。2006 年，社科院历史所课题组整理出版了《天圣令》校注本，年底《唐研究》第 12 卷集中刊发了该课题组的一组研究论文。2008 年，《唐研究》第 14 卷定为"天圣令及所反映的唐宋制度与社会研究专号"。《天圣令》中唐令的"发现"，对于隋唐史研究的推动作用正在日益显现。借鉴日本的"读书班"模式，这次的整理研究工作也是以集体会读的方式进行，加快了年轻学者的成长。如《天圣令》课题组的雷闻、程锦、赵大莹，中国人民大学"唐令读书班"的李全德、皮庆生、王静、杨梅、张耐冬、赵璐璐等人，都有专门的论文发表，主要集中在礼法制度方面。这一方面是由《天圣令》本身的性质决定，另一方面也是受到学界旧有的关于唐令复原的研究传统影响。因此，如同刘后滨、荣新江先生提示的那样，尽快从文献整理和唐令复原的路径上拓展出去，展开相关的制度运作及社会变迁的研究是今后努力的方向。

与《天圣令》的研究导向不同，"新获吐鲁番出土文献整理小组"从一开始就是采用整理与研究并行的方式。众所周知，20世纪80年代以后，唐史研究的进展，很大程度上有赖于敦煌吐鲁番文献的刊布与整理。本次整理的是1997年以来，特别是2004年以后出土、征集到的吐鲁番文献。"整理小组"也是采取了定期读书班的形式会读，用一年半时间确定文本，随即开展研究工作。从2005年10月开始，到2008年《新获吐鲁番出土文献》出版，三年时间内共发表文章40多篇。"整理小组"的一个突出特点是以年轻学者居多，借助于新出文献所蕴含的丰富历史信息，年轻学者对于旧有问题进行了再检讨和综合研究。史睿《唐调露二年东都尚书省吏部符考释》、《唐代前期铨选制度的演进》二文对于罕见的来自洛阳的官文书进行考释，并揭示了新发现的吐鲁番文书可能标志着全国范围内常规性阙员统计的变革。毕波《吐鲁番新出唐天宝十载交河郡客使文书研究》、《怛逻斯之战和天威健儿赴碎叶》对之前未能深入的客馆制度的一些具体内容有所补充，揭示了有关宁远国遣使唐朝、天威健儿及突骑施俘虏等问题，对于了解天宝年间西域地区的历史脉络，特别是怛逻斯之战具有重要意义。文欣《吐鲁番新出唐西州征钱文书与垂拱年间的西域形势》、《吐鲁番阿斯塔那501号墓所出军事文书的整理——兼论府兵番代文书的运行及垂拱战时的西州前庭府》二文，利用新出和旧有文书考察了垂拱时期西域形势的巨大变化，兼及唐前期府兵制度的运作。他另撰有《唐代差科簿制作过程——从阿斯塔那 61 号墓所出役制文书谈起》一文，探究差科簿的制作过程、方式、地点等问题，并解释了出土文书中所见不同形制差科簿的形成原因，深化了我们对于此类文书性质及其运行实际的认识。类似文章尚有丁俊《从新出吐鲁番文书看唐前期的勾征》、裴成国《从高昌国到唐西州量制的变迁》等。

　　除了天圣令和新获吐鲁番出土文献以外，值得一提的还有唐雯利用宋代类书《类要》所作的辑佚研究。《类要》是北宋晏殊编纂的一部大型类书，现仅有钞本存世，存 37 卷，引录宋初以前文献达 700 种以上，近半数已佚，包括唐实录、唐职员令及唐代图经地志等珍贵文献。唐雯《唐职员令复原与研究——以北宋前期文献中新见佚文为中心》，对日本学者长期以来复原唐职员令的方法提出质疑，并依据《类要》等北宋前期文献所保存的佚文复原了46 条唐职员令。在《〈两京新记〉新见佚文辑考——兼论〈两京新记〉复原的可能性》一文中，她也是利用《类要》来辑补《两京新记》，共辑得 24 条，有 19 条或未见于其他文献，或较其他文献所引为详；同时，她将妹尾达彦、荣新江诸先生提出的从《长安志》、《河南志》复原《两京新记》的构想进一步细化。

文书制度研究

近年来，刘后滨在《唐代中书门下体制研究》中提出的"政务运行"作为一种新的解释模式被引入中古政治制度史研究，引起了一批年轻学者的注意，禹成旼、游自勇、魏斌等人都有论文发表，引起学界的重视。2007年以来，相关研究继续深入，青年学者中以雷闻最为突出。其作《关文与唐代地方政府内部的行政运作——以新获吐鲁番文书为中心》，利用新获吐鲁番"安门文书"来讨论关文的成立与用印制度的关系、关文所反映的录事司与各曹关系，以及县衙各司之间关文的使用情况。同氏《唐代帖文的形态与运作》，结合传世文献、敦煌吐鲁番出土文献等，对于唐代非常重要的下行公文"帖"这种文书形态作了集中讨论，作者区分出堂帖、使帖、州帖、县帖，以及军府、军镇内部所用之帖的形态，复原了唐代帖文的格式，并分析了帖文共用的行用特点，对于我们深入了解唐代日常行政的运作大有裨益。同氏《吐鲁番出土〈唐开元十六年西州都督府请纸案卷〉与唐代的公文用纸》，对于前人多次探讨过的这组文书进行了重新录文、缀合和排序，分析这组文书所反映出来的西州行政运作的流程，进而讨论唐代公文用纸的种类及其使用。该系列的文章有一个鲜明的特点，即以个案为载体，关注政务运行中地方行政机构的具体运作，又多利用了敦煌吐鲁番出土文献，因而对于唐代行政体制运作的探讨比较符合实态。除此之外，叶炜《唐代"批答"述论——以地方官所获"批答"为中心》，关注皇帝对于大臣表奏的批复这类文书形态。通过统计，作者发现，安史之乱以后，政务性批答的数量急剧增加，且不通过中书、门下二省，由奏事官或中使送达藩镇，构成了皇帝与藩镇长官间的个别联系，这意味着皇帝在调整中央地方关系的过程中，在一定程度上跳出原有制度与官僚机构的束缚，试图扮演更积极、更主动的角色。

礼制研究

关于唐代礼制研究，甘怀真先生在《二十世纪唐研究》中曾有专门回顾与展望，也提出了努力的方向。受姜伯勤、吴丽娱、甘怀真诸先生的影响，一批年轻学者开始投身这个领域，影响也日益扩大。其中，雷闻是最具代表性的学者。与前辈学者研究理路不同的是，雷闻的研究并非传统意义上的礼学、"礼"本身研究，而是将国家礼制与宗教信仰的研究结合起来，其新著《郊庙之外——隋唐国家祭祀与宗教》即体现了这种研究路数。作者抓住古代礼制最核心的"祭祀"概念，探讨国家祭祀的实际运作过程。他并不把国家祭祀视为高高在上、与民间毫无关系的官方仪式，相反，他敏锐觉察到了隋唐国家祭祀中浓重的神祠色彩及其与民间信仰之间千丝万缕的联系。由此，他跳出了传统礼制研究中对于国家祭祀诸多规定的关注，将重点放在了礼典规定在实际执行过程中的变化。在这一过程中，他对佛道思想、民间信仰与国家礼制相互融汇的揭示，成为本书最为精彩的一幕。本书的另一特点在于强烈的理论思考。有关礼制和民间信仰研究的解释模式，一直是欧美学者的专利，之前，蒲慕洲和余欣先生曾试图建立中国人自己的理论体系，但均偏向于民间信仰层面，雷闻此书则打通国家礼制与民间信仰的藩篱，让我们看到了隋唐时期二者相互影响的互动场景。这种新的思维方式应该成为我们今后考察此类问题的一个范式。

雷闻的研究理路本质上是文化史的研究，这也是受到年轻学者追捧的一种视角。叶炜《从武冠、貂蝉略论中古侍臣之演变》从冠制视角出发，辨析冠制与官制变迁的关系，进而观察君臣角色与关系变动的情况，以小见大，视野独特。马冬《唐代大驾卤簿服饰研究》考察服饰史和礼制史研究中少有人问津的大驾卤簿。他认为，大驾卤簿中大量采用了北朝胡族的服饰形制，并逐渐使其正统化，使其具有了"华夏正朔"的礼仪性质，通过经常性的礼仪实践，这种原本带有"胡气"的服饰制度逐渐成为人们历史记忆里华夏礼仪的物化构件，并被后世接受。赵大莹《敦煌祭文及其相关问题研究——以 P.3214 和 P.4043 两件文书为中心》，考察祭文的结构、祭品和祭奠地点等问题，关注朝廷礼仪在民间的基础和行用情况。吴羽《今佚唐代韦彤〈五礼静义〉的学术特点及影响——兼论中晚唐礼学新趋向对宋代礼仪的影响》，对于中唐礼学名家韦彤的家世、学术特点及其在唐宋时期的影响多有辨析，有助于我们理解唐宋社会变革。他的另一篇文章《论中晚唐国家礼书编撰的新动向对宋代的影响——以〈元和曲台新礼〉、〈中兴礼书〉为中心》，提出王彦威的《曲台礼》是对与已行之礼有关的案牍的编类，这在唐代国家礼书编撰乃至学术发展史上是一个具有里程碑意义的事件，标志着礼书的案牍化正式形成，也标志着仪注之学和礼书编撰之学正式分途。

庙制是礼制研究中最为艰涩的一个领域，可喜的是也有多篇文章发表。赵旭《唐宋时期私家祖考祭祀礼制考论》从唐宋变革的角度来考察这一时期的私家祭祖问题，并提出了家庙、影堂、祠堂的演进思路，认为这种演变，是礼制在官方认同的前提下不断下移的过程。游自勇《礼展奉先之敬——唐代长安的私家庙祀》重新考察了唐代的家庙礼制，探讨之前被学者们忽略的众多问题，尤其是提出官品不能成为庙祀延续和废绝的关键的新观点。朱溢《唐宋时期太庙庙数的变迁》认为唐宋时期太庙礼制的运作超越了郑、王之争，传统的七庙制遭到破坏，象征着国家礼制进入了一个新的时代。

社会史与文化史转向

进入 21 世纪，欧美新社会史、新文化史的研究理念开始在全世界范围内传播，在年轻学者中很受欢迎。即便是在以传统研究路数见长的隋唐史领域，亦难以摆脱这股"西风"的吹拂。究其原因，一方面是年轻学者所受到的传统学术训练正在弱化；另一方面是长期的学术积累使得传统研究视野下的"选题"越来越困难，在资料占有不能超越前人的情况下，年轻学者多数希望通过吸收新的理论来转换视角，以此对一些老问题作出新的解说。毋庸置疑，对新理论的学习是现代学术前进的必要路径，况且这种社会史、文化史的研究理念在明清史领域已经有不少成功的案例，因此，相当一批年轻学者希望能把这种成功复制在隋唐史领域。

首先要提到的是复旦大学的"中古中国共同研究班"。该研究班成立于 2009 年，以余欣为首，核心成员集中了复旦大学的 12 位新生代学者，其中治隋唐史者有 5 位，上举唐雯、朱溢均属这个研究班的成员。研究班以中古时代的知识、信仰与制度的整体研究作为解读和把握中古时代基本历史脉络，重绘其变迁的轨迹，构建起"世界图式中的中古中国"图景，并借此对中古时代的文化特质和精神进行博观与省思。这种研究理念体现了新生代学者努力追求中国学研究理论本土化的强烈愿望。从目前发表的成果看，亦十分引人注目。

余欣《中古异相：写本时代的学术、信仰与社会》是继《神道人心：唐宋之际敦煌民生宗教社会史研究》之后的又一力作。在上一部作品中，作者试图构建民生宗教社会史的理论框架，本次则要探寻中国学术本源的两个"异相"：方术与博物之学。作者以西陲出土写本为基础，全书分为上、下两篇。上篇"中古时代的学与术"，考察《汉书》这类经典知识，以及择日、风占等方术知识如何被生产、复制、流通和衍化，进入士庶的日常生活场域。下篇"中古博物的林中路"，是关于药物、菜茹、寺院珍宝、沙州土贡、异域奇玩五个方面的考证文字，初步构建"东亚古代博物学"的研究范式。与《神道人心》的研究方法类似，作者借由文献整理与考证的基础研究，转入个案研究，最终升华为综合性的理论分析。但本次，作者的理论预设较之"民生宗教社会史"又更进一步。由于长期致力于敦煌吐鲁番文献的研究，又周游列国查阅各种域外史料，作者对于写本时代知识传承的特点较旁人有着更为深刻的认识，其视野也极为广阔，因此他尝试从知识社会史的维度来理解文本所呈现出来的错综复杂的思想、信仰、知识的衍变现象，试图将中古时代的方术与博物之学纳入"世界图像"的解释模式中。这是作者构建本土化理论的又一次尝试，如陈尚君教授所说："足以代表中国当代学术的前沿水平。"

孙英刚的系列研究将中古时期的谶纬知识放置于政治文化史的框架下讨论。《"太平天子"与"千年天子"：6—7世纪政治文化史的一种研究》《音乐史与思想史：〈景云河清歌〉的政治文化史研究》均是这种思路下的产物。作者并不同意将谶语归入封建迷信的行列中，他细致剖析谶语背后的政治、社会背景，认为这其实是当时一般士人所能理解的知识和观念，是当时的"理性"。因此，对于这类知识不应该用现代知识与思想去理解，而是要归于当时的时代背景下去认识其合理性。游自勇《怪异、书写与阐释：唐宋士人对安史之乱的"预见"》，分析两唐书《五行志》以及笔记小说中有关安史之乱"预兆"的记载，认为其中折射出唐宋士人对盛世的无尽眷恋以及对玄宗的感激之情。这些研究将传统路线与新理论较好地结合在一起，文章的前半部分都是以传统的考释为主，后半部分才是运用新理论对内容的阐发与升华，从中可以明显感觉到研究理念的转变。

2009 年出版的《唐研究》第 15 卷是"'长安学'研究专号"，约请的文章从不同角度对隋唐长安进行了多方面的探讨，其中也能看出社会史和文化史的倾向。王静《城门与都市——以唐长安通化门为主》，从交通与社会流动的角度来分析长安城从通化门到长乐驿这条交通干道中所发生的场景和效应。通过对这些场景的具体考察，作者认为社会流动实际上突破了城墙的限定，扩展了长安城的空间，分割与流动看似矛盾，却体现了长安城的生活与特质。对冥界的想象本是一个普通话题，但如果将之放置于长安这个特定的空间内讨论，则具有了亦真亦幻的效果。孙英刚《想象中的真实——隋唐长安的冥界信仰与城市空间》，正是把握住了"长安"这个特定的情境，利用笔记小说特别是佛教文献来探讨有关长安的冥界叙述，重构隋唐长安居民精神世界中的冥界信仰。林晓洁《中唐文人官员的"长安印象"及其塑造——以元白刘柳为中心》，以白居易、刘禹锡、柳宗元和元稹的现存诗文作品为主要依据，结合他们的仕宦和生活经历，考察其长安印象的内容和塑造过程，从而展示了中唐文人官员与长安之间的关系。作者对于诗文作品的娴熟、对四位文人心态的准确把握，很容易使读者将本文归入文学史范畴，不过，由于作者对中唐历史背景有深刻了解，行文中具有浓厚的历史叙述意味，所以超越了一般的文学史叙述。

医疗史是新文化史的重要分支，大陆青年学者中以于赓哲和陈昊较有特色。隋唐长安的城市布局是一个被许多学者讨论过的话题，于赓哲《唐人疾病观与长安城的嬗变》则跳出陈旧的政治因素说，从最基本的史料出发，本着"了解之同情"的原则，分析唐人重高厚、厌卑湿的建筑理念，以及这种理念对于隋唐长安城布局和居民分布产生的重大影响。同氏《疾病、卑湿与中古族群边界》则从中古时期文献对南方风土的一般性描述中，抽取了"卑湿"这一重要语汇来探讨主流文化圈眼中南方意象的变化。从最初的强烈恐惧，到怀疑动摇，再到全新的认知，北方主流文化圈对于南方风土的评价变化，表明南北族群的心理隔阂被悄然打破，南方地区在这一过程中悄然融入主流文化圈，在某种程度上反映了华夏民族形成的过程。作者的这种认识显然受到了王明珂"华夏边缘"理论的深刻影响。于赓哲的这两篇文章都试图将疾病与中古社会变迁联系起来考察，视野宽广。陈昊《晚唐翰林医官家族的社会生活与知识传递》，考释唐代晚期翰林医官世家段氏家族的四方墓志，讨论其家族历史、男性成员的医官生涯、医学知识的传递、家庭内部的情感关系、宗教信仰等，将医疗史与家族史结合起来。

以上从几个方面对 2007 年以来隋唐史研究中出现的新动向略加介绍。青年学者在礼制与民间信仰、社会史与文化史等领域的兴趣与日俱增，成果也较为显著。同时，将新理论引入传统政治史、制度史领域的努力也在继续，更关注制度的实际运作过程，而不仅仅局限在对制度的梳理与静态描述上。应该说，这些新动向是学术发展的自然趋势，青年学者能自觉地"预流"，显示其学术眼光的成熟与敏锐。在今后的研究中，我们需要从更多方面扩展视野。比如，张国刚先生曾指出，"《天圣令》的发现，在传世史料和敦煌吐鲁番出土文书之间架起了桥梁。有理由相信，在对于《天圣令》相关规定深入研究的基础上，研究国家政务尤其是地方和基层事务，发掘的深度和细节均将有很大的改观"。再有，吸收欧美新理论时，尤其要注意理论的适用程度，不少在明清史研究中获得成功的理论不一定就适用于隋唐史。比如公共空间、地域社会、族群辺缘等，其产生之初都有特定含义，我们如果只是套用这些词汇，意义并不大。总之，要努力实现理论的本土化，这样我们才可以有学术创新的原动力。

原刊《中国中古史研究：中国中古史青年学者联谊会会刊》第 3 卷（中华书局，2013 年）

观念的宗族还是实体化的宗族？

——对中古宗族研究的反思

20世纪中国汉人社会的宗族研究，史学界主流是以进化论为理论支撑的社会分期论，在国内表现为革命话语下的封建社会形态论，在日本则表现为近世社会说和唐宋变革论[①]。就文献资料而言，"宗族"二字连用很早就已出现，秦汉以降的史籍中亦不乏见，学者们又将之与两汉豪族、魏晋南北朝隋唐的世家大族或士族联系起来，视其为"宗族"在不同历史阶段的表现形式，至宋元时期变为新宗族，在这样的叙述基础上，进而探讨不同宗族形态的演变逻辑及原因，由此连缀起一条"宗族通史"的脉络。20世纪通论性的宗族研究论著基本都遵循了这一理路，区别或是各自的阶段划分不同，或是对各阶段特点的概括不同，

[①] 常建华《宋明以来宗族制形成理论辨析》，《宋以后宗族的形成及地域比较》，人民出版社，2013年，2—14、23—25页。

影响较大者有徐扬杰的四段论：原始社会末期的父家长家族、殷周时期的宗法式家族、魏晋至唐代的世家大族式家族、宋以后的近代封建家族[1]；李文治的三段论：西周至春秋初期为贵族宗子制类型宗法宗族制，东汉后期至唐中叶为门阀权贵等级性类型宗法宗族制，宋元明清为一般宦室庶民类型宗法宗族制[2]；冯尔康的五段论：先秦典型宗族制，秦唐间世族、士族宗族制，宋元间大官僚宗族制，明清绅衿平民宗族制，近现代宗族变异时代[3]；常建华在冯尔康五段论的基础上进一步整合为：先秦的世族世官宗族制、秦汉至隋唐五代的士族宗族制、宋元明清的科举制下祠堂族长宗族制、近现代社会巨变中的宗族制[4]。不管何种理论、何种阶段划分，都认可帝制时代的"宗族"以唐宋之际作为分界线，前后呈现出巨大的差异，尤其是宋以后新宗族的形成，被公认是近世中国的一个重要变化，也是研究中国乡村社会无法回避的一个主题。传统研究一般将祠堂、族谱和族田视为宋以后新宗族的"三大要素"，有的再加上族长、族规，虽然有些要素在宋之前也有存在，但其内涵和性质已经迥异，所以新宗族制度的形态不同于

---

① 徐扬杰《中国家族制度史》，人民出版社，1992年，18—20页。

② 李文治、江太新《中国宗法宗族制和族田义庄》，社会科学文献出版社，2000年，1—26页。

③ 冯尔康等《中国宗族史》，上海人民出版社，2008年，20—24页。

④ 常建华《宗族志》，上海人民出版社，1998年，18—54页。

以前，这已经不存在争议。尽管如此，20 世纪的宗族史研究中，这种新宗族形态的"不同"在主流的视野里仍然是被纳入"宗族通史"的脉络中来加以关照，"宗族"作为一种不证自明的先验存在，"不同"只是阶段性的变化而已，即便是一些专门探讨唐宋家族变化的研究，在某些问题上对这种历史连续性虽然有所保留，但整体上还是未能跳脱出上述主流论述的框架①。

与史学界受进化论的深刻影响不同，20 世纪 30 年代的中国人类学家已经摆脱进化论，运用结构和功能分析的方法来研究汉人社会的宗族。林耀华对义序黄姓宗族的研究深刻影响了弗里德曼（Maurice Freedman），作为当代人类学研究汉人宗族社会的经典著作，弗里德曼的《中国东南的宗族组织》讨论了近 150 年来福建、广东两地的宗族历史，尽管就区域和时段而言，学界对其结论不免有疑虑，但弗里德曼无疑建立起了一种近世宗族的研究范式，对后续的研究影响深远②，在当代学术语境里，宗族已经成为

---

① 王善军《宋代宗族和宗族制度研究》，河北教育出版社，1999 年，7—31 页；包伟民《唐宋家族制度嬗变原因试析》，《暨南史学》第 1 辑，2002 年，76—93 页；邢铁《唐宋时期家族组织的变化》，《河北师范大学学报》2008 年第 6 期，119—125 页。
② 简要的梳理可以参看郑振满《明清福建家族组织与社会变迁》，中国人民大学出版社，2009 年，8—12 页；乔素玲、黄国信《中国宗族研究：从社会人类学到社会历史学的转向》，《社会学研究》2009 年第 4 期，197—200 页。

探讨中国传统社会基层组织、社会结构和文化变迁的基本途径及重要窗口。在弗里德曼看来，"中国社会是一个非常复杂的复合体。在他观察的福建、广东乡村中普遍见到的宗族，是在特定的社会经济和政治环境下的一种组织形式，其基本性质是一种权利和权力控制、分享的机构"[①]。这种从区域社会的实际场景出发，把宗族看作是"在特定的社会机制下建构并成为汉人社会的一种政治制度"[②]，显然大异于上述史学界的主流看法，这为20世纪80年代末以来"华南学派"有关宗族的系列研究奠定了分析视角和理论基础。

简而言之，华南学派的中坚力量科大卫、刘志伟引入了入住权、礼仪标识等分析概念，认为明清以来的宗族不仅仅是一种血缘、亲属制度，更是"一种文化的创制"，它"不仅不可能是古代宗法社会的延续，也不会直接就是宋明理学家设计的社会蓝图和重建的宗法伦理由上而下贯彻的结果，而是作为一种社会权利和政治权力的表达手段，在地方历史动态过程中展开的社会组织形式。因此，宗族

[①] 刘志伟《宗族研究的人类学取径——从弗里德曼批评林耀华的宗族研究说开去》，《南国学术》第7卷第1期，2017年1月，43页。

[②] 刘志伟《宗族研究的人类学取径——从弗里德曼批评林耀华的宗族研究说开去》，45页。

研究不应该只是一种以家族伦理和血缘亲情维系的社会关系的宣扬和解说，而应该着眼于地方社会经济变迁和政治文化结构演变的过程。明清时期宗族的发展，是在各个地方形形色色的社会变迁过程中展开的，也因应着本地的社会经济关系、政治权力关系格局的改变而呈现不同的形态和演变过程。从宗族入手的地域社会研究，不是要由血缘继嗣的法则去演绎地方历史，而是要从地方社会历史去解释宗族发展的事实"①。华南学派的另一干将郑振满则提出了著名的"三化"理论，认为宋以后所出现的宗法伦理的庶民化、基层社会的自治化和财产关系的共有化，是明清社会变迁的三个重要特征，对此学界已有评述，郑振满后来也有更集中的阐发，兹不赘叙。需要特别指出的是，郑振满对于宗族的界定是十分宽泛的，在他看来，"家族、宗族的本质特征就是认同于某一个祖先，有一套祭拜祖先的共同仪式"，所以，同为或宣称同为一共同祖先后嗣的一群人以某种理由被组织起来，这就是宗族。他也认为宗族"确实是一种文化创造"，"在乡村社会，家族是一种最基本的、最普遍的、最核心的社会组织或认同标志"，其他的社会组织"很难完全超越宗族而独立运作"。随着家族的发展，很多非家族的因素也进入家族，并非原来宗法

① 刘志伟《宗族研究的人类学取径——从弗里德曼批评林耀华的宗族研究说开去》，46—47 页。

制度所设定的那套东西，家族超越了亲属制度、亲属组织，变成了"族群"，而作为族群的家族本质特征是意义的认同。所以他是从"泛家族主义"的层面来理解明清时期国家与社会的关系①。

以上三位学者都是从地方文献及实践层面来认识明清宗族的形成过程，基于各自学术渊源及思考侧重点的不同，虽然同为华南学派的中坚力量，但观点仍不尽相同。不过，他们都承认，明清宗族是在一套以祖先祭祀礼仪作为表达现实群体关系及其秩序的话语下的建构过程，而开其先河者是在宋代。这背后隐含着另外一层意思，即强调宗族是一种社会机制，"宗族语言"是一种社会整合的方式，以这种方式建构起来的实体化的宗族组织是宋代以后才有的，明清时成为普遍现象。这是一种创新。贺喜最近关于族谱编修的研究是对以上观点的又一诠释。北宋欧阳修所编《欧阳氏谱图》与苏轼的《苏氏族谱》一起，被后世修谱者当作典范，但欧阳修没有在家乡吉安留下后裔，也没有在江西创建宗族。然而，当地与欧阳修没有血缘关系的家族却在不同历史时期，凭借这份《氏谱图》与欧阳修建立

① 王铭铭《帝国政体与基层社会的转型——读〈明清福建家族组织与社会变迁〉》，《史学理论研究》1995 年第 1 期，129—132 页·郑振满《明清福建家族组织与社会变迁》，9—11、237—258、275—277 页。

起了联宗关系。但这时期对于大部分宗族成员来说，没有祠堂，只有坟墓和坟祠，以及含混不清的远房概念，所以这一时期的宗族，"可以说是有概念、无实体的宗族团体"，"维系祖先追溯，甚至拜祭的行为的是概念上的宗族"。明中叶以后，随着祠与产的紧密相连，系谱所关涉的血缘的语言才越来越成为地域社会权力关系的依据和表达媒介，这时期，观念的宗族混合了地方经济之后才得以具体化。在贺喜看来，"宗族实体化，是一个历史的过程"①。相较于南方宗族的盛行，宋以后北方社会经历了大规模的族群流动，宗族在国家与社会关系中所处的地位不如南方，宗族制度的大规模普及与组织化也比南方晚。长期进行华北区域社会史研究的赵世瑜虽然没有专门讨论过宗族，但并不等于他没有思考过，在对金元以来华北社会历史进程整体考量的基础上，他同样指出，后世的新宗族体制在宋金元时期根本就不存在，就他长期关注的晋祠及其周边区域而言，这种新宗族在这个地区完全没有见到②。

上述明清宗族研究所得出的一系列新观点，无疑冲击了把宗族看作是一种建立在血缘和继嗣基础上自然形成的

① 贺喜《〈欧阳氏谱图〉的流变与地方宗族的实体化》，《新史学》第 27 卷 4 期，2016 年 12 月，1—56 页。
② 赵世瑜《多元的标识，层累的结构——以太原晋祠及周边地区的寺庙为例》，《首都师范大学学报》2019 年第 1 期，20—21 页。

实体性亲属团体的固有看法，得到了治后半段历史的学者的积极回应①，但在中古史研究中却甚少激起涟漪，这是颇令人感到惊讶的事情。寓目所及，只有侯旭东和李卿借鉴了明清宗族研究的成果，对中古时代的宗族研究进行过反思。

传统研究对宗族的界定一般是："共同祖先界定出来的父系群体。"②钱杭尤其强调世系，认为："宗族是人类主动选择、主动建构的一种亲属组织形式，是历史发展的结果。宗族的形成前提是对源自一'宗'的父系世系原则的认同；根据这一性质的父系世系原则所圈定的亲属，就是宗亲；在认定宗亲基础上组成的亲属性'群体或团体'，并且在实际生活中表现出聚居行为，就是宗族，或宗族组织。"③可见，"父系继嗣群体"是核心，中古的宗族研究中也是把这当作不证自明的存在。侯旭东在重新梳理考察了汉魏六朝的"父系意识"后发现：以往把同姓聚居看作"宗族"的特征，但这个时期人们的"姓氏"传承经历了从不固定到固定为子承父姓的变化过程，因而"同姓"与

---

① 参见常建华主编《宋以后的宗族形态与社会变迁》中有关华北宗族研究的个案，天津人民出版社，2013年。

② 常建华《二十世纪的中国宗族研究》，《历史研究》1999年第5期，140页。

③ 钱杭《宗族的世系学研究》，复旦大学出版社，2011年，28—29页。

"同姓聚居"也是逐步出现的；这一时期母系亲属在法律上的地位比较重要，在家庭生活中的影响巨大，社会上的父系意识没有想象的那么浓厚；父系意识独领风骚是一个历史过程。因此，他认为汉魏六朝时期虽然在文献上屡见"宗族"一词，但很多"所谓的'宗族'只是对聚居一地的同姓人的泛称，难以用后代的概念去理解"，这时期"人们生活的基本单位是小家庭，不见有后代的族产、族长与宗祠"，除了皇族以外，"作为实体组织的'宗族'可以说基本不存在，观念上的'宗族'也始见于士人"，由此，传统上认为中国父系"宗族"自先秦以来就存在连续性的假设需要修订①。大概同时，阎爱民以大量实证研究揭示了汉晋时期家族形态上父系、母系兼顾的二元性特征②，一定程度上印证了侯旭东的结论。

侯旭东的研究只讨论了意识形态的一个侧面，诸如族产、祠堂、族谱之类要素并未涉及。此前，张鹤泉专门讨论过东汉宗族组织的各个方面，包括构成特点、族内救恤活动、族人的法律连带责任、宗族对国家地方统治的影响等。他认为，东汉宗族组织里有共同尊奉、祭祀祖先的仪式，有共同的族人会议，族长支配全体族人，族人亲族范

① 侯旭东《汉魏六朝父系意识的成长与"宗族"》，氏著《北朝村民的生活世界》，商务印书馆，2005 年，60—107 页。
② 阎爱民《汉晋家族研究》，上海人民出版社，2005 年。

围明确为九族，这种血缘共同体中，豪民大家控制族权，阶级支配关系占据主导地位[1]。显然，在他看来，宗族是作为一种实体性的社会组织而存在的。马新的观点和张鹤泉相似，她还补充了张鹤泉没有涉及的族产问题，认为两汉时代宗族中还存在一些共同的经济行为，残留着原始宗族财产公有的痕迹[2]。以上两位学者的看法在中古史学界具有一定的代表性，针对他们所提及的宗族组织的内部结构，李卿逐一进行了辨析，基本持否定态度，她认为："秦汉魏晋南北朝时期宗族合族进行祭祀的活动很罕见，修谱之类的重大宗族活动虽有，但多限于士族。宗族公有财产尚未见，制约宗族行为关系的族法、宗规也未制定，宋以后发展起来的祠堂、族产、族规等标志宗族组织的主要特征此时皆不具备。这一时期在修谱活动中有可能出现临时性的宗族组织，但这种宗族组织的功能也仅限于修谱。而在祭祀等活动中，尚未见宗族组织存在的迹象。总而言之，宗族组织制度在这一时期还未普遍建立，宗族组织仍很少见或者说组织不严密。"[3]

---

[1] 张鹤泉《东汉宗族组织试探》，《中国史研究》1993年第1期，10—19页。

[2] 马新《论两汉乡村社会中的宗族》，《文史哲》2000年第4期，100—102页。

[3] 李卿《秦汉魏晋南北朝时期家族、宗族关系研究》，上海人民出版社，2005年，235页。

侯旭东和李卿对中古宗族研究带有突破性的反思，在中古史学界同样没有得到回应，个中原因不得而知，这种静默凸显了旧有研究理路及模式的广阔覆盖面及强大影响力。尽管他们的反思是以宋之后特别是明清宗族的几个要素作为参照对象，在方法上难免受到质疑，但至少将问题拉回到原点：中古时代宗族的性质是什么？这在以往似乎并不成为一个问题，"以父系继嗣关系形成的亲属群体"作为宗族定义中的核心叙述早已经深入人心，甚至成为众多研究立论的前提。如前所述，中古史领域内主流倾向是把宗族研究替换为豪族研究、士族研究，并以此归纳出不同阶段宗族制的特点，这种研究倾向的前提是把宗族看作一种身份性的特殊人群组织，进而探讨环绕在这一组织周边的制度、关系网络。然而，按照一般的定义，宗族又是基于父系继嗣法则建立起来的亲属群体，这就意味着宗族是遍地开花的，不限定在某一人群。界定与实际研究的取向之间不可避免地出现了矛盾。为了弥合矛盾，学者又对宗族进行了细致分类。秦汉宗族区分为贵族宗族、士宦宗族和平民宗族，贵族宗族包括皇族、贵戚、勋臣，是秦汉宗族的主要形态；士宦宗族包括官僚宗族和士林宗族；平民宗族主要是地方豪强，一般的庶民则很少有宗族组织。魏晋南北朝时期的宗族分为皇族宗族、士族宗族和平民宗族，以士族宗族为核心，它源自东汉豪族与士林宗族的结合；平民宗族则包括了庶族官僚宗族、平民型强宗豪右、一般的平民宗族，主要特点是没有政治特权，要承担徭役。到隋唐时期，则基本等同于讨论士族的衰落与瓦解了[1]。对于这种把士族作为家族或宗族来研究的取向，甘怀真曾有过批评。他认为士族必有其家族无疑，但士族不等于家族或宗族。他以为之所以出现上述研究取向，是因为套用了同居、共财、族谱、宗祠等明清宗族的历史经验[2]。在我看来，对宗族按照身份区分与"士、农、工、商"的四民分类并无区别，因为不是从宗族结构入手，身份性并非这一时期宗族的本质特征。华文世界的中古士族研究主流是政治史，所以不管是士宦宗族、豪族，还是士族宗族，绝大多数的研究还是围绕政治议题展开的，焦点是政治功能的分析。吊诡的是，虽然学界一直在使用"士族"这个学术词汇，但对它的界定极为随意，迄今并未有一个能为学界普遍接受的"士族"概念，而且士族为何能成为中古史的根本问题，学界似乎也没有提供一个系统而有力的申说[3]。"亲属群体"本就是人类社会最基本的关系，如果侯旭东和李卿的结论得以成立，那么所谓"父系继嗣关系"

---

[1] 冯尔康等《中国宗族史》，93—163 页。
[2] 甘怀真《再思考士族研究的下一步：从统治阶级观点出发》，氏编《身份、文化与权力——士族研究新探》，台湾大学出版中心，2012 年，19—20 页。
[3] 仇鹿鸣《失焦：历史分期论争与中文世界的士族研究》，《文史哲》2018 年第 6 期，141—151 页。

的确立也得在南北朝以后了，豪族、世族、士族等身份性之类的标签其实是后世的研究者附加于"宗族"之上的。从这个意义上讲，将宗族研究依附于豪族、士族研究，其立论前提和方法论都存在危险，其实是遮蔽了"宗族"的主体性。

不可否认，明清宗族的研究因其材料的丰富性、多样性乃至因田野考察而获得的可视性，加上历史学与人类学研究方法的较好结合，强调宗族作为一种社会机制的"结构过程"，因而其结论更具实践性。中古史的资料就性质而言，主体上是经精英之手筛选、书写并得到官方认可的史籍及由此衍生出的典制、墓志等，再加上文集，基本是精英的创造，民间文献留存至今的很少，田野调查也只能局限在山川形势及摩崖石刻等方面，想要如明清宗族研究那样从地方社会历史的脉络去细致解释宗族发展的事实，这基本是不可能的。即便是同样的资料，不同学者的解读也会出现巨大的差异。如秦晖曾经统计了简牍、敦煌文书中所见的名籍资料，发现乡村社会中杂居达到了惊人的程度，族姓聚居的现象反而少见，他因此认为当时的"乡村仍然是编户齐民的乡村，而不是宗族的乡村"，他称之为"非宗族化"，这一时期"从内地到边疆，黄河流域到长江流域，全是非宗族化的乡村，其非宗族化的程度不仅高于清代农村，甚至高于当代乡间一般自然聚落，而与完全无宗法因素的随机群体相仿"。他又统计了正史中所见以族姓为地名的现象，发现五代以前很少，宋元以后才渐多，所以"乡村聚落与姓氏的联系，其实是近古始然"。通过以上两种方式统计，秦晖的结论是："同姓相对聚居的存在不是宗族组织、尤其具有实质性功能的宗族得以形成的充分条件，但应当是必要条件。"①马新反对秦晖的看法，她指出秦晖所据史料并不全面，她重新统计了相同的资料后认为，宗族聚居是普遍现象，同一宗族成员不管是聚居、杂居还是散居，都是宗法血缘组织在不同区域、不同条件下的表现，中古时代的村落是地缘与血缘的组合体，乡村宗族是普遍存在的②。出现这样巨大的分歧，根本原因还是在于对"宗族"的理解存在较大的弹性空间。

那么，我们不妨回归"宗族"一词的本义，进行文献学意义上的知识考古。从造字本义来说，《说文》释"宗"："尊祖庙也，从宀、示。"段注以为当云"尊也，祖庙也"，"宗从宀从示，示谓神也，宀谓屋也"③。示是祖先神主，宗就是放置神主的建筑，即通常所谓的"宗庙"。《白虎

---

① 秦晖《传统中华帝国的乡村基层控制：汉唐间的乡村组织》，氏著《传统十论——本土社会的制度、文化及其变革》，复旦大学出版社，2003年，1—44页。
② 马新《汉唐间乡村宗族存在形态考论——兼论中古乡村社会的非宗族化问题》，《山东大学学报》2013年第1期，42—49页。
③《说文解字注》七篇下"宀部"，上海古籍出版社1988年第2版，342页。

通·宗族》云："宗者，何谓也？宗者，尊也。为先祖主者，宗人之所尊也。"[①]族的本义是"凑也"。所以"宗族"的原始义是尊奉祭祀共同祖先的亲属团体，从人类学的角度，我们可以把它理解为是一种基于系谱法则的亲属组织。商周时期，贵族才有"宗"，因"宗"而生宗法，所以宗族只存在于贵族阶层。战国以后宗法制度崩坏，万世一系的大宗只存在于皇族，小宗之法成为主流，宗法制的原则被置换为五服以内的亲属制度。中古后期，父系意识逐渐增强并占据主导地位，"宗族"的含义才缩小至以父系单系世系为原则构建而成的认同某一祖先的亲属团体。在这一原则下，宗族应该是聚族而居的，范围是五服以内的亲属，但反过来，如侯旭东所说，聚族而居的同姓之人不一定就是宗族。也就是说，在中古时期，亲属关系的系谱性话语才是构建宗族的机制，豪族、士族其实都是由这套机制衍生出来的东西，反过来又强化了这套机制。所以，在这一套机制下，宗族既非社会整合的方式，我们也看不到多少有意识的宗族建设，更多的是对房、分、郡望等文化资源的追求，中古的宗族本质上是观念性的。

原刊《史学月刊》2019 年第 3 期

---

① 陈立《白虎通疏证》卷八《宗族》，中华书局，1994 年，393 页。

殁后振芳尘：魏徵家族的沉浮

作为中国古代谏臣的楷模，魏徵是家喻户晓的人物，他与唐太宗"君明臣直"的形象早已经深入人心，受到历代统治者的推崇。然而，魏徵的历史地位并非从一开始就得到确立，而是一个抑扬起伏的过程，这一点又深刻影响到了魏氏家族的盛衰。

一、唐太宗与魏徵

唐太宗的年号是"贞观"，取自《周易·系辞》，"贞"是正的意思，"观"就是看，"贞观"的意思是示人以正，正大光明，具有强烈的政治含义，表明太宗即位之初就已经决心要当一个明君了。唐太宗最被人称道的有两点。一是善于用人，虚心纳谏。贞观三年，唐太宗对臣下说："君臣本同治乱，共安危，若主纳忠谏，臣进直言，斯故君臣合契，古来所重。若君自贤，臣不匡正，欲不危亡，不可得也。君失其国，臣亦不能独全其家。"将君臣共治提到如此高度，在帝制时代是十分难得的，与后世"伴君如伴虎"的君臣关系可以说是迥异。二是以民为本。唐太宗的立国路线是儒家的德治，比较注意普通百姓对于国家的重要性，对此，君臣都有高度的自觉性。这两点说起来简单，但要真正持之以恒却是极难的，需要君臣两方共同努力才行。贞观的大部分时期，唐太宗和他的大臣们较好地履行了这两点，所以贞观时期虽然称不上盛世，却被后世奉为政治清明的样板。贞观时期的诸多政策、做法被统称为"贞观故事"，成为后来帝王进行政治动员的资源。

"贞观故事"的形成，与魏徵是分不开的。众所周知，魏徵原本是李建成的幕僚，玄武门之变后被太宗留用。在唐太宗的政治集团中，魏徵是强调儒家道德标准的一派，他以清教徒式的道德标准不断劝谏唐太宗，不屈不挠又无所畏惧。唐太宗虽然有时候在背地里表现出厌烦魏徵的样子，多数情况下还是能够优容于他并且采纳谏议。这种君臣之间以诚相待、坦率交换意见的场面，通常用"君明臣直"、"君臣相得"来形容，这是贞观时期的政治特色。这样的政治生态中，魏徵无疑表现得最为突出，可以说，他就是"贞观故事"的一个象征。

魏徵的地位，在唐太宗一朝曾有明确的认定。贞观

魏徵墓

初，朝廷对于治国方略有过一场争论，太宗最后接受了魏徵行"王道"的主张。魏徵所谓的"王道"，就是以道德、仁义治国，这种强调王道教化的政治理念本就是儒家的传统，魏徵的论调并无多少新奇之处，却正符合唐初抚民以静、无为而治的现实，在当时收到了很好的效果，经过几年的努力，大唐的国力蒸蒸日上。所以，当突厥破灭之后，太宗曾当面对群臣肯定魏徵的功劳。贞观十一年以后，太宗功业既成，王道政治渐渐松懈，以至于魏徵接连上疏，重提礼义治国，言辞甚为激烈，但太宗优容之，从未抹杀魏徵的功绩。贞观十二年，太宗宴请群臣，再次提到魏徵的功劳：

贞观以前，从我平定天下，周旋艰险，玄龄之功无所与让。贞观之后，尽心于我，献纳忠说，安国利人，成我今日功业，为天下所称者，惟魏徵而已。

着意将贞观时期魏徵的历史地位超拔于众人之上。

贞观十六年（642），魏徵病重将卒。按照当时的礼制，人死后要停灵于家内寝堂上。然而魏徵一生清俭，虽身居高位，却居第简陋，家内竟无正寝。当时，太宗正要在宫内营造一座小殿，听说魏家没有寝堂，就下令用自己营造小殿的木料给魏徵建了寝堂。贞观十七年（643）正月，魏徵病逝，太宗亲临恸哭，废朝五日，本想以最高礼遇安葬魏徵，但魏徵妻裴氏以魏徵遗愿婉拒，最后丧事从简。太宗亲自为魏徵神道碑撰写碑文并书丹，代表了官方层面对于魏徵一生功绩的盖棺定论。出殡之日，太宗登苑西楼，临路哭祭，太子奉诏致祭，百官送出郊外。这可看作是君臣相得的最后一幕了。

二、魏徵身后的落寞

魏徵卒后，唐太宗以镜子来比喻他的作用，这早已是我们耳熟能详的典故了。然而，如果就此认为魏徵的历史地位铁板钉钉，那就与事实不符了。贞观十七年正是太子李承乾与魏王李泰为皇位争得不可开交之时，李承乾后因谋反案获罪，属于太子集团的杜正伦被流放，侯君集被杀，这两人都是魏徵推荐的，当时就有人跳出来说魏徵结党，这触动了太宗敏感的神经，他对于魏徵的信任荡然无存。之前，太宗将女儿衡山公主下嫁魏徵嫡子魏叔玉，适逢魏徵去世，婚事不得不延缓，但此时情势已经逆转，就在魏徵卒后六个月，太宗不但手诏废除了联姻，还下令将魏徵神道碑仆倒。如前所述，神道碑是官方对于大臣一生功绩的盖棺定论，魏徵神道碑由太宗亲自撰文并书丹，碑石刻完后，停于宫城北门，当时长安的公卿士庶纷纷前往临摹观看，每日都有数千人，可以想见当时此碑之被推崇及碑文流行之广。太宗仆碑，既是对魏徵的否定，也无异于自我否定，这表明君臣相知的神话已然破灭。贞观十八年十月至十九年九月，太宗发动了对高丽的战争，结果无功而返。当他途经昭陵，遥望魏徵墓时，追思起魏徵的犯颜直谏，感慨如果魏徵还在，必定会劝阻这次辽东之役的。于是太宗慰劳魏徵妻儿，派人祭奠魏徵墓，把之前仆倒的神道碑重新立起来。不过，我们在今天的史料中已经看不到魏徵神道碑文的只言片语，碑依旧躺在昭陵魏徵墓前，但碑上的文字早就磨泐得无法辨识了，这不得不让我们对太宗与魏徵君臣关系的修复产生怀疑。贞观二十三年（649）五月太宗薨，九月二十四日的敕书中指定的配享功臣名单里没有魏徵，这是耐人寻味的。传统观念里，大臣死后能否得以配享先帝太庙，这是判定他生前功绩及与先帝关系的最重要风向标，魏徵不在其列，说明太宗对于魏徵的心结并未完全打开。

到唐中宗神龙二年（706）闰二月十五日的敕书中，才规定魏徵配享太宗庙。当时，中宗刚刚复唐不久，需要一些拨乱反正的措施来收揽人心，对前代功臣的尊崇是重要举措之一，魏徵正好赶上了这个契机。到唐玄宗开元中，魏家寝堂遭受火灾，魏徵子孙哭三日，玄宗特令百官赴吊。此举未有先例，自然不同寻常。神龙反正以后，中宗、睿宗下敕要"一依贞观故事"，但政治上的混乱局面仍然在继续，不少大臣也援引"贞观故事"批评时政，可见"贞观故事"对于朝野来说都具有很大的号召力，也成为共享的一种资源。玄宗即位之初，也制定了"依贞观故事"的基本方针，他同样需要切实的措施来落实这一政策，而非仅仅停留在敕书文字上。如上所述，魏家寝堂是太宗用宫中殿材特为魏徵修建的，属于特殊恩典，它绝不仅仅只是一座寝堂，更是一座贞观时代君臣关系的"纪念碑"。所以玄宗令百官赴吊，意在昭示天下自己追慕太宗、尊崇功臣、复贞观故事的决心。不过，此举带来的效应可能只是一种象征意义，位于长安皇城东面永兴坊的魏徵宅短暂地博得了世人的眼球，很快便又沉寂下去了。

三、魏徵后裔的沉浮

魏徵卒后的落寞无疑影响到了整个家族，在魏徵神道碑被仆倒时，就有人预言"其家衰矣"。

魏徵有四子：叔玉、叔琬、叔璘、叔瑜。嫡长子叔玉袭爵郑国公，卒官光禄少卿，赠卫尉卿。叔玉嫡子魏膺，官秘书丞，神龙初袭封郑国公。另有一子魏载，官至怀州司兵参军，可能参与了唐宗室反对武则天的起兵，被流死岭南。长房一直居于长安老宅，魏膺以后子孙生活贫困，连日常的祖先祭祀都无法维持，到魏徵玄孙魏稠时，不得不把老宅质卖，子孙流散。

次子叔琬是书法家，官至国子司业。叔琬有子名魏殷，官至蔡州汝阳令，赠颍州刺史。这一支迁居洛阳。

三子叔璘官至礼部侍郎，武则天时为酷吏所杀，后裔湮没无闻。

幼子叔瑜卒于豫州刺史任上。他在书法史上很有地位，史书上说他"善于草隶，妙绝时人，以笔意传次子华及甥河东薛稷，世称前有虞、褚，后有薛、魏"。叔瑜有子二人：魏献、魏华。魏献事迹无考。魏华以书法知名于世，官至太子左庶子，封爵武阳县开国男，开元十年卒葬于洛阳，说明这一支也迁居洛阳了。魏华有子七人，其中有名魏瞻者，官至驾部郎中。

总的来说，魏徵子辈活动于高宗、武则天时期，担任

魏徵家族世系表

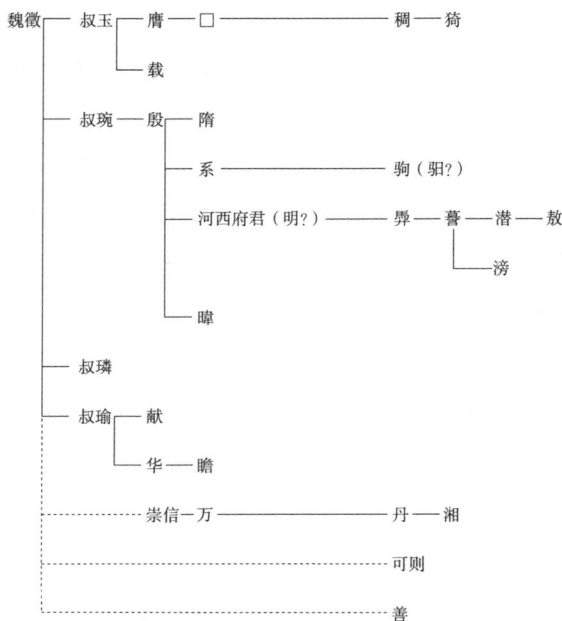

```
魏徵 ── 叔玉 ── 膺 ── □ ──────────────── 稠 ── 猗
         │    └─ 载
         │
       ── 叔琬 ── 殷 ── 隋
         │        ├─ 系 ──────────── 驹（驸？）
         │        ├─ 河西府君（明？）── 舞 ── 蕃 ── 潜 ── 敖
         │        │                              └─ 滂
         │        └─ 暐
         │
       ── 叔璘
         │
       ── 叔瑜 ── 献
         │     └─ 华 ── 瞻
         │
       ┈┈ 崇信－万 ──────────────── 丹 ── 湘
         │
       ┈┈ 可则
         │
       ┈┈ 善
```

的多是四品官，只有叔瑜做到了三品官，四兄弟均知名当时，整体上属于唐代的"通贵"一族。第三代主要活动于中宗至玄宗时期，除了魏华官居四品外，其余人都是五品及以下小官，显示家族已逐渐退出"通贵"行列。就家族发展态势而言，嫡裔留居长安奉祀魏徵，支裔多迁居洛阳，但大体上没有离开两京这个最核心的地区，这会给魏徵后裔借由祖先的名望在仕途上的发展带来便利。

不过，一旦政局变化，聚居两京者首当其冲。安史之乱中，来不及逃走的皇亲贵戚、勋旧子孙出仕安禄山政权的大有人在，叔琬的孙子魏系因是魏徵之后也被胁迫，但他托病躲过一劫，保留了清白底色。他一生历大理评事、大理司直、邓州南阳令、襄州襄阳令，晚年才当上河南府伊阙县令这样的六品官。对此，为魏系撰写墓志的张苫极为不满，他说：

> 皇唐历祚九叶，仅百七十年，虽神祇历数之运，保在天命，而深源固本之道，动自文贞。纵子孙之龈龈常才，尚宜赏延邑食，世世无绝，况贞固弘朗之器，而不及大位者乎？为后之□国者，旷是大体也，为文贞谦让之德，而授之子孙欤！

"文贞"是魏徵的谥号，张苫对魏徵的功绩给予了超乎寻常的肯定，认为李唐之所以能保有天下，除了天命外，"深源固本之道，动自文贞"，这是高宗以后从未有过的评价高度。然而，这仅仅是一个前乡贡进士在撰写墓志时的愤慨之语，或者也正是出于魏徵后裔们的不满，因为官方层面对于魏徵并没有多少实质性的尊崇举动。魏徵的政治遗产越来越受统治核心层的冷落，与贞观十七年之前相比，不啻天壤之别，其后裔也只是以普通的先朝宰臣子孙的身份在宦海中浮沉，并无太多的优待之处。

既然不能借功祖先的名望，就只能在仕途上另觅途径了。魏徵家族中有魏崇信一支，不清楚是魏徵四子中的哪一支。魏崇信是魏徵孙子，官至左赞善大夫，五品官；崇信子魏万，历官昭义军节度副使、尚书刑部员外郎、大理少卿、御史中丞，其中大理少卿是四品，御史中丞是五品。魏万子魏丹，官守博州长史兼侍御史，也是五品官。魏丹子魏湘卒官相州长史摄博州司马，亦是从五品。可以看到，这一支自魏崇信以下四代，均官居五品以上，虽未进入三品行列，但能够保有"通贵"的身份一百多年，也是十分不容易的了。值得注意的是，魏湘父子两代都是魏博节度使的文僚，他们婚姻的对象也都是魏博节度使的僚属。中唐以后入幕之风盛行，但河北藩镇与中央朝廷的对抗使得入幕文人大多前途黯淡，唐宪宗以后入幕河北藩镇的士人极为有限。魏万官至御史中丞，职位不低，他生活的年代又正好赶上魏徵历史地位快速抬升的好时机，常理上仕途不会太难，但不知何故，他却远走河朔，最终魏丹父子完全在地化了。有意思的是，魏丹父子死后都埋葬在相州安阳县，距离魏家祖茔魏州临黄县直线距离是87公里。祖茔埋葬的是魏徵之父魏长贤，魏徵与家乡的联系极少，卒后又是陪葬昭陵，魏万一系入幕魏博，这样的选择在某种程度上与"魏徵"所代表的忠直价值观相违背，他们没有归葬长安，而是选择在临黄故里附近落户，或许正是这种矛盾心态下一种两全的选择吧。

四、魏薯中兴

魏徵历史地位的快速抬升出现在安史之乱以后。当时有一股潮流，认为玄宗时代科举考试重诗辞，导致儒家的礼义不行，在面对叛军时，忠义之士太少，以至于叛军能够长驱直入长安。所以乱后重建社会秩序，一个重要方面就是要加强教化，崇尚实学。这种对于仁义、礼让、德业的推崇，其实是对儒家传统道德的回归，而此时所处大乱之后民生凋敝、百废待兴的社会现实，与唐初又颇有几分相似。在这样的历史背景下，魏徵所倡导的"王道政治"又重新彰显出历史价值，"贞观故事"对于凝聚民心、重塑李唐正统的作用也日益凸显。

唐德宗是安史之乱后颇有作为的皇帝，他即位之初，胸怀大志，一副振兴的气象，重擎贞观旗帜亦是凝聚人心的有效手段。建中元年（780）十二月，朝廷检勘武德以来实封陪葬配飨功臣们名迹崇高者，魏徵居宰臣一等第五位，这是高宗以后官方首次明确给予的定位。"魏徵"的名字开始频频出现在当时君臣的奏表、论赞、箴铭中，如德宗《君臣箴》里说："在昔稷、契，实匡舜、禹；近兹魏徵，佑我文祖。君臣协德，混一区宇。"对李唐王室有再造之功的李晟也说过："魏徵能直言极谏，致太宗于尧、舜之上，真忠臣也，仆所慕之。"我们细审君臣的这些评价，可以发现，后人更多的是记住了这位铮铮谏臣的忠直及其与太宗之间无隙的君臣关系，也就是说，太宗与魏徵间的"君明臣直"成为一种政治符号，是可资利用的政治资源。

魏徵的历史价值重获统治集团的重视，到唐宪宗时有增无减。魏徵老宅被质卖后，又经几次转卖，析为九家。元和四年（809），淄青节度使李师道上疏，愿意出钱赎魏徵老宅，还其子孙。此举遭到白居易的反对，他的理由有两点：第一，魏徵尽忠辅佐太宗，优恤其子孙，本是朝廷之事，李师道此举有僭越之嫌。第二，魏徵老宅内有太宗特赐建的寝堂，事关皇家恩典，尤不能假手臣下。宪宗这才恍然大悟，由官方出资将故宅赎回，赐还魏徵后裔，禁止质卖。可见，由于有了太宗"殊恩"这重光环，魏徵与其故宅其实已经融为一体，官赎故宅赐还子孙，这是"事关激劝"、"以劝忠臣"的大事。第二年，进士科考试以"恩赐魏文贞公诸孙旧第以导直臣"作为诗题，这自然会左右当时的士风。如陈彦博赞颂魏徵诗云："生前由直道，殁后振芳尘。雨露新恩日，芝兰旧里春。勋庸留十代，光彩映诸邻。"裴大昌诗云："必使千年后，长书竹帛名。"吕温《凌烟阁勋臣颂》里颂扬魏徵"公以其心，匡饬圣唐。为唐宗臣，致唐无疆。致唐无疆，永式万邦"。这显示了德宗以降，在重建秩序、中兴大唐成为王朝共识的大背景下，魏徵的历史价值重获统治核心层的认可。

魏徵历史地位的重新提升，给后裔们带来了命运的转机。除了重回故宅居住外，他们在仕途上也有了明显起色，如敬宗宝历元年（825）正月，魏徵五世嫡孙魏猗授湖州司马；文宗大和二年（828）十月，魏徵四世孙魏可则授南阳县尉。这都属于额外恩典，不走正常的晋升程序。在中晚唐诸帝中，唐文宗对魏徵最为尊崇，这为魏氏中兴创造了机会。大和七年（833），魏徵五世孙魏謩中进士，成为同州刺史杨汝士的僚佐。两年后，杨汝士升户部侍郎，当时文宗急切地想复制刊太宗与魏徵那样的君臣关系，寻访魏徵之后，杨汝士趁机推荐了魏謩。这一年十月，魏謩被提拔为右拾遗，并很快展现出不畏权贵、敢于进谏的个性。文宗甚至对宰臣说："昔太宗皇帝得魏徵，裨补阙失，弼成圣政。我得魏謩，于疑似之间，必能极谏。不敢希贞观之政，庶几处无过之地矣。"将自己得魏謩比于太宗得魏徵。受此鼓励，魏謩忠实地履行着进谏的职责，两三年间即从右补阙升到了谏议大夫，连升了十三级，大大超出常规的升迁年限。文宗去世后，魏謩受牛李党争牵连，被唐武宗贬为信州长史。唐宣宗即位后，魏謩回到了阔别已久的长安，很快便迁御史中丞，又兼户部侍郎。大中五年（851）他备位宰相。宣宗经常说："魏謩绰有祖风，名公子孙，我心更重之。"可知其之所以重用魏謩，和魏徵有很大关系。

魏謩一朝荣登相位，立即开始修缮家庙，这是重塑家族形象、振聩家声的重要举措。留存至今的《魏公先庙碑》详细记载了这一过程。据碑文记载，魏徵生前曾在长安昌乐坊建有家庙，后来嫡裔子孙不能奉祀，家庙遂破败。魏謩入相后，重新修葺了家庙，除了祭祀魏徵外，还祭祀他自己的父、祖、曾祖三代。按照礼制，只有嫡裔才能直接祭祀魏徵，其余各房只能是陪祀，换句话说，魏謩没有权力直接祭祀魏徵。但现实情况是，在宣宗的首肯和支持下，魏謩凭借官位抢夺了嫡裔的地位。魏氏中兴其实意味着家族内部权力格局的重新配置，原本属于支裔的魏謩一系借由官位的显赫完成了"夺宗"的过程，成为魏氏大宗。

五、魏徵的历史遗产

"贞观之治"作为政治清明、君臣关系融洽的典范，一直以来都受到历代统治者的尊崇，除了唐太宗以民为本、克己纳谏外，自然少不了魏徵的功绩。魏徵留给后裔的历史遗产主要是两个方面。第一是忠直极谏的臣子本色，这是他在唐初特殊的政治环境下安身立命的根本，也是彰显其价值的最有力方式；第二是魏家寝堂，这是太宗与魏徵君臣关系的"纪念碑"，具有强烈的象征意味。后者本质上是植根于前者的，是前者的外在表现。

与唐初功臣集团中长孙无忌、房玄龄、杜如晦等讲求实效的政治家不同，魏徵主要是作为一名谏臣而存在的。

随着时光的流逝，房、杜等人的事功逐渐淡去，魏徵"谏臣"的形象因完全符合儒家的道德观念而凸显出来，他受到了士人阶层的盛赞，并成为"贞观故事"中极其重要的内容。从中宗到玄宗开元前期，由于"贞观故事"成为朝野共享的一种重要政治资源，官方开始主动提升魏徵的历史地位。此时，统治者对魏徵的理解基本集中在"忠直"上，认为臣下敢于进谏、皇帝勇于纳谏，这就是恢复"贞观故事"了，也就是说，"贞观故事"变成了一种符号，与此相适应，魏徵也被符号化了。这势必造成一种可以预见的后果：一旦皇帝对"贞观故事"不再感兴趣，官方对于魏徵历史地位的评价自然会下降。开元中期至德宗即位前，魏徵就处于这样的境遇。德宗以后，由于局势的变化，魏徵的历史价值再次凸显出来，"君明臣直"进一步被符号化。随着宪宗、文宗、宣宗几任皇帝孜孜于恢复贞观、开元之盛，魏徵具有"匡君之大德"，其"致唐无疆"的历史地位也被推向高峰。此时，其五世孙魏謩的出现恰好迎合了皇帝翘首企盼新时期"魏徵"的心理，由此带来了魏氏家族的中兴。

隋唐之世，随着门阀势力的逐渐萎缩，当朝官品成为家族繁盛的最重要保障，然能跻身高位者，借由事功、军功等因素，种种不一，功臣后裔走向衰微本属常态，魏氏家族在唐前期的发展状况亦印证了这一点。然而，其家族的兴衰又天然地与先祖魏徵密不可分，究其根源乃在于

"魏徵"被符号化，变成了一种政治资源，这是其家族区别于其他功臣家族的地方。因此，忠直、极谏是魏氏兴衰的关键，从这个意义上讲，魏徵其实一直都没有离开过他的子孙们，他的遗泽长久地惠及了子孙！

本文系 2019 年 4 月 27 日在国家图书馆讲座的文字稿，原刊《光明日报》2019 年 11 月 30 日第 10 版"光明讲坛"

第四辑　敦煌学撷言

原卷是最终的依据

——英伦核查敦煌原卷的收获

2012 年 9 月 10 日至 22 日，"英藏敦煌社会历史文献整理与研究"项目组部分成员赴英国国家图书馆进行了为期 12 天的原卷核查工作。本次核查工作由项目组首席专家、首都师范大学历史学院郝春文教授带领，成员包括游自勇、聂志军和陈于柱。

由于历史原因，敦煌莫高窟藏经洞出土的文献散布于世界各地，英国国家图书馆是世界四大敦煌文献收藏地之一。"英藏敦煌社会历史文献整理与研究"项目的最终目标是将英国国家图书馆所藏一千多年前的手写体的敦煌社会历史文献释录成通行的繁体字，使得一般读者都能够像阅读二十四史一样来阅读敦煌文献。这就决定了项目组必须定期赴英国国家图书馆核查敦煌原卷，最大限度地将写本信息还原出来，尽可能地减少文字释录工作中产生的错误。经过近半个月的工作，我们深切感受到核查敦煌原卷的必要性和重要性。

一、据原卷增补现有图版漏收的文书

目前学界比较便利查阅英国国家图书馆收藏的敦煌汉文文献所依据的图版主要是《敦煌宝藏》和《英藏敦煌文献》，二者收录了原计划收录文献的绝大部分。但如果我们拿敦煌文献原件按号与上述两种图版合集逐一核对，就会发现这两种图集都有遗漏。此外由于学界以往对敦煌文献的整理多以分类释录为主要特征，整理者未能查阅全部敦煌文献，因此也极易造成部分敦煌文献的遗漏。此次核查，我们就发现并整理了部分学界以往未曾注意和释录的文书。兹举一例：S.5556号，册子装，《英藏敦煌文献》公布的图版是以"曲子望江南三首"为起始，然该册子首面实是一份牒文样稿，《英藏敦煌文献》漏收。据我们初步考察，这份牒文样稿抄写年代当在归义军曹议金时期。此件极难辨识，我们释录的文字如下：

太保阿郎鸿造之，念见（？）□出（？）单贫
之流，家计□乏，□□□
□□无□乞赐□□容（？）上州
□□□处□厶年月日牒

此件牒文之后还有若干杂字，但在现有条件下已很难辨认。类似 S.5556 的情况并非孤例，我们在编著《英藏敦煌社会历史文献释录》前 7 卷的时候，就发现了不少这样的情况。如果不是核查原卷，按号与图版对照，这些被遗漏的文书是不可能被发现的，势必影响到本项目最终成果的完整性与权威性。

二、据原卷释录了朱书文字和经过朱笔校改的文字

不少敦煌文献原件都是用朱笔书写，有的是用朱笔修改过，这些用朱笔书写或修改过的文字在黑白图版上有的仅显示出很淡的笔画，有的则完全看不见，很难辨识。因此，仅据影印图版整理研究敦煌文献，遇到以上情况，将很难尽善尽美，如不研读原件，经常会出现文字释录及对文书年代判定上的失误。以下兹举几例。

S.3824 背面抄写了《孝经郑氏注（丧亲章）》《御注孝经赞天子章第二》《宣宗皇帝御制劝百寮文》《乾符三年具注历日》《正月七日南交曲子》五种内容，前三种全部是用朱笔书写，后两种墨书。《敦煌经部文献合集》将第一件的抄写时间定在天宝二年至元和十四年间，但从原卷来看，因为前三件均为朱书，且笔迹相同，所以必然是同一时期同一人所为，抄写时间必定是在宣宗大中以后。

S.5471《千字文注》，正文均是朱笔书写，注解用墨笔书写，并且还有一个细节需要指出，《千字文》正文从"果珍李柰"开始，到"岂敢毁伤"为止，原件都是先用朱笔书写，然后在朱笔基础上用墨笔描黑，有点类似于习字练习。从"女慕贞洁"开始，一直到文末的"墨悲丝染"，就全部是朱书，不再墨笔描黑了。这些具体信息在黑白图版上一律呈现墨色，如不核查原卷，原本可以作为古代教育史上极其生动、珍贵的信息就可能被湮没。此件文书还经朱笔修改过，例如在注解"四大五常"之时，有相关内容：礼曰："儿向者在田取菜逢贼，欲杀儿，儿为阿娘未朝餐，乞命少时。若欲愁忧，恐娘不乐，是以欢悦。见今就死。"其中的"儿"字，底本原用墨笔写作"我"字，后用朱笔直接在墨笔上改为"儿"。《英藏敦煌文献》黑白图片此处并不能很好的显现出这些信息，但是核查原件，就一目了然了。

S.5540《百行章一卷并序》，原件有朱笔点读，"孝行章第一"处有朱笔分段。这些都是《英藏敦煌文献》图版无法显示的信息。

S.5969《相书》，该件残缺较多，现存 30 行，中间部分断为两截，《敦煌写本相书校录研究》曾将此件 13、16、24 行文字分别释录如下：

▢▢▢官，鼻为三官，口为四为〔官〕，耳为五官▢▢

□□〔发〕第六　凡人发长角（？），乌细润泽□□

　　□精凤目，富贵。以龟眼者，贵。眼□□

　　原件中第 13 行"口为四为"之第二个"为"，其下实有朱笔"官"字，很明显文书的书写者是用朱笔的"官"来代替原来的"为"字，从而校订成"口为四官"，文义由此通畅。《敦煌写本相书校录研究》据文义又补"官"字，实是多此一举。又第 16 行"凡人发长角（？）"，《英藏敦煌文献》黑白图版中的文字的确如此，然其义不明，通过原件可以看到"角"字已用朱笔圈涂，所以应释作"凡人发长"。第 24 行"眼"字之下，从《英藏敦煌文献》黑白图版来看似为空白，然原件此处实有用朱笔书写的"爱"字，《敦煌写本相书校录研究》很显然将其遗漏了。此外，文中有多处朱笔点勘的痕迹，并用朱笔画段落符号。这些朱书文字及文书特征在以往公布的释文中多被遗漏。

　　由于技术和成本的原因，现在还很难期待英国国家图书馆所藏敦煌文献能够以彩色图版的形式被影印出版，IDP 网站上所公布的彩图又十分有限，所以只能通过核查原卷的方式来了解这些朱书文字及朱笔校改的文字。上举诸例已经能够说明，这些朱书文字及朱笔校改之处对于我们正确释录敦煌文献的重要性。

三、据原卷辨识出现有图版不清楚或者完全不能释读的文字

《英藏敦煌文献》、《敦煌宝藏》图版上的文字较清晰，据之可辨识图版上的绝大部分文字。但由于敦煌文献已历经数百年至千年以上，不少原卷文字的墨迹已经脱落，有些原卷的墨迹现在看上去已经很淡，据之拍摄照片出版的图版就更加难以辨认了，但如果核查原卷，有些文字还是可以释读出来的。

S.2053背面是《礼记音》，此件文书残泐严重，很多文字模糊，依靠现有黑白图片根本无法正确释录。通过核查原件，我们发现了一些新的文字信息。例如"杂记下章"中"比"条切下字，《敦煌经部文献合集》等诸家释文均作缺字处理，但在原卷上却可以清晰辨认此字为"志"，与音注也吻合；"祭仪章"中"竭"条的切上字，《敦煌经部文献合集》等诸家释文均作缺字处理，但在原卷上可辨认出是"勒"字，"勒"与"竭"音注似不相吻合，然细查字书，《集韵》收录有"竭"的一个音切：举欣切，音斤，可知"勒"能作为"竭"的切上字。

S.3835背面有一处是《社司转帖》，图版墨迹极淡，《敦煌社邑文书辑校》未收录。核查原卷之后发现，原卷的墨迹同样很淡。经我们在灯光下多角度反复辨识，大致可以释录出以下文字："社司转帖□□□□□□□□席，准，

人各面壹斤，油半升，柴一束☐☐☐☐请诸公"。

S.5482 有一题记："弟子高盈信心无☐怠，至心持诵，时不暂☐。☐愿如夹伏降慈悲☐助，所求遂心。"句中有四字难以识认，前期释文只能用缺字符号代替。通过原件核查，可以清晰确认此四字分别为"懃"、"舍"、"惟"、"护"，并且此题记前还有四字杂写"輕摩罢拉"，墨迹较淡，与正文和题记墨迹不一样，有待进一步研究。

S.5539 正面，册子装，《英藏敦煌文献》定名"杂写"，底本纸张已经油渍，颜色乌黑，和墨笔书写的颜色混杂，只能依稀识认出"大得"、"我今舍却人间"等文字。我们调出原卷，依旧是一片发黑，但原卷透过灯光的照射，由于墨色深浅不一，一些文字就可以浮现出来。经我们反复辨认，大体可以将文字释录出来：

开元寺大得（德）释门法律☐☐☐。
南无十二上愿药师留（琉）利（璃）光佛。
我今舍却人间报，观（橱）堂（？）☐☐☐☐。

此件文书正文包括《十空赞文一卷》、《出家赞一本》、《十空赞一本》等内容，可以看作是佛门弟子做法事时用来吟诵的内容，结合封面题写的"开元寺大得（德）释门法律☐☐☐"，我们可以得知此件文书应该是开元寺某位释门法律的私人物品，有点类似个人笔记本之类。像此类情况，即便是看到原卷，也要通过各种方式反复辨认才能获取最大的信息量，单凭图版的话，只能辨认出几个字而已。

S.5540中抄录了《燕子赋一首》，这是一篇广为人知的寓言，释录的文本很多，其中有一句：可中鹞子搦得，百〔莺〕当时了竟，遂骂燕子："你甚顽侲（愚），些些少（小）事，何得纷纭？直欲危他性命，作得如许不仁。两个都无所识，宜吾不与同群。"原卷"顽侲（愚）"二字之后有书写空间，前期释文均视作空白，不予释录，直接接抄下行"些些"。细审原件，"顽侲（愚）"二字之后实有"口齿"二字，加上这二字，文义更加清楚。可见即使被众多专家学者研究过的文书，在核查原卷之后仍然能发现新的问题。

S.5573，册子装，其首页在现刊图版中文字极其模糊，很难识别，IDP亦无公布其彩色图版，原件虽也不甚清晰，但据之可以释读出大部分文字，释录如下：

满少□□□五台□□
大众□廊（？）上殄（？）□□
南台（？）南见灵□寺灵（？）
五台山赞仏子道场届请斩时间
五台山赞仏子道场届请蟄时

五台山赞天（？）子（°）仏□道场屈请暂

时间至心

这些内容与该件后面的《五台山赞》笔迹不一，应是在《五台山赞》成册之后另行书写在首面的杂写。

敦煌文献是一千多年前的手写文献，经过一百多年的收藏，有些纸张已经变形，导致文字扭曲，不易辨认；有些则在修复的过程中部分文字被掩盖。如果只是参照图版，文书本身的变化就无法得知。如 S.5486 正面第一部分内容是《诸寺僧油面抄》，与第二部分内容《壬寅年六月九日社司转帖》用麻线缝接。由于缝接过头，导致前者最后一行的部分文字被奄盖到另一面，从《英藏敦煌文献》图版上并不能释读。通过核查原件，我们可以翻过去看被掩盖的内容，释录如下：

（前缺）

图孔法律油，开戒宗油，界慈保油，福建油，随求油

何法律沾，愿通油，唐光福油，福最油，莲保进油，承戒油

延福沾，愿通油，圣修善油面，信修油面，界修油面

开智力油，昙应油面，开光油，智行油面，定深油

面，智忍油面

愿果油，法力油，法善油，法珍油，戒绍油面，庆愿油面。

从"法善油"一直到行末，如果不亲自核查原件，从正面两面仔细识认，显然是不能够完整释录此件文书的。

四、据原卷改正之前释文中的错误之处

这是在核查原卷时最常遇到的情况。兹举两例。

如 S.5520《社条本》："囯义已后，但有社身迁故赠送，营办葬义（仪）车轝，冂仰社人助成，不德（得）临事疎（疏）遗，勿合乖笑。"底本"社"与"身"之间正文原有一"内"字，《敦煌社邑文书辑校》释作"人"，但是细审原件，"内"旁有卜煞符号，因此按照体例，"内"字可以不录，也不当释作"人"；"笑"，原件作"唉"，是"笑"的俗字，《敦煌社邑文书辑校》释作"叹"，误；又："结义已后，须存义让。大者如兄，小者如弟。若无礼囗，临事看过愆（愆）轻重，罚醲醎（腻）一延（筵）。""结"字之前，原件有一横，《敦煌社邑文书辑校》释作"一"，疑为上字残缺的一横，不当释录；"醲"字《敦煌社邑文书辑校》释作"醴"，误。

又如 S.2053V1《礼记音》"乐记章"中"莫"字的切

下字前期释文为缺字符"□"，校改作"伯"，原件可以清晰辨认此字左半为"犬"部件，不可能是"伯"；"敫"字的切下字前期释文为"捯"，原件可以确认为"到"；"㙙（壎）"字的切上字前期释文补作"许"，原件为"况"；"衺"字切下字前期释文为"戾"，原件为"厃"；"陜"字切上字前期释文为"失"，原件墨迹较淡，但字中间有一"丨"可辨，"丨"中间有一重墨"丶"，从字形轮廓来看，疑似"升"的草书写法；"杂记下章"中"濯"条切上字前期释文为"治"，原件可以确认为"冲"；"丧大记章"中"虞"条切下字前期释文均是据《礼记正义》补为"逾"，原件可以确定有字不用补，并且可以确定为"揄"；"祭仪章"中"绪"条切下字前期释文为"煮"，原件可以确认为"渚"；"哀公问章"中"楸（愀）"条第二条音注切下字前期释文为"纠"，原件可确认为"虬"；"中庸章"中"卷"条第二条音注前期释文为"一㩲"，原件可以确认为"一懂"。

　　本项目的成果要想较前人有所推进，首先要保证的是文字释录尽可能准确。虽然我们现在可以通过图版、IDP提供的部分彩图作为依据，但细细与原卷核对仍然是必不可少的环节。因为只有原卷才是最终的依据，其他都只能作为参照而已。事实也证明，一些即便是之前我们认为已经足够完善的释文，经过与原卷的核查，仍然能发现问题。所以，核查原卷看似在重复工作，其实是最后一道关口，绝对不是可有可无的。

五、据原卷可以了解文书形态，厘清文书各部分间的关系，纠正之前图版中顺序错误等问题

敦煌文献卷帙庞大，经过一千多年的岁月洗礼之后，很多文献本身变得极其脆弱，在修复的过程中，由于种种原因使得一些文献的本来顺序发生了错乱；另外，在拍摄照片出版《英藏敦煌文献》时，由于顺序摆放的错误，导致图版的顺序出现错乱。这些情况自然会误导研究者的视线。

比如编号为 Fragment58（756）（IOL.C.118）之《先贤周公解梦书一卷》，其序言的部分文字在原件中被连续书写三次，始于"先贤周公解梦书一卷并序　盖闻解梦者，二气已分，三才列位，五行头缘，天地交泰。阳为日，阴"，但在《英藏敦煌文献》第 14 册中，原件起首部分却被置于图版的最后一页，若非核查原件，这个错误一般读者恐怕很难发现。

又如 S.2071《切韵笺注》原为散页，首尾均缺，中间亦有多处断裂残缺，有的断裂处已经不能直接缀合，英国国家图书馆在修复时对其进行过托裱粘接，将其重新粘贴为长卷。但在重新粘接的过程中，各段的排列次序出现了错误。如第十六、十七两纸被置于第二十纸中间，从而造成此卷前后次序的混乱。原件部分文字有残缺、破损现象，并且有过修补痕迹。至于是何人、何时进行修补，具

体情况目前不得而知。从原件上平声第廿四"寒"韵来看，此处原件多处破损，但是底本用一小张有字的纸进行过修补，原件残缺的地方，修补所用纸张上的文字就透露出来，如"寒胡"处露出"故"字，"刿一丸反"处露出"内地绝"三字，"巇网"处露出"者"字。这些都还是冰山一角，修补用的纸张大约有 10 厘米宽，应该都是写有文字的，只是被用来修补原件，粘贴在原件背面，导致无法阅读，只在残破处露出部分文字。这些信息，以往的《英藏敦煌文献》黑白图片也有反映，只是整理者将它当作与原件无关的内容没有介绍和释录。这些信息其实是比较重要的，具有进一步研究的价值。

再如 S.3877 是一份长卷，背面抄写内容较多，《英藏敦煌文献》拍摄时，将起首的《社司转帖》和《葬经》作倒书处理，后面的书写内容成为正书。通过核查原卷，我们发现，实际情况正好相反。

以上这些由于各种原因导致传递给阅读者错误信息的文书形态，如果不是核查原卷，根本不可能被发现。

以上，我们从五个方面总结了本次赴英核查敦煌原卷的收获。可以看到，在短短的 12 天时间里，通过与原卷核对，我们发现了不少需要修订的问题，并且都是依靠图版无法解决的问题。实践证明，郝春文教授提出的以收藏地为单位按照流水号逐一整理和研究敦煌文献的方法是科学、切实可行和卓有成效的；到英国国家图书馆核查敦煌原卷是完成"英藏敦煌社会历史文献整理与研究"项目必不可少的环节，是本项目取得创新性成果的基本保障，因而是十分必要和重要的。

本文系 2012 年 9 月赴英国国家图书馆核查敦煌原卷的调查报告，聂志军、陈于柱提供了部分资料和调查记录，由游自勇执笔成文，原刊郝春文主编《2013 年敦煌学国际联络委员会通讯》（上海古籍出版社，2013 年 8 月）

为敦煌文献整理提供范例

——写在《英藏敦煌社会历史文献释录》第8卷出版之际

百年前，一个偶然的机会，敦煌莫高窟藏经洞向世人开启，引来了无数的探险者、劫掠者及关注者，对这批总数约六万多件的古代文献的整理与研究随即展开。百年后，当世人早已熟知"敦煌藏经洞"，相关的学术研究成果也足以支撑一门国际性的显学——敦煌学时，蓦然回首，其实我们对于敦煌文献所蕴含的丰富文化内涵的了解还很不够，很多非常有价值的资料一直未能得到充分的研究和利用。很多人虽然明知敦煌文献的重要性，却将之视为畏途。造成这种局面的原因主要有两个。其一，敦煌文献原件大量收藏在海外图书馆，影印件价格昂贵，流传不广，造成一般读者阅读上的不便。其二，敦煌文献多为写本，充斥着大量的俗字、异体字，还有河西方音，一般读者直接阅读有很大困难。因此，对敦煌文献的利用目前还只是局限在少数专门研究者，仍不能为各学科一般学者充分利用。

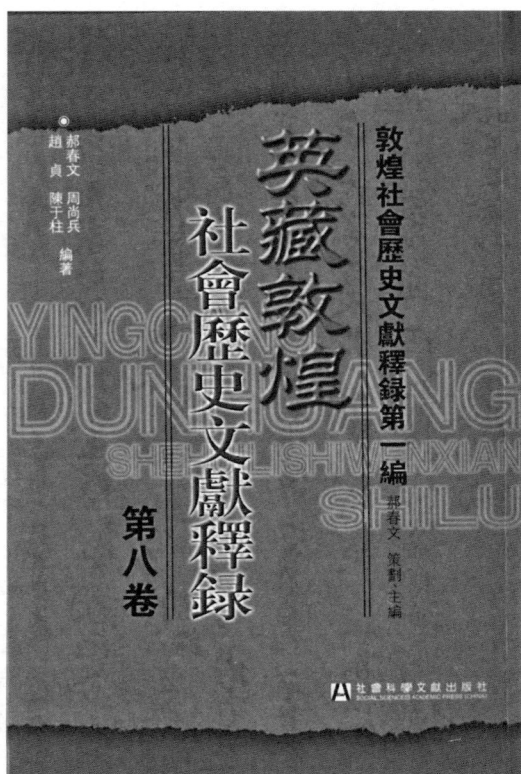

《英藏敦煌社会历史文献释录》第 8 卷书影

换言之，敦煌文献包括万象的资料价值尚不能得到充分的展示。所以，对这批文献进行全面整理和研究，将手写文字全部释录成通行繁体字，是将这批文献推向整个学术界、充分发挥其文献作用、提高其利用价值的关键步骤，是推动敦煌学进一步深入发展、弘扬祖国优秀传统文化的重大基础性工程。

二十年磨砺　二十年收获

在二十世纪九十年代之前，要想对敦煌文献进行全面的整理，几乎是一项不可能完成的任务。由于历史的原因，敦煌文献分散于世界各地，中国国家图书馆、英国国家图书馆、法国国家图书馆和俄罗斯科学院东方研究所圣彼得堡分所是最重要的四家收藏地，要想奔波于四国间全部调阅敦煌文献，对任何人来说都只能是一个梦想。虽然后来有了缩微胶片，但拍摄的质量差，胶片又是黑白的，很多重要的信息都无法显示，基本的文字都无法正确释读，更遑论全面整理了。九十年代以后，国际间的合作加强，分散于各地的敦煌文献先后被影印出版，使得我们能够较为完整地了解到这批文献的全貌。同时，百年的学术积累，也汇聚成一批敦煌文献的分类释录本，即对某一专题的整理。这使得对敦煌文献进行全面整理不再只是一个梦想，而是有着可操作性的现实计划。

最早提出这一计划的是首都师范大学历史学院的郝春

文教授。早在二十世纪八十年代中期，他就萌生了这一设想，尽管当时的条件还不成熟，但他已经着手进行前期准备工作，即对数十年来学术界研究敦煌文献的情况进行全面系统的调查。同时，他参加了《英藏敦煌文献》的编纂工作，又与宁可先生合作完成了《敦煌社邑文书》的辑校，在年轻一代的敦煌学者中是极为突出的。1996年，《英藏敦煌社会历史文献释录》工程正式启动，目前已经出版了七卷，在敦煌学界引起强烈反响。在这期间，郝春文教授专门赴英国国家图书馆进行了为期一年的查阅敦煌文献原件的工作，解决了许多靠阅读缩微胶卷和黑白图版无法解决的问题，从而使得《释录》的质量得到了提高。

从2001年开始，郝春文教授和中国大陆的柴剑虹先生、日本京都大学的高田时雄教授等发起成立了"敦煌学国际联络委员会"，郝春文为中国大陆执行委员。这个委员会成员已有英、法、德、日、美等多国学者参加，并已在日、英、俄、哈萨克斯坦等国组织了多次国际学术会议，推动了敦煌学的国际化，提升了中国的软实力。2010年，由于郝春文教授长期担任敦煌吐鲁番学会副会长，协助季羡林会长主持学会的工作，在季羡林会长去世以后，他被推选为会长。为了推动敦煌学的持续发展，在他的动员和联络下，国内外一流的敦煌学者都加入到《释录》的队伍中，并最终成功中标国家社科基金重大项目"英藏敦煌社会历史文献整理与研究"。

时光荏苒，如果从硕士期间从事敦煌学研究算起，郝春文教授在这个领域已经辛勤耕耘了三十年；从1989年参加《英藏敦煌文献》的编纂工作算起，他在这个工程上也已磨砺了二十多年。每一卷《释录》完成后他都要生一次重病，几乎已成惯例，2009年的重病甚至让他以为自己将不久于人世而着手安排学术后事。但他无畏于此，接下来的十年光阴，他仍将全部精力奉献给自己热爱的敦煌文献整理事业，一如他常说的一句话：用生命来撰写著作！

发凡起例　身体力行

整理敦煌文献，没有什么捷径可以走，郝春文教授采取的是"读书班"形式。

"读书班"，顾名思义，就是一种成员集体会读、研讨，集思广益、共同解决出现的问题的研究方式。这种方式在欧美和日本的学术界有其传统，由某个领域执牛角的学术领袖作为班长，而组成人员则是同一领域或相关领域的不同机构的年轻研究者或在读研究生，他们关心相同的文献或问题，而又有着各自不同的学术特长和知识背景，对于研究目标能够提供基础知识支撑和不同的观察角度。近二十年来，国内学术界也开始引入这样的读书班形式，很多学科都因此形成了新的学术团队，有了新的学术突破。但像国家社科基金重大项目这样的工程，采取读书班形式，在国内实不多见。

根据《释录》前七卷的整理经验，郝春文教授首先为本项目制定了详细的整理体例，发给每位项目组成员认真学习、揣摩，以求在整理过程中保持体例统一。从2011年2月20日开始，除去寒暑假和法定假日，每周日的下午，读书班都按时举行。具体做法是：第一，由子课题负责人各自挑选出一两件具有代表性的敦煌文书，这些文书涵盖了不同类型的文献，整理起来问题多、难度大；第二，反复核对图版，尽量从"国际敦煌项目（IDP）"官方网站上下载高清彩色照片作为录校图版进行录文；第三，彻底调查前人的校录成果和研究信息，选择有校勘价值的校本进行比对和校对，汇集各家所长，做出一个最好的录文本；第四，在会读过程中，对存在的问题进行商讨、交流，发现并解决问题；第五，撰写整理说明并附参考文献信息。为了进一步提升本项目的工作质量，从2011年9月起，郝春文教授决定成立读书班中心组，成员包括各子课题负责人及读书班的骨干成员。中心组成员的任务包括：第一，通读各卷初稿，发现体例不合等各种问题；第二，把释文核对一次图版，提出问题。在中心组成员工作的基础上，最后再由郝春文教授统一整理。为了保证质量，中心组成员的选择引入竞争机制，采取动态方式，长期无贡献者将退出，读书班中成绩优异者可进入中心组。这样一种方式，是对读书班会读形式的提升，可以保证每件敦煌文献经过至少 6 个人的审读，最大限度地减少错误的产生。

两年多的实践证明，读书班形式是整理敦煌文献切实可行的方式，主要表现在以下几个方面。首先，项目组成员把难度最大、疑惑最多的文献拿到班上来共同研读，有传统经学文献中的韵书、唐五代重要通俗文学体裁中的变文和因缘、与社会生活密切相关的阴阳占卜文献，还有反映中古婚俗的《下女夫词》，以及官府统计人口和田产的户籍等等，各种丰富多样的文献都汇聚在读书班里，使得诸位成员对于整理过程中可能会遇到的问题及处理方法都有了亲身体验与了解，特别是有关整理的规则、体例、方法等，这有助于保持项目最终成果的一致性，最大程度避免了因众手修书带来的体例不一等老问题。其次，项目组诸成员各有专长，集体会读有助于最大限度消除因个人知识结构缺陷导致整理错误等问题。比如，敦煌文献多是手写体，辨识困难，项目组成员中有精于书法者，也有专门研究汉语言文字者，这对于文字的辨识无疑有很大帮助。再次，本项目组的录校原则是尽量与原件核对，集体会读选择的多是 IDP 上的彩色图版，一些原本在黑白图版上显示不明显的朱书文字、朱笔校改及文字模糊不清等问题得到了较大突破，项目组还将定期赴伦敦英国国家图书馆核查原件，解决遗留问题。最后，读书班允许部分高年级研究生列席，参与讨论，这无疑有助于培养后备人才，使他们尽早进入敦煌文献整理这个领域，同时，通过读书班氛围的熏染，也可使年轻学子对于学术有敬畏之心，保持学术的纯洁性。

总之，采用读书班形式集体整理典型英藏敦煌社会历史文献，既利用集体智慧解决疑难问题，同时也通过从个别到一般的形式凝聚共识、统一整理体例。希望通过这种形式达到提高项目质量、加快进度和培养人才三个目的。

字斟句酌　突出创新

敦煌文献多为手写体，其中的社会历史文献存在大量的俗体字、异体字以及用河西方音书写的文字，加上书写者的水平参差不齐，错讹之处比比皆是，要想顺利地读完一件文献都不是容易的事情。"英藏敦煌社会历史文献整理与研究"项目的重要目标之一，就是要将一千多年前的手写文字释录成规范的繁体字，从而为广大读者使用敦煌文献提供便利。

我们最经常遇到的问题是，某个字在图版上十分清晰，但由于手写体的缘故，就是辨认不出来。比如我们在会读 S.3702 号文书时，将其中的一句释录成"怡神卫道"，意思明显不通。该句中的"卫"字在图版中虽然清晰可辨，但比较潦草。通过查阅相关工具书，我们发现，此字与草书的"至"字很接近，而与"卫"字相去较远，所以这句话最终被确认为"怡神至道"，这样在字形与文意上就都通了。

另一个时常碰到的问题是，一些现在我们耳熟能详的文字在敦煌文献中却写成了别的字，对于这种情况则要慎重处理，不能臆改。因为很多现在使用的文字其实是后起的，以后起的文字去校改古代文献，这是古籍整理工作中的一大禁忌。比如现在通行的"俸禄"，敦煌文献中写成"奉禄"，后者早在《史记·平津侯主父列传》中就有使用；又如"早世"，稍不小心就会把它当作"早逝"的讹写，其实《续高僧传·释僧叴》就有这样的记载。类似的例子还有"眼精"、"者个"、"条教"等，绝不能校改成现在通行的"眼睛"、"这个"、"调教"。现在，项目组的成员在接触到这样的问题时，都会自觉地去查阅相关资料，杜绝臆改的现象发生。

对于敦煌文献整理而言，除了文字的准确识读是一道难关外，文献的定性、定名、定年问题也是一项富有挑战性的工作。在郝春文教授的指导下，我们认识到，要准确把握一件敦煌文献的性质，首先要牢牢把握敦煌文献的手写本特征。敦煌文献很多是古人的笔记本，有些内容可能是古人有意抄写的，而有些则可能是随手拈来的，这些内容更多体现出的是个人行为，这与印本书籍有很大的不同。如果我们仅仅用印本书籍的思维和要求来看待这些写本，往往对于写本的性质理解会出现偏差，因此看待这些文献时，要常常怀有对古人的敬畏之情，从文献实际使用者的角度去理解和把握其性质。其次，要注意用全景式的眼光来把握文献的性质。敦煌文献残件多，双面书写多，一些互不相干的内容往往会出现在同一件卷子里，判定这些文献的性质、用途以及书写年代就具有了相当的难度。这就需要对正反面以及相连的文献进行观照。在这样的认识下，项目组对很多敦煌文献的性质有了新的判断。比如，一件文献同时抄写了很多不同的内容，各内容间毫无联系，以往的研究往往是据具体内容将这份文献分割为很多部分，项目组则认为不能割裂各部分的内容，应将之作为一个整体进行研究。

郝春文教授常说："对于出土文献的整理来说，细节决定成败，看似简单的识字、断句，以及对文书的定性、定年等工作，却与严谨的治学态度息息相关。能否严格按照体例整理好一件具体的文书，既可衡量一个人的学术水平，也可看出一个人的治学态度。"以这种严谨认真的态度，在两年多的时间里，项目组初步完成了《英藏敦煌文献》第3—6册图版的文字释录工作，作为《英藏敦煌社会历史文献释录》第8—16卷的底本，总数约280万字。

我们倾注最多心力的是《释录》第8卷。本卷在不少文书的释录上取得了突破性进展，对一些早经前辈学者研究定论的文书又有了新的发现和认识。比如S.1810V《小地子抄》的字迹十分模糊，之前依据缩微胶卷和黑白图版，只能释录出几个字，但这次我们几乎全部释录出来了。又如S.1815V1《六十甲子纳音抄》，之前的研究已经非常多，一律定名为《六十甲子纳音》，几成不刊之论。但本次整理，郝春文教授敏锐发现这类文献存在几个不同的系统，每个系统的书写目的又不一样，从而纠正了以往学界对此类文书的错误判断，廓清了以往研究中模糊不清的地方，使人们对相关占卜文书的种类和用途有了更加深入的了解和正确的认识。再如 S.1815V4《除夕驱傩文》，不但字迹十分潦草，而且墨迹极淡，《敦煌诗集残卷辑考》和《全敦煌诗》曾将其作为诗歌做过释录，但仅能辨认出起首四句。这次我们的工作虽然也有多处地方尚待校定，但基本上将全文释录出来。从释录出来的文字看，这件应该是《除夕驱傩文》，而非之前认定的诗歌，而且其中提到的"家长鬼"、"不业作鬼"、"造饭鬼"等9种鬼名在其他的"驱傩文"中未见，而学界整理的"儿郎伟·驱傩文"也未收此件。所以，项目组对于此件文书的释录及性质判定，为今后的研究奠定了基础。

对于每年要完成2—3卷《释录》的进度来说，项目组花费在第8卷上的时间足够慷慨了。之所以这样不断锤炼打磨，就是为了给今后的工作建立一套较为科学、完善的流程、体例。目前，《释录》第8、9卷已经出版，本年度还将出版第10、11、12卷。古籍文献整理工作不同于论著的撰写，它需要极大的耐心、细心和对文献的敬畏之心。本项目又不同于一般的古籍整理，因为我们面对的是千年之前以原始面貌流传下来的文献，又多西北方音、俗字，文献内容包罗万象，极大考验我们的知识储备，整理难度远远大于一般的古籍。这就要求项目组成员时刻保持如临深渊、如履薄冰的谨慎态度，以确保此项工作能够顺利和高效地开展。希望通过我们的摸索和努力，能为敦煌文献整理提供一个成功的范例，早日完成英藏敦煌社会历史文献的整理工作，使《英藏敦煌社会历史文献释录》成为厚重的、代表国家水平的标志性成果。

原刊郝春文主编《2013 年敦煌学国际联络委员会通讯》(上海古籍出版社，2013 年 8 月)

具有开创性和典范价值的敦煌文献整理成果

——《英藏敦煌社会历史文献释录》（1—15卷）出版

2018 年 7 月，由首都师范大学历史学院教授、博士生导师、中国敦煌吐鲁番学会会长郝春文领衔编著的《英藏敦煌社会历史文献释录》第一卷修订版出版。至此，该书已经出版了 15 卷，完成了计划卷数的一半。

《英藏敦煌社会历史文献释录》是按英国国家图书馆藏流水号依次对每件敦煌汉文社会历史文献进行释录，将一千多年前的手写文字释录成通行的繁体字，并对原件的错误加以校理，尽可能地解决所涉及文献的定性、定名、定年等问题，每件文献一般包括标题、释文、说明、校记和参考文献等几个部分。第 1—15 卷收录了 S.10—S.3330 中有关社会历史文献的写本号 1087 个、1259 件文献，总字数 540 万。作为国家社科基金面向基础研究的第一批重大招标项目，同时也是我国敦煌学界的第一个国家社科基金重大项目，《英藏敦煌社会历史文献释录》（1—15 卷）

《英藏敦煌社会历史文献释录》1—15卷平装本

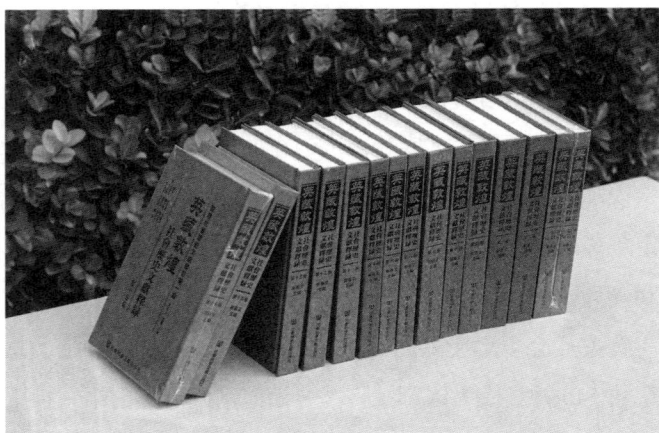

《英藏敦煌社会历史文献释录》1—15卷精装本

是以郝春文教授为首的团队历经 20 多年精心打造的厚重成果，并得到国家古籍整理出版专项经费的长期连续性资助。这一成果在整理、研究方面具有开创性意义和典范价值，主要体现在以下四个方面。

一、首创以馆藏流水号全面整理敦煌文献的方式

对敦煌文献的整理和研究，目前较为通行的是分类，已经取得了一大批十分重要的研究成果。与早期仅就某件文献进行论述或解说相比，分类整理和研究无疑是一大进步，但也有其局限性。

其一，分类释录本不能反映敦煌文献的全貌。由于敦煌文献的内容极为丰富，对其进行分类和归类一直是目录学家和敦煌文献研究者深感棘手的问题。在经过数十年的努力之后，目前被研究者纳入分类整理范围的仍然只是其中的一部分，还有大量的文献没有解决分类和归类问题。所以，在可以预见的将来，分类释录本之和难以包括全部敦煌文献。其二，目前出版的分类释录本很难完备。首先，多数分类释录本的作者并未通读现已公布的全部敦煌文献，只是通过各种目录著作来调查某一类文献。而现在有关敦煌文献的各种目录都是极不完备的，并不能完全反映各类文献的全部信息。对这些分类释录本的作者来说，其释录本存在遗漏是不可避免的。其次，应该承认，部分分

类释录本的作者确实通读了现已公布的敦煌文献，但他们所能见到的仍非全部敦煌文献，还有一些文献收藏于私人手中，尚未公布。所以，这类分类释录本仍很难避免遗漏。最后，即使个别分类释录者通读了全部敦煌文献，他所收集的文献也只反映他个人的认识，如果要对某类文献进行深入的研究，光靠分类释录本提供的材料显然是不够的。其三，分类释录本之间存在交叉和重复。这是因为，在今天的研究者看来，不少文献具有双重性质或多重性质，这就导致了一些文献在已出版的释录本中存在交叉与重复的现象。其四，分类释录本的质量也不一。少数分类释录本的作者因缺乏整理敦煌文献的知识，对敦煌的历史了解不够，因而在文字释录和内容的解释方面都存在不少问题。最后，分类释录还易使人们忽略敦煌文献的整体性。敦煌文献就其内容来说虽然涉及许多学科，但又是一个不可分割的整体。各类文献之间存在密切的内在联系。

近年来，敦煌学界在分类释录方面取得了巨大成绩，某些类别文献的整理与研究已达到很高水平，而在探寻各类文献之间的联系方面则存在明显不足，这就暴露了分类整理、研究的局限，即容易忽略各类文献之间、各个专题之间的联系，这与当今开展综合研究和宏观研究的整体趋势不相符合。因此，郝春文教授首创以收藏地点为单位、按流水号逐一整理和研究敦煌社会历史文献的方式，可以最大程度避免遗漏现象，收录全部敦煌社会历史文献，有效地避免了分类录校存在的种种不足。

二、首开以"读书班"整理敦煌文献的形式

"读书班"是一种成员集体会读、研讨，集思广益、共同解决出现的问题的研究方式。这种方式在欧美和日本的学术界有其传统，其优势在于由某个领域执牛耳的学术领袖作为班长，而组成人员则是来自同一领域或相关领域的不同机构的年轻研究者或在读研究生，他们关心相同的文献或问题，而又有着各自不同的学术特长和知识背景，对于研究目标能够提俅基础知识支撑和不同的观察角度。近二十年来，国内学术界也开始引入这样的读书班形式，很多学科都因此形成了新的学术团队，有了新的学术突破。但像国家社科基金重大项目这样的工程，采取读书班形式，在国内也算是开创先例。

根据以往的整理经验，郝春文教授制定了详细的整理体例，发给每位项目组成员认真学习、揣摩，以求在整理过程中保持体例统一。具体做法是：第一，由子课题负责人各自挑选出一两件具有代表性的敦煌文书，这些文书涵盖了不同类型的文献，整理起来问题多、难度大；第二，反复核对图版，尽量从"国际敦煌项目（IDP）"官方网站上下载高清彩色照片作为录校图版进行录文；第三，尽可能穷尽调查前人的校录成果和研究信息，选择有校勘价

值的校本进行比对和校对，汇集各家所长，做出一个最好的释文本；第四，在会读过程中，对存在的问题进行商讨、交流，发现并解决问题；第五，撰写整理说明并附参考文献信息。为了进一步提升本项目的工作质量，郝春文教授又成立读书班中心组，成员包括各子课题负责人及读书班的骨干成员。中心组成员的任务包括：第一，通读各卷初稿，发现不合体例等各种问题；第二，把释文核对一次图版，提出问题。在中心组成员工作的基础上，最后再由郝春文教授统一整理。为了保证质量，中心组成员的选择引入竞争机制，采取动态方式，长期无贡献者将退出，读书班中成绩优异者可进入中心组。这样一种方式，是对读书班会读形式的提升，可以保证每件敦煌文献经过至少 6 个人的审读，最大限度地减少错误的产生。

三、释文比以往的录校更加准确

敦煌文献多为写本，其中的社会历史文献存在大量的俗体字、异体字以及用河西方音书写的文字，加上书写者的水平参差不齐，错讹之处比比皆是。释读这些手写文字，一方面需要查阅大量的工具书，另一方面更需要长期工作经验的积累。又由于敦煌文献大多残缺不全，整理者还要对那些没有名称、年代等的文书进行考证，而考证清楚文书的性质往往是正确释读文书文字的前提。此外，不少敦煌文献原件上有朱书文字和朱笔校改，还有一批文献的现有图版模糊不清、极难辨认。所以，对敦煌文献进行整理、释录是一项十分艰苦的创造性学术工作。

《英藏敦煌社会历史文献释录》为正确释录文字进行了大量的准备工作，除了全面检索、采纳前人的研究成果外，寻找高质量的图版作为校录的依据是录文更为准确的保证。基于现有条件，团队优先使用国际敦煌项目（IDP）官方网站上的彩色高清图片，再辅以《英藏敦煌文献（汉文非佛教部分）》、《敦煌宝藏》、《英国国家图书馆藏敦煌遗书》等大型图版集，每一件文献都反复核查过图版。团队还定期赴英国国家图书馆核查原卷，根据原卷修正了之前释录中存在的问题。这些问题可以分为几种：第一，据原卷改正之前释文中错误之处；第二，据原卷释录朱书文字及朱笔校改之处；第三，据原卷增补遗漏的文献和文字；第四，据原卷辨认出之前释录中遇到的图版不清或完全不能释读的文字；第五，据原卷了解文献形态，纠正之前图版拍摄中顺序错误等问题。通过核查原卷，可以最大限度地将写本信息还原出来，减少文字释录过程中产生的错误。这些正是《英藏敦煌社会历史文献释录》质量优于其他同类释文的原因。另一方面，如上所述，"读书班"整理敦煌文献的形式对于释文质量的提升也有很大的帮助。首先，把难度最大、疑惑最多的文献拿到班上来共同研读，有传统经学文献中的韵书、唐五代重要通俗文学体裁中的变文和因缘、与社会生活密切相关的阴阳占卜之书，还有反映中古婚俗的《下女夫词》以及官府统计人口和田产的户籍等，各种丰富多样的文献都汇聚在读书班里，使得团队成员对于整理过程中可能会遇到的问题及处理方法，特别是有关整理的规则、体例、方法等都有了亲身体验与了解，这有助于保持项目最终成果的一致性，最大程度避免因众手修书带来的体例不一等老问题。其次，团队成员各有专长，集体会读有助于最大限度消除因个人知识结构缺陷导致整理错误等问题。比如，敦煌文献多是手写体，辨识困难，项目组成员中有精于书法者，也有专门研究汉语言文字者，这对于文字的辨识无疑有很大帮助。

四、整理与研究相结合

对于敦煌文献整理而言，除了文字的准确识读是一道难关外，文献的定性、定名、定年问题也是一项富有挑战性的工作。按馆藏流水号整理敦煌文献的方式可以让整理者对于文献的整体形态有所把握，这对于认识文献的性质至关重要。郝春文教授认为，首先是要牢牢把握敦煌文献的手写本特征。敦煌文献很多是古人的笔记本，有些内容可能是古人有意抄写的，而有些可能是随手拈来的，这些内容更多体现的是个人行为，这与印本书籍有很大的不同。如果我们仅仅用印本书籍的思维和要求来看待这些写本，往往对于写本性质的理解会出现偏差，因此看待这些文献时，要从文献实际使用者的角度去理解和把握其性质。其次，要注意用全景式的眼光来把握文献的性质。敦煌文献残件多，双面书写多，一些互不相干的内容往往会出现在同一件卷子里，判定这些文献的性质、用途以及书写年代就具有了相当的难度。这就需要对正反面以及相关联的文献进行观照。

在这样的认识下，《英藏敦煌社会历史文献释录》对很多敦煌文献的性质有了新的判断。比如，一件文书同时抄写了很多不同的内容，各内容间毫无联系，以往的研究往往是据具体内容将这份文书分割为很多部分，项目组则认为不能割裂各部分的内容，而应将之作为一个整体进行研究。以 S.1815V1《六十甲子纳音抄》为例，之前的研究已经非常多，一律定名为《六十甲子纳音》，几成不刊之论。但本次整理，郝春文教授敏锐发现这类文献具有不同的性质和用途，可分为正式的文本、非独立的正式文本、随手抄写、兴趣所致的随意抄写等四种类型；《六十甲子纳音》不仅是占卜专业人员的基础知识，还是与人们生活息息相关的历日的基础知识，同时也是古代盛行的阴阳五行学说的基础知识，因而成为当时人们的一般知识和生活常识。当时人们抄写这类文字的目的是多元的，这也是敦煌文献中保存《六十甲子纳音》数量较多的原因所在。通过对《六十甲子纳音》进行重新整理和考察，郝春文教授纠正了以往学界对此类文书的错误判断，廓清了以往研究中模糊不清的地方，使人们对相关占卜文书的种类和用途有了更加深入的了解和正确的认识。类似这样的例子在《英藏敦煌社会历史文献释录》中随处可见，一般集中在"说明"部分，毫不夸张地说，有些"说明"本身就是一篇精彩的研究札记。

《诗经》有云："靡不有初，鲜克有终。"对敦煌文献的整理、释录是一项十分艰苦的创造性劳动，因此要求研究者在整理和释录过程中要十分认真和仔细，时刻保持如临深渊、如履薄冰的谨慎态度，以确保此项工作能够顺利和高效地开展。《英藏敦煌社会历史文献释录》（1—15 卷）的出版，充分展现了以郝春文教授为首的团队对于学术的敬畏之心，以及以学术为天下公器的博大胸襟。该书全部出齐预计是 32 卷（最后 2 卷是索引），希望不仅为敦煌学研究者提供经过整理的研究资料，也为社会科学的诸多学科和自然科学的一些学科的研究者利用英藏敦煌社会历史文献，扫除文字上的障碍，每件文书后所附的说明和研究信息，还可直接将读者引领到该文书的学术前沿。因而，这套书的整理出版是将敦煌文献推向整个学术界，充分发挥其文献作用，提高其利用价值的关键步骤，是推动敦煌学进一步深入发展、弘扬祖国优秀传统文化的重大基础工程，必将成为代表国家水准、分量厚重的标志性重大研究成果。

原刊《古籍整理出版情况简报》2018 年第 10 期

敦煌吐鲁番文献与中古政治史、制度史研究

敦煌吐鲁番文献对于中古政治史、制度史的意义，似乎是一个无须再多论的话题，但现实情况是，对于学界的很多人来说，这绝对是一个既熟悉又陌生的领域。说"熟悉"，是因为敦煌学毕竟走过了百年历程，各类综合性、专门性的学术期刊都会刊登这方面的文章，各种媒体、信息渠道或多或少都会有所报道，换言之，"敦煌吐鲁番"是一个曝光率极高的字眼。说"陌生"，是因为这个领域太过专门，撇开石窟、壁画这些领域不谈，即便是文献本身，因写本的特殊性，其残损、错讹、西北方音等因素带来的阅读不便就足以使圈外人士望途止步，更遑论那些高深莫测的胡语文献了。因此，虽然利用敦煌吐鲁番文献来研究中古政治史、制度史取得了很丰厚的成果，但有多少成果能够被"隋唐五代史"圈外的学者所了解并产生影响，这是一个值得思考的问题。

比如，我们常常用"汉唐"这个词，表明汉唐制度是有连续性的，但真正能贯通汉简与敦煌吐鲁番文献研究的学者是少之又少。早期汉简的发现主要在西北地区，后来扩展至全国各地，这类材料随之便具有了一种"普适性"，也就是说，材料本身因其出土地的分散冲淡了"地域性"的标签。现在做两汉史研究，使用汉简资料已经是一个自觉行为。敦煌吐鲁番文献显然不具备这样的发展态势。因为这类材料的发现带有偶然性，按照荣新江先生的说法，敦煌文献是三界寺图书馆的收藏，具有一定的系统性。但藏经洞目前发现的只有一个，是否有第二个很难说。吐鲁番文献几乎全是墓葬出土，缺乏系统性。总的说来，敦煌吐鲁番文献因西北干燥的气候得以保存至今，这个特点对于中原地区而言具有不可复制性。所以，敦煌吐鲁番文献从一开始就被贴上了浓重的"地方性"标签。

做隋唐史的学者对敦煌吐鲁番文献往往抱有矛盾的心态。从史学研究竭泽而渔的史料观出发，任何人都应该关注敦煌吐鲁番文献，但实际情况往往是很多人都自觉地绕开这批文献。原因不外乎两个。一是受制于文献阅读困难，非专业人士难窥门径，加之不成系统，也不便翻阅，很少人会为了找寻某条史料而埋首于比人还高的大型图版集。二是困扰于所谓"代表性"的问题。因敦煌吐鲁番文献带有浓郁的地方色彩，所以不少学者都存有疑问：这些材料能否反映中原地区的情况？换言之，对于研究唐帝国的一般状况，敦煌吐鲁番文献是否具有代表性？在这样的预设下，理所当然，敦煌吐鲁番偏处帝国边缘，其代表性大打折扣。基于以上两个原因，敦煌吐鲁番学看似热闹，但在中古史研究中的地位并不乐观。还可以举出两个例子。《剑桥秦汉史》中为汉简留出了相当大的篇幅，但《剑桥隋唐史》中提到敦煌吐鲁番的地方微乎其微，虽然主编之一杜希德教授本身就是研究敦煌学的专家。另一个例子是在当年敦煌学研究的重镇法国，谢和耐、戴密微这些大家研究到一定程度之后都转向更大的领域，不再留恋敦煌，现在法国真正从事敦煌学研究的学者也已经很少了。整体上，国外的敦煌吐鲁番学在衰落，而中国国内一枝独秀。这里面有人数的优势及国家支持等诸多原因。敦煌学是国际显学，就目前情势看，可能更主要的是与丝绸之路联系在一起的。国外更关注的是洞窟、壁画等艺术史领域，或者是利用胡语文书来研究西域、中亚的历史。

当然，情况已经有了很大改善。最大的变化就是敦煌吐鲁番资料的整体公布。20 世纪 90 年代至今，敦煌资料以图版形式影印基本完成。国际敦煌项目（IDP）加快了进度，英国国家图书馆、中国国家图书馆藏敦煌文献彩色照片正陆续上传，伯希和带走的文献已经全部可以在法国国家图书馆的网站上下载，德国所藏吐鲁番文献、日本大谷文书等也都已全部上网，中国 20 世纪 90 年代以后新出土的吐鲁番文献正在以最快的速度刊布。目前，郝春文教授、张涌泉教授正各自带领团队将全部敦煌文献释录成繁体字，以便学者利用，但这一进程会持续很长时间。近几年，学者们一直在讨论一个问题，即在敦煌资料基本刊布完成的今天，如何实现敦煌学的转型。有学者指出要对资料进行全面、综合、深入的研究，有学者提出要重视资料本身的特殊性，有学者提出要进行交叉学科研究，重视文献的原初属性和原初功用，还有学者呼吁进行地域社会史的研究①。不管哪种路径，都说明敦煌吐鲁番学站在了一个十字路口上，需要新的方向和思路来引领。

就中古政治史、制度史而言，我感觉首先不能沉浸于微观研究的套路。敦煌吐鲁番学并不缺少微观研究，相关的积累已经非常之多，我们更需要关注一些宏观的问题。比如地域社会史的研究。敦煌吐鲁番文献具有地域特色，这是一个不争的事实，但需要区分不同时段。唐前，主要是河西走廊各政权及高昌国，地方特色多一点。西州时期则较多纳入中央王朝的框架体系，所施行制度与中原大体一致。到了吐蕃、归义军时期，又呈现地方特色。这是需要分阶段来处理的，不能看作一个整体。反过来说，正因为敦煌吐鲁番文献的地域性，才使得我们考察中古时期的地域社会成为可能，因为这一时期没有任何一个地域能拥

① 见"敦煌学百年：历史、现状与发展趋势"专题，《中国史研究》2009 年第 3 期。

有敦煌吐鲁番这样丰富的资料。荣新江、孟宪实先生在《吐鲁番学研究：回顾与展望》一文中提出："高昌的传统到了西州时期命运怎样，当代表中央的中原文化进入这里的时候，原有的文化是怎样转化为社会传统的呢？"[1] 所以，如何抓住敦煌吐鲁番历史进程中的主线，将既有成果有机地融汇在一起，构建起一个较为完整的西北地域社会史，而非"地方志"式的分类编纂，这或许是今后努力的一个方向。

其次，敦煌吐鲁番文献对于均田制、军事制度、官制研究的贡献最大。目前来看，文书制度方面尚有可以继续挖掘的余地。信息传递、政治文化也可能会成为今后的一大方向。比如汉文文献在西域地区的流传，习字、摹本类文献的意义等等。

最后要提出的是，敦煌吐鲁番文献运用至今，大的课题基本都已经有所研究，但还有最后一块富矿，那就是占卜文献。兰州大学敦煌学研究所郑炳林教授带领他的团队，已经完成了解梦书、相书、宅经、葬书、禄命书、五兆卜法、择日术的释文与研究，相关成果已经出版。最近，浙江大学关长龙教授以一己之力完成了全部敦煌占卜文献的释录，嘉惠学林。占卜文献因其艰涩难懂，号为难治，国

---

① 荣新江、孟宪实《吐鲁番学研究：回顾与展望》，《西域研究》2007年第4期，61页。

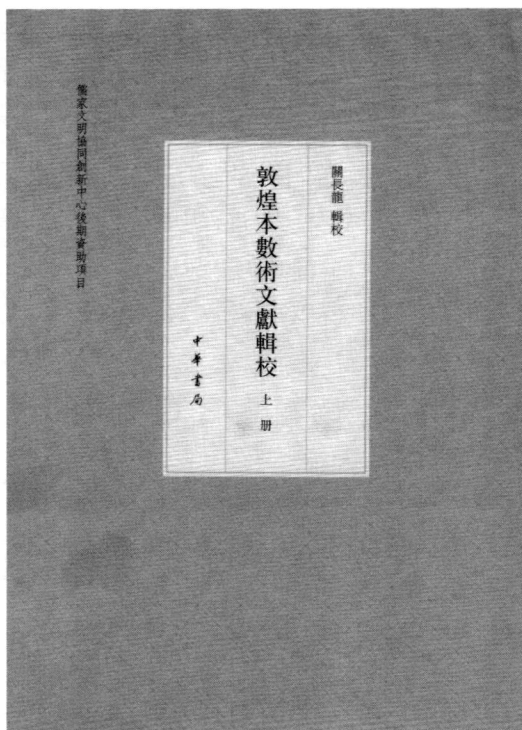

关长龙《敦煌本数术文献辑校》书影

内有限的专家大部分都集中在简牍占卜文献的研究中，真正投入到敦煌吐鲁番占卜文献的人很少，如果能够打通简牍与敦煌吐鲁番文献之间的壁垒，对各种占法作长时段的综合考察，相信对于中古时期民众日常生活、信仰以及中古的政治文化都会有莫大的推进。

原为 2014 年 5 月 24 日在"中古中国的政治与制度"学术研讨会上的发言，2020 年 9 月 3 日修订

敦煌吐鲁番占卜文献与日常生活史研究

　　时至今日，敦煌学已经走过了百年历程，各项研究成果可谓汗牛充栋。如果说还有尚待集中研究的领域，那无疑就是占卜文献和佛教经疏了。2013—2014 年，相继有三部关于敦煌占卜文献的专著面世，分别是黄正建的《敦煌占卜文书与唐五代占卜研究》（增订版，以下简称"黄著"）[①]，王晶波《敦煌占卜文献与社会生活》（以下简称"王著"）[②]，郑炳林、陈于柱《敦煌占卜文献叙录》（以下简称"郑陈著"）[③]，再加上之前由法国马克教授主编、集合了法、中、美三国 10 位学者，穷四年时间完成的《中国中古的占卜与社会——法国国家图书馆与大英图书馆所

[①] 中国社会科学出版社，2014 年。初版，学苑出版社，2001 年。
[②] 甘肃教育出版社，2013 年。
[③] 兰州大学出版社，2014 年。

黄正建《敦煌占卜文书与唐五代
占卜研究》（增订版）书影

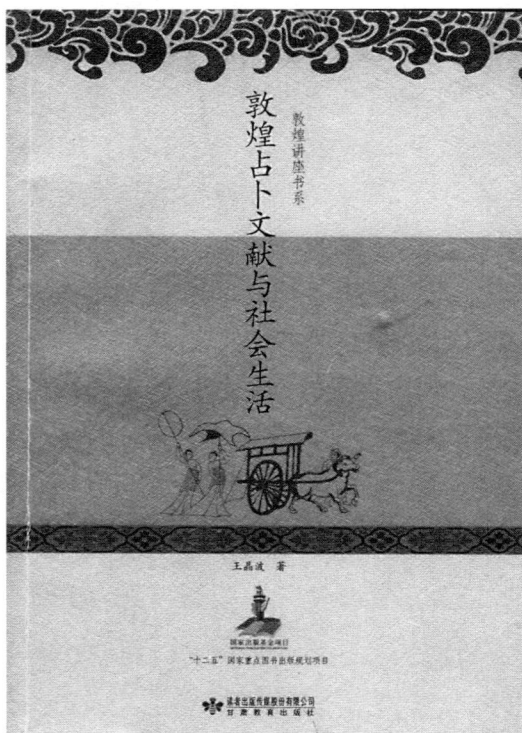

王晶波《敦煌占卜文献与社会生活》书影

藏敦煌写本研究》一书（以下简称"马克编著"）①，敦煌占卜文献的整体刊布和叙录工作告一段落。此前，随着敦煌文献的刊布接近尾声，学界对于今后的研究曾作出了各种展望②。敦煌吐鲁番占卜文献也面临同样的问题，如何从原先较为单一的文献、民俗研究中拓展出多维度的面相，这是今后研究中无法避免的一个话题。

　　关于敦煌占卜文献的定义和涉及范围，黄正建最早予以揭示。他从唐五代的语境出发，认为唐人使用"占卜"一词来概括数术类文献中的"卜、占、形法"，"占卜"可以概括"那些除巫术法术之外的、一切预测未来吉凶祸福的方法即'预测术'"，敦煌占卜文书是指"敦煌文书中涉及'预测术'的所有文书"，涉及卜法、式法、占候、相书、梦书、宅经、葬书、时日宜忌、禄命、事项占、杂占、其他等十三类，但不包括"历日文书"③。这种界说在中国大陆影响巨大，王著、郑陈著都遵循了此说，只是

① Marc. Kalinowski（ed.），*Divination et société dans la chine médiévale. Une etude des manuscrits de Dunhuang de la Bibliothèque nationale de France et de la British Library*，Paris：Biblioth è que nationale de Fance，2003.
②《中国史研究》2009 年第 3 期曾刊发过一组笔谈，主题是"敦煌学百年：历史、现状与发展趋势"。
③ 黄正建《敦煌占卜文书研究的回顾与展望》，初刊《敦煌吐鲁番研究》第 7 卷，中华书局，2004 年，此据黄著，214—216 页。

在具体的分类上稍有调整，但都不出黄著的框架。马克编著分天文气象占、历日、择日术、数卜术、梦占、符、物象占、医占、相法、风水术十类，将"历日"纳入其中，这是和黄著最大的不同。黄著之所以不涵盖历日，一是因为历日主要性质是记年月，其中涉及的占卜术主要是选择，内容多见于其他文书；二是为了和科技史区别。但同时，黄著也承认，"《历日》中的占卜性内容，则是研究'占卜文书'时应该据以比较或参考的对象"①。显然，黄著本身对历日亦抱有一种矛盾的心态，究其根本还在于历日包含了众多选择术的内容，其"占卜"性质不容回避，但又囿于传统的分类法，故只能模糊处理。而众多学者的研究已经揭示出敦煌历书在晚唐五代时期的多样化趋势，"不同的制历知识传统和选择术传统提供给历书的编写者更大的选择空间"②，因此，笔者以为将历日排除在敦煌占卜文献之外，并不合适。

近十几年来，中国学者对于敦煌占卜文献的研究贡献巨大，突出表现在对这类文献的基础整理和初步研究方

① 黄著，216 页。
② 陈昊《"历日"还是"具注历日"——敦煌吐鲁番历书名称与形制关系的再讨论》，初刊《历史研究》2007 年第 2 期，此据修订版，收入孟宪实、荣新江、李肖主编《秩序与生活：中古时期的吐鲁番社会》，中国人民大学出版社，2011 年，434 页。

面①。如前所列，完成了编目、解题工作，分类占法与集成性的校录本也在陆续出版②。黄正建在十年前就提出从文献整理、天文历法、民俗文化、历史社会以及占卜术本身等多方面开展研究③。受此影响，上举各类校录本除了基础文献整理工作外，多数情况下都会探讨占法的原理与机制，进而将占法与当时的社会历史结合起来考察。六年后，王晶波从文献、文本、文化三个层面来回顾敦煌占卜

① 关于敦煌占卜文献的研究情况，参看刘泓文《百年敦煌占卜文献论著目录》，郝春文主编《2013敦煌学国际联络委员会通讯》，上海古籍出版社，2013；同氏《百年敦煌占卜文献研究综述》，郝春文主编《2014敦煌学国际联络委员会通讯》，上海古籍出版社，2014年，149—178页。

② 已经出版的有：郑炳林、羊萍《敦煌本梦书》，甘肃文化出版社，1995年；郑炳林、王晶波《敦煌写本相书校录研究》，民族出版社，2004年；郑炳林《敦煌写本解梦书校录研究》，民族出版社，2005年；金身佳《敦煌写本宅经葬书校注》，民族出版社，2007年；陈于柱《敦煌写本宅经校录研究》，民族出版社，2007年；王晶波《敦煌写本相书研究》，民族出版社，2009年；王祥伟《敦煌五兆卜法文献校录研究》，民族出版社，2009年；陈于柱《区域社会史视野下的敦煌禄命书研究》，民族出版社，2012年；关长龙《敦煌本堪舆文书研究》，中华书局，2013年；关长龙《敦煌本数术文献辑校》，中华书局，2019年。另有两篇博士论文：王爱和《敦煌占卜文书研究》，兰州大学博士学位论文，2003年5月；宁宇《敦煌写本时日宜忌文书研究》，兰州大学博士学位论文，2013年5月。

③ 黄著，224页。

文献研究的历史，并对今后研究的方法和视野提出了自己的看法。所谓文献研究，"主要指针对敦煌藏经洞文献文本所进行的释录、校勘、定名、断代、分类、解题、编目、注释等工作"；文本研究"主要指在获得一种经过整理的、较为可靠的文献凭据的基础上，对占卜文献本身所内涵的有关占卜方术的种种信仰、欲望、知识、想象、符号体系、解释逻辑等，进行系统的分析、研究"；文化研究"主要指将有关敦煌占卜文献的研究，与其产生前后的古代社会生活史、文化生态史，以及各类占卜方术作为一种源远流长的传统自身的发展演变史联系起来，从各种不同的角度，做全方位的社会文化分析"①。这是目前为止对敦煌占卜文献研究的内容和方法作出的最为明确的阐述。

2011 年，兰州大学敦煌学研究所对敦煌占卜文献的整体校录基本完成，王晶波作为最早参与其中的学者之一，将她多年从事占卜文献校录和研究的心得凝结成此文，她的阐述在理论层面十分必要且精当。受此启发，笔者想从"日常生活史"的视野来观照敦煌吐鲁番占卜文献，提出自己的一点设想。

"日常生活史"是 20 世纪 70 年代兴起于德国、意大利的史学流派，当时的左翼学者不满社会科学史学所宣扬

① 王晶波《敦煌占卜文献研究的问题与视野》，《敦煌研究》2011 年第 4 期，61—67 页。

的规律、宏观结构等，"见物不见人"，因而将目光转向丰富多彩的大众日常生活，希望从中发现历史的多维。与年鉴学派所倡导的"整体史"（total history）不同，日常生活史学家倡导的是"全面史"（integral history），以"微观化"的视角探寻具体的"人"的具体生活实践，以人的具体行为作为历史解释的逻辑出发点，从而区别于传统的宏大叙事，也有别于之前风行的"社会生活史"①。敦煌吐鲁番占卜文献除了少数属于官方抄写之外，多数是在民众日常生活中流传的实用性文本，与《乙巳占》《开元占经》《天文要录》《天地瑞祥志》等传世占卜典籍以占测军国大事为主有相当大的差异。不可否认，这类文献也都经历了专业人士"文本化"再造的过程，但因其占卜事项多涉民众日常生活，且在流传过程中会根据实际需要分割重组，或是制作成更加简便明了的节抄、略抄本，因而是

---

① 关于日常生活史学派的理论和观点，参 Alf Lü dtke ed.,*The History of Everyday Life*, Trans. William Templer. Princeton: Princeton University Press. 1995；伊格尔斯《20世纪的历史学——从科学的客观性到后现代的挑战》，英文本初刊于1997年，此据何兆武中译本，辽宁教育出版社，2003年，116—135页；阿尔夫·吕特克"日常生活史"，斯特凡·约尔丹主编《历史科学基本概念辞典》，德文本初刊于2002年，此据孟钟捷中译本，北京大学出版社，2012年，1—4页；刘新成《日常生活史与西欧中世纪日常生活》，《史学理论研究》2004年第1期，35—47页。

我们追寻古人具体生活实践印迹的绝好资料。笔者以为，可以从三个方面来加强"日常生活史"的研究。

第一，长时段考察，打通与简帛术数文献的樊篱。自20世纪70年代睡虎地秦简《日书》出土以来，围绕《日书》展开的秦汉信仰世界的研究一直持续至今。敦煌占卜文献中的历日与《日书》有很多相似之处，尽管在二者的界限范围上还存在争议，学者们基本都承认它们有一脉相承的地方[①]。就敦煌历日的研究而言，基本只限于邓文宽、华澜（Alain Arrault）等几位学者。他们也结合简牍资料考察过历日中一些术语的源流变化[②]，华澜还专门讨论过

---

① 参江晓原《历书起源考——古代中国历书之性质与功能》，《中国文化》第4期，1991年，15—159页；邓文宽《从"历书"到"具注历日"的转变——兼论"历谱"与"历书"的区别》，初刊《2000年敦煌学国际学术讨论会文集·历史文化卷》，甘肃民族出版社，2003年，此据氏著《邓文宽敦煌天文历法考索》，上海古籍出版社，2010年，194—204页；邓文宽《出土秦汉简牍"历日"正名》，初刊《文物》2003年第4期，此据《邓文宽敦煌天文历法考索》，296—304页；邓文宽《敦煌历日与出土战国秦汉〈日书〉的文化关联》，初刊《姜亮夫 蒋礼鸿 郭在贻先生纪念文集》，上海教育出版社，2003年，此据《邓文宽敦煌天文历法考索》，137—152页；李零《与邓文宽先生讨论"历谱"概念书》，氏著《简帛古书与学术源流》（修订本），三联书店，2008年，303—310页。

② 邓文宽《敦煌具注历日选择神煞释证》，《敦煌吐鲁番研究》第8卷，中华书局，2005年，167—206页；（注转下页）

历日所反映的日常生活中的医疗"行事"和与身体有关的"行事"[①]，但受限于研究者的数量，与简帛术数文献尤其是《日书》的比较研究尚无法全面铺开。我们以往的史学研究着重强调的是历史的"变化"，因为在"变化"中更容易探察到时代的特征，从而能够描绘出各具特色的时代画卷。在这样的史观影响下，我们往往忽略了历史中相对'不变'的因素。布罗代尔早就给我们揭示了"环境"在人类历史演进过程中的决定力量[②]，雅克·勒高夫也提醒我们："心态被认为是在历史演进中'改变最少'的。"[③]

（接上页）Alain Arrault, "Les calendriers de Dunhuang", Marc. Kalinowski ed., *Divination et société dans la chine médiévale. Une etude des manuscrits de Dunhuang de la Bibliothèque nationale de France et de la British Library*, pp.85—123. 该文"概述"部分的中文修订版以《敦煌历日探研》（李国强译）为题，发表于《出土文献研究》第7辑，上海古籍出版社，2005年，197—253页。

① Alain Arrault《敦煌历日中的选择法与医疗活动》，李国强译，《敦煌吐鲁番研究》第9卷，中华书局，2006年，425—448页；Alain Arrault, "Les activités, le corps et ses soins dans les calendriers de la Chine médiévale", *Etudes chinoises* vol.XXXIII-1, 2014, pp.7—55.

② 费尔南·布罗代尔《菲利普二世时代的地中海和地中海世界》，商务印书馆，1996年。

③ 雅克·勒高夫《历史学家与日常的人》，氏著《试谈另一个中世纪——西方的时间、劳动和文化》，周莽译，商务印书馆，2014年，416页。

占卜活动在人类进入文明时代即已出现，虽历经几千年，无论在占卜形式还是技术上都趋于繁复，但在表达民众日常生活最基本的心理诉求上并没有太大的差异。学者们在校释睡虎地秦简《日书》时，大量参考了唐代的《开元占经》，甚至还有清代的《协纪辨方书》[①]，之所以能用后世的文献作为参校，除了文本的层累因素外，知识、信仰、心态等的变化缓慢也是重要原因。因此，消除不同断代术数文献间的隔阂，用长时段的眼光重新找寻被我们忽视的"不变"的日常生活逻辑，这应该成为敦煌吐鲁番占卜文献研究的一个基本立场。

第二，与吐鲁番所出占卜文献进行综合考察。敦煌地处河西走廊，是中国中古时期中西交通的咽喉之地，不同文化在此汇聚交流，使得莫高窟藏经洞的占卜文献呈现出复杂的来源，包括中原地区、中亚、印度乃至于埃及。近年来，与藏文、粟特文占卜文献的对照研究也已展开，郑陈著对此有简单介绍，是该书的特色之一。然而，研究敦煌占卜文献者却很少把目光投向吐鲁番盆地，对吐鲁番所出占卜文献关注不够。黄著最新统计的敦煌占卜文书约有280件[②]，笔者曾经统计过明确出自吐鲁番的占卜文献近

[①] 如刘乐贤《睡虎地秦简日书研究》，文津出版社，1994年。
[②] 黄著，2—3页。

40件[①]，如果加上日本大谷文书及旅顺博物馆藏新疆出土文献中的占卜文书近90件，则总数将近130件，约及敦煌占卜文献的二分之一，内容上涉及易占、卜法、占候、解梦书、禄命书、发病书、历日、事项占等多种类别，与敦煌占卜文献多有雷同，足资互相参照。例如敦煌所出P.3028号长卷文书，无原题，因无传世书目和其他文献参照，黄著据内容判断是一件专门占死丧的文书[②]。王著则明确指出本件"因其与死丧紧密相连，与其他占卜文献应用于日常生活中的求吉避害不同，故流传不广，只在吐蕃占领时期的敦煌有所流行，而未见其他传本和相关记载"[③]。其实，吐鲁番占卜文献中存此类占法四件，均来自德国国家图书馆，分别是Ch.217、Ch.842V、Ch.2910、Ch/U.8128。其中Ch.2910存8行，内容均见于P.3028；Ch.217存12行，有6行内容和P.3028相似；Ch.842V很可能与P.3028一样，都是《占死丧法》汇编中的一部分[④]。又如，关于沐浴、洗头的择日法散见于历日中，俄藏 Дx.1064、1699、1700、1701、1702、1703、1704 号

①拙文《德藏吐鲁番文书〈推十二支死后化生法、建除日同死法〉考释》，《国学学刊》2010年第4期，86页。
②黄著，134—135页。
③王著，474页。
④拙文《德藏吐鲁番文书〈推十二支死后化生法、建除日同死法〉考释》，86—87页。

文书为册页装，首题"推皇太子洗头择吉日法"，这是敦煌所出唯一一件专门以"洗头"为对象的择吉文书。黄著推测文书的时代较晚，郑陈著定在归义军时期，并推测 P.2661V 中的"洗浴去垢法"似乎是简编自本件的第二种占法①。本件前面是《故圆鉴大师二十四孝押座文》，圆鉴即云辩，卒于后周广顺元年（951），所以这份占法的抄录时间最早也是五代了。德藏吐鲁番文书 Ch.3821 也是一件与头发有关的占卜文书。正面是《佛说灌顶七万二千神王护比丘咒经》，荣新江推测年代在 7 世纪中期到 8 世纪末，背面系剪断佛典而写，所以抄写时间晚于正面②。背面记载了两种占法。第一种首题"剃头良宿吉日法"，在所有敦煌吐鲁番占卜文献中仅此一件。第二种首题虽仅存最后的"法"字，但内容明确都是关于"洗头"的，所以第二种占法笔者推补为"洗头吉日法"，抄写时间至少在 7 世

---

① 黄著，91 页；郑陈著，294 页。

② 荣新江《德国"吐鲁番收集品"中的汉文典籍与文书》，饶宗颐主编《华学》第 3 辑，紫禁城出版社，1998 年，320 页；Nishiwaki, Tsuneki, *Chinesische Texte vermischten Inhalts aus der Berliner Turfansammlung*（*Chinesische und manjurische Handschriften und seltene Drucke. Teil 3*），Stuttgart：Franz Steiner Verlag，2001，p.92. 西胁常记《ドイツ将来のトルファン汉语文书》，京都大学学术出版会，2002 年，166—180 页，图 47；荣新江主编《吐鲁番文书总目（欧美收藏卷）》，武汉大学出版社，2007 年，310 页。

纪中叶以后。华澜曾指出历日中各种的行事活动所涉及的一些词语的语义内容可以有多种解释，其内涵是很宽泛的。因为实际生活中，人们不会为了一些小事而去查看日子吉凶。所以他认为900年以后历日中出现了"洗头"一词，并最终替代了"剃头"[①]。他并未注意到上述两件关于头发的择吉文书，尤其是Ch.3821V，剃头和洗头的吉日选择法同时出现在一份文书上，二者显然是不能替换的。这两个例子很清晰地展现了吐鲁番占卜文献的独特价值。敦煌与吐鲁番相隔800公里，又都远离中原，但占卜内容却具有高度的相似性，再次说明了古人日常生活世界所具有的稳定性。也正因为此，本文采用了"敦煌吐鲁番占卜文献"的提法，而非"敦煌占卜文献"。

第三，关注"人"的历史。黄正建曾简要回顾了唐代日常生活史研究的现状，并指出日常生活史研究的三个特点：一是生活的"日常性"，即重视重复进行的"日常"的活动；二是以"人"为中心，不能以"物"为中心；三是"综合性"，因为日常生活本来就是一种综合性的[②]。所以，关注"人"的历史应该是日常生活史研究的核心。敦

---

① Alain Arrault， "Les activités, le corps et sessoins dans les calendriers de la Chine médiévale"， pp.26—28.

② 黄正建《关于唐代日常生活史研究现状的思考》，《中国社会科学院院报》2004年9月14日第3版。

煌吐鲁番占卜文献是民众日常生活实践的反映，通过对占卜文献中出现频率较高的词汇的分析，我们庶几可以触摸到古人日常生活轨迹的脉搏。比如，占测结果频繁指向了几种事项：口舌、诤讼 / 斗诤、官事、音声、光怪、釜鸣、门户、井灶、女妇、家长、六畜死、失火、损财、疾病等，几乎全是围绕家庭生活展开的。古人的生活空间不外乎区分为家内家外，作为人饮食起居生活的主要场所，家内的吉凶至关重要。但这个空间不仅仅是人类独有的，各种精怪神灵亦存居其间，如宅神、伏龙、妖怪、人鬼之类，稍有不慎就会触犯它们，招致严重的后果。故占测精怪神灵之所在，或祀之或厌劾之[①]，以求生活的安宁，这是民众日常的逻辑。这些出现频率极高的词汇，正是民众日常生活最关心的问题，目前虽有学者对其中的某些事项进行过追根溯源的考察[②]，但还缺乏系统性，远未达到从整体上

① 参余欣《神道人心：唐宋之际敦煌民生宗教社会史研究》，中华书局，2006 年，196—239 页。
② 如刘永明《敦煌占卜文书中的鬼神信仰研究》，《敦煌写本研究年报》第 5 号，2011 年，15—63 页；拙文《〈白泽精怪图〉所见的物怪——〈白泽精怪图〉研究之三》，黄正建主编《中国社会科学院敦煌学回顾与前瞻学术研讨会论文集》，上海古籍出版社，2012 年，200—220 页；王祥伟《日本杏雨书屋藏敦煌文书羽 044 之〈釜鸣占〉研究》，《文献》2014 年第 4 期，80—90 页；陈昊《出土占卜写本中的精怪与家内秩序——吐鲁番洋海出土〈易杂占〉研究》，未刊稿。

阐述其内在关联的目标。即便完成了这个过程，也只是迈出了讲述"人"的历史的第一步。日常生活史不是大众生活史，我们所面对的占卜文献仍然是经过处理之后的文本，因此，我们可能更需要探讨的是：人们为什么要创作、抄写此类占卜文献？是哪些人在进行？有哪些历史和现实的因素推动着占卜文献的创作和传承？这类知识是如何传授和应用的？诸如此类的问题很多。这样的研究在目前的敦煌学界并不多见，最近余欣从时令入手，讨论敦煌民众的时间生活[1]，十分别致，可以看作是一种新的尝试。

以上，笔者从三个方面提出在敦煌吐鲁番占卜文献研究中引入"日常生活史"视角的设想，说到底，是希望凸显"人"在历史活动中的主导地位。敦煌吐鲁番占卜文献所具有的日常实用性及由此所展现出的民众日常生活逻辑，为实现这一目标提供了契机。

原刊《中国高校社会科学》2015 年第 2 期，2020 年 9 月 3 日修订

① 余欣《敦煌的博物学世界》，甘肃教育出版社，2013 年，179—278 页。

壶兰轩杂录	游自勇	著
己亥随笔	顾农	著
茗花斋杂俎	王星琦	著
远去的星光	李庆	著
梦雨轩随笔	曹旭	著
半江楼随笔	张宏生	著
燕园师恩录	王景琳	著
鼓簧斋学术随笔	范子烨	著
纸上春台	潘建国	著
友于书斋漫录	王华宝	著
五库斋清史存识	何龄修	著
蜗室古今谈	丰家骅	著
平坡遵道集	李华瑞	著
竹外集	朱天曙	著
海外嫏嬛录	卞东波	著
耕读经史	顾涛	著
南山杂谭	陈峰	著
听雨集	周绚隆	著
帘卷西风	顾钧	著
宁钝斋随笔	莫砺锋	著
湖畔仰浪集	罗时进	著
闽海漫录	陈庆元	著
书味自知	谢欢	著
三余书屋话唐录	查屏球	著
酿雪斋丛稿	陈才智	著